FVA

Julia Malik

BRAUCH BLAU

Roman

FRANKFURTER VERLAGSANSTALT

WAND

Sie ist noch auf der anderen Seite, als sie die Bewegung ihres Atems spürt. Gleitet über die Schwelle, hinüber zum Licht, öffnet die Augen. Alles ist schwer, teuer und klebrig. Ihr Blick hängt fest zwischen Sesseln und Quasten. Wo ist sie hier? Das ist ein Hotelzimmer. Sie ist ganz neu. Die Vorhänge sind aufgezogen, schwere Seide an den Seiten. Dazwischen flattern weiße Gespenster. Kalte Luft wabert. Wie spät ist es, was macht sie hier? Nirgendwo ein Hinweis, nur unbestimmbare Ewigkeit im Außen.

Sie friert, so nackt auf dem Bett. Die Arme hinter dem Kopf, sie kann sich nicht bewegen. Verdreht ragt ihr Becken in die Luft, tief darunter liegt die Taille. Ihre Haut, frisch gewaschen auf dem weißen Laken. Sie hat diesen Körper noch nie gesehen. Der Bauch eine Rundung. Dann wölbt sich das Schambein unter dunklen Haaren. Da, wo sie hinschaut, spürt sie sich. Innen drin zieht es. Wärme. Ihre Hände möchten die Brüste greifen, wollen sie drücken, die Nippel zwischen den Fingern reiben. Sie ist doch diese Frau. Aber sie kann die Hände nicht bewegen.

Um das Bett Papiertüten und Klamotten. Stimmt, ihr wurde an der Rezeption eine Tüte in die Hand gedrückt, vielleicht eine Verwechslung, aber das war ihr egal, sie ist auch nicht sie selbst gewesen, also ist sie damit losgezogen. In der Abendsonne ist sie aus dem Hotel getreten, mit federbesetzten hohen Sandalen, daran erinnert sie sich. Ein langer weißer Pelz. Unten wehte der Fetzen des Kleides heraus. Das riesige Tor mit den sechs Säulen.

Vier Pferde sahen von oben auf sie herab. Davor der große Platz. Sie hat kein Taxi genommen. Sie ist vom Hotel weggegangen, das Tor mit seinem Grün dahinter im Rücken, immer geradeaus. Und dann? Sie kann sich nicht erinnern. Wohin ist sie gegangen?

Stimmt, sie ist in der Oper gewesen.

Sie hat dieses Zimmer noch nie gesehen. Eine so trockene Leere stockt in ihrem Gehirn, dass sie darin stecken bleibt. Sie späht noch einmal im Kreis. Auf dem Nachttisch ein abgestandenes Wasser, dessen Kohlensäure entwichen ist. Sie hasst lauwarmes Wasser.

Ihr Gehirn klappt kurz auf und wirft das Bild einer Kinderhand aus. Eine sehr kleine Hand, sie hat noch keine Konturen, keine Knochen, ist ganz Weichheit. Tränen rinnen aus ihren Augen, brennen heiß über die Schläfe direkt in ihr Ohr. Neue Bilder strömen in sie. Die kleinen Hände fassen ihr ins Gesicht, riechen nach Milch und Seife. Sie klammern sich an ihren Hals. Zwei Hände, die sich an ihr halten. Ein kleiner Körper. Sie drückt das weiche Bündel an sich. Jetzt sieht sie die Augen. Sie schauen sie so unverwandt an, als wären es ihre eigenen. Sie vertrauen ihr. Sie legen sich ganz in sie hinein, in ihre Hände. Wer ist dieses Kind?

Sie hört sich singen. Leise und zart. Sie singt zwischen diesem Wesen, das sich an ihr festhält, und sich. Das Lied ist unsere Nabelschnur, die immer da ist, denkt sie. Das Kind hört ernst zu. Sie würde es immer beschützen. Es ist ihr Kind.

Sie erinnert sich. Wie aufgeregt sie war, sie hatte sich durch dieses Kind auch selbst gerettet. Sie hatte plötzlich eine wichtige Aufgabe, sie glaubte, jetzt alles hinzukriegen, besser zu werden, erwachsener, ein besserer Mensch. Das dachte sie damals jedenfalls. Sie war nach Hause gekommen, die Sonne schien, und Herbert ging los, um

Windeln zu kaufen. Jetzt würde sie alles schaffen. Auch mit ihm. Sie würde sich nicht mehr verlieren, nie wieder, nicht einmal mehr straucheln, denn dieser Schatz war viel kostbarer als alles, was sie zu träumen gewagt hatte, größer als die Welt. Natürlich wichtiger als jede Oper. Jetzt würde sie auch nie wieder unglücklich sein, dachte sie in der Nacht nach der Geburt, als sie dieses kleine Wesen, das sie ununterbrochen anblickte, fest in ihren Armen hielt. In dieser Nacht im Krankenhaus konnte sie nicht schlafen, weil sie wusste, das Wichtigste ist hier passiert.

Die blanken klaren Augen. Wo sind sie jetzt?

Ihr Kopf tut weh. Der Schmerz besteht aus diesem stickigen Zimmer, er ist unendlich. Nur Teppichgeruch. Sie hat das Gefühl zu ersticken, und spürt sich auf die Knie sacken. Ein paar Tränen, ihre letzten Flüssigkeitsreserven, laufen ihr über die Wangen, fallen in den Teppich, werden dort geschluckt für immer.

Wo sind die Augen, die ihr vertrauen?

Sie hört eine kleine, zarte Stimme. Ein helles Mädchen, das sie anlächelt. Sie kennt dieses Lied, das sie singt. Eine unendlich heile Schönheit fließt aus ihm. Die weiche Federhand berührt ihr Gesicht. Das Mädchen meint sie. Das ist doch ihr Kind, oder? Sie liebt es so sehr. Warum ist es nicht bei ihr? Sie kriecht auf dem Teppich. Sie kann nichts mehr sehen, schiebt sich weiter, kriecht, tiefer in den Raum hincin.

»Hallo?«, fragt sie.

Keiner antwortet. Ihre Knie haben keine Haut mehr. Der Teppich schmirgelt ihr die Knochen ab. Sie muss weiter, aber es geht nicht. Ihr Kopf stößt an eine Mauer. Dahinter hört sie Rufen. Da ist wieder diese zarte Mädchenstimme und noch eine andere, eine zweite, eine Kleinkindstimme, und beide rufen sie. Sie erstarrt, sie erinnert sich. Sie hat zwei Kinder, und beide hat sie verloren. Das Mädchen und einen kleinen Jungen mit wütenden Augen. Er versteht nicht, warum sie nicht da ist, wo sie hingehört. Sie verlangen nach ihr. Irgendwo in der Nähe. Sie ist vielleicht ganz nah. Sie kommt sofort zu ihnen. Ihr Kopf, komplett abgeschaltet, weiß nur noch dieses. Sie spürt nichts mehr. Der Kopf knallt gegen die Wand, und mit jedem Schlag werden die Stimmen um sie herum lauter. Alles wird nass. Der Geschmack von Blut. Sie ist glücklich. Die Teppichhölle aufgerissen. Sie wird nicht ersticken.

Dann sieht sie die beiden Gesichter, wie sie sie anstrahlen. Sie haben ihren ganzen Schmuck aus der Schublade genommen und auf den Balkonpflanzen verteilt. »Schau mal, Mama, bei uns ist Weihnachten!«, jubeln sie. Sie wissen genau, dass sie etwas Verbotenes tun, und lächeln umso süßer. »Jetzt hab ich euch endlich, ich lass euch nie wieder los!«, sagt sie, dann wird das Rauschen in ihrem Kopf unterbrochen.

Sie reibt sich die Augen. Alles ist weiß. Ein Mann beugt sich über sie und kippt ihr Wasser ins Gesicht. Er ist vermutlich die Reinigungskraft, oder wie nennt man ihn, vielleicht Roomboy? Und da ist ja auch wieder dieses Zimmer mit den Kleiderbergen und den hellblauen Federn. Sie muss zu den Kindern, aber dieser Mann hält immer noch ihr Gesicht fest. »Ich rufe einen Arzt«, sagt er und verlässt das Zimmer.

Sie muss sich beeilen, sie muss hier weg. Das Ziehen durch den ganzen Körper, das kennt sie doch, das Gefühl, immer für die Kinder da zu sein, sich um sie zu kümmern. Der Schmerz um Herbert hatte genau das in ihr verbrannt.

Kurz reißt alles auf. Wo sind die Kleinen? Was, wenn sie sie nicht findet? Sind sie geklaut oder überfahren worden oder verhungert? Sie kriegt keine Luft. Sie muss atmen, die Türen aufstemmen, irgendwo dahinter ist noch alles da, oder? Dahinter ist alles gut. Es war doch immer gut. Sie weiß, sie hat sie ins Bett gebracht. Das war aber nicht dieses hier, das waren zwei Betten nebeneinander.

Sie muss sehr genau nachdenken, fein die trockenen Wände abkratzen, irgendwo ist da eine Lücke, wo sie dazwischenkann, sie muss sie finden.

Aber erst einmal kommt dieser Hotelarzt. Die können sie doch nicht einfach festsetzen und untersuchen. Sie muss die Kinder finden. Es geht hier nicht um ihre Schmerzen, und sie kann es diesem Arzt leider unmöglich recht machen, sie kann es niemandem mehr recht machen, sie muss sofort in ihr Leben, ihr richtiges Leben zurück.

FLUR

Sie kriecht zu dem Klamottenberg, zerrt einen Seiden-lappen heraus und sich über die Nase. Blumendruck, hellblaue Federn an den Ärmeln und unten am Rock-saum. Das wird den Kindern gefallen. Ein langer weißer Pelz glotzt sie aus der Ecke an. Woher kennt sie den? Sie watet durch ihre Gedanken.

Keine Zeit! Sie braucht Schuhe. Hier sind aber keine, weit und breit nicht. Sie schiebt sich an der Wand nach oben. Die Beine stolpern los. Sie reißt die Zimmerkarte aus der Halterung, dann schlägt die Tür hinter ihr zu. Man müsse auch mal eine Tür hinter sich schließen, dafür gingen dann drei neue auf, sagt Larry. Er ist ihr bester Freund und kennt sich mit Türen aus, oder eher mit Aus-gängen? Hier sind viele Türen. In welche Richtung soll sie gehen? Für ein Ausschlussverfahren reicht ihre Kraft nicht.

Gerade öffnet sich eine Tür, genau neben ihr. Ein Mann mit Anzug und Rollkoffer tritt auf den Flur. Sein Blick rutscht zu ihren nackten Füßen. Sie wankt, starrt ihn an. Sie will losgehen, taumelt aber und hält sich an der Tür fest. Sein Blick surrt von ihren Füßen die Beine hoch, Federkleid, Pelz, Blut an der Stirn. Ihr Mund zieht sich zusammen. Nur noch mal kurz an der Wand anleh-nen. Die Übelkeit ist aufdringlich. Sie muss herunter-geschluckt werden. Sie sieht zu dem Mann, er weicht ihrem Blick aus. Sie geht auf ihn zu, schlingert, bleibt aber aufrecht. Sie weiß nicht, wo sie anfangen soll. Sie hört ihre Kinder rufen. Ihre Stimmen schnüren ihr die

Kehle ab. Der Mann steht im Türrahmen, hat noch einen Fuß in der geöffneten Tür. Sie hält sich an ihm fest. Er weicht nach hinten aus, sie greift nach seinem Gesicht. Er wehrt sich, aber sie lässt nicht los, die Zeit drängt. Sie kann doch nicht barfuß durch die Stadt.

»Los. Ich brauch deine Schuhe.«

Er lacht. Hoch und hüstelnd.

»Wer bist du denn?«, fragt er, grinst verlegen.

Was geht den das an. Wo sie es doch selbst nicht mehr weiß.

»Sag doch Schnulli«, antwortet sie ungeduldig.

»Das ist doch kein Name«, sagt er.

Sie dreht den Kopf zur Seite, atmet ein und sagt dann, mit Blick in sein Gesicht: »Mag sein. Ich muss los, jetzt mach mal.«

»Was?« Er lacht schon wieder. »Haha. Na ja, die passen dir bestimmt nicht. Was hast du denn für eine Schuhgröße?«

Sein Atem löst ihren Würgereiz aus.

»Zweiundvierzig«, antwortet sie. Schaut sich seine Schuhe an. Sie sind schwarz und klobig.

»Passt eh nicht«, erklärt er zufrieden.

»Ist egal«, sagt sie schnell.

»Die waren nicht ganz billig«, fährt er fort. »Wirklich nicht. Fünfhundertvierzig Euro. Oder du gibst mir das Geld. Ich kann sie dir ja verkaufen.« Er kichert, begeistert von seiner Idee.

Sie starrt ihn an.

»Vergiss es, ich bin momentan nicht zahlungsfähig. Meine Kinder erziehe ich allein. Mein Mann lebt mit einer anderen Frau zusammen.

Um 6 Uhr weckt mich eines der Kinder, das andere schläft ausgerechnet dann länger.

Ich muss:

Um 9 Uhr Kinder in die Kita bringen.

Um 9.30 Uhr Essen im Supermarkt klauen.

10–13 Uhr, Stimm- und Repertoirearbeit, ich bin Opernsängerin. Leider seit über einem Jahr ohne Engagement. Aber es kann ja jederzeit wieder losgehen. Also Tonleitern, Intervalle.

13–15 Uhr, Arien auf Deutsch, Italienisch, Französisch, Russisch. Üben, bis man jeden Ton im Dunkeln kennt und sich blind in den Liedern zurechtfindet. Manchmal wird sehr spontan, also ein paar Stunden vor dem Auftritt, besetzt, weil jemand ausfällt, und dann muss man das Repertoire perfekt können.

Ich muss:

Immer auf Abruf sein, auch im Schlaf.

Mich ständig im Schlaf treten lassen. Im Wachen anbrüllen lassen.

Immer etwas zu trinken dabeihaben.

Ununterbrochen die Gefühle der Kinder aushalten.

Wutanfälle, Trauer, Schmerzen.

Immer, also wirklich immer, ein Ohr bei den Kindern haben.

Ständig aufpassen.

Bei Kälte Jacken und Mützen gegen den Willen der Kinder anziehen.

Sonnencreme gegen ihren Willen auftragen oder zwei Stunden diskutieren.

Entscheiden, wann im Streit der Kinder der Punkt ist, wo man eingreifen muss.

Alles, was die Kinder sammeln, mitschleppen.

Überhaupt schleppen, alles gleichzeitig:

Einkäufe,

weinende Kinder,

vor Wut brüllende und tretende Kinder,

Laufräder,

Schlitten,
Kinderrucksäcke.
Dann muss ich:
Wäsche waschen,
Wäsche falten,
Kinderzimmer aufräumen,
alle Zimmer aufräumen,
staubsaugen,
Töpfe abspülen,
kochen und noch mal kochen.
Gut gelaunt sein.
Nicht zu oft vor den Kindern weinen.
Singen oder auch nicht singen, je nach Laune der Kinder.
Geschichten erzählen, Geschichten vorlesen.
Zuhören, was die Kinder erzählen, obwohl man etwas anderes denken und etwas anderes tun muss.
Zuhören und so tun, als ob man es versteht.
Sich dafür schämen.
Unendlich geduldig sein.
Alles erklären.
Verkatert Frühstück machen.
Verständnis haben.
Immer in den eigenen Gedanken unterbrochen werden.
Immer den eigenen Rhythmus von jemand anderem bestimmen lassen.
Lego bauen.
Stifte anspitzen.
Fünftausendmal die gleichen Spiele spielen.
Lieben, lieben, lieben.
Grenzen respektieren.
Eigene Grenzen setzen.
Eigene Grenzen immer wieder übertreten lassen.
Einkaufen.
Kochen.

Waffeln backen.

Hintern abwischen.

Kotze aus der Bettwäsche und den eingepinkelten Hosen waschen,

Betten beziehen.

Staubsaugen.

Arien üben, die außer mir vermutlich kein Mensch je hören wird, täglich siebenhundert Bewerbungsbriefe abschicken.

Fingernägel schneiden.

Ponys schneiden.

Lustige Drachen aus Transparentpapier basteln.

Kuscheltiere nähen und hinterher die ganzen Schnipsel wegfegen, angemalte Steine und festgeklebte Nudeln aufsammeln, den Boden sauberlecken, weil mir das Wasser abgestellt wurde.

Den ganzen Kitamassenmailzirkus verfolgen.

Ritterburgen und Zoos aus Kaplasteinen bauen, Bausteine, die ich nicht mal kenne, du Arschloch«, sagt sie dem Mann. »Los, Schuhe aus!«

Der Aufzug glänzt verschwommen. Sie weiß nicht, warum sie weint. In kleinen Schrittchen stemmt sie sich über den Teppich. Die Schuhe sind wirklich zu klein. Aber sie kann gehen. Ihr ist so übel. Sie merkt, wie die Angst sich in ihr formt, sie sieht Kinderhände, aber die Körper fehlen, einzelne Hände, sie kann sie nicht zusammenkriegen.

Die Aufzugstüren gleiten auseinander, der strenge Roomboy kommt ihr entgegen. Neben ihm jemand, der sehr geschäftlich wirkt, und ein grauhaariger Mann mit Arztkoffer. Der Roomboy zeigt mit dem Finger: »Das ist sie!«

»Ihnen ist nicht gut?«, fragt der Geschäftliche.

»Geht Sie das was an?« Sie schluckt ihre Rotze herunter.
Ihr Finger berührt den E-Knopf.
Der Mann greift ihr an die Schulter. »Dann geht es Ihnen
wohl besser, das freut mich zu hören. Und gut, Sie noch
anzutreffen«, sagt er. »Wir konnten Sie gestern leider
nicht erreichen. Es gibt ein kleines Problem mit Ihrer
Kreditkarte, Sie haben doch bestimmt noch andere
Zahlungsmöglichkeiten? Und es gab ein Versehen, einer
Dame wurde ein Einkauf mit Kleidung geschickt, der
unglücklicherweise an der Rezeption bei Ihnen gelandet
ist? Diese Tüte bräuchten wir selbstverständlich zurück.
Waren Sie denn gestern noch auf der Premiere?«
Er schaut sie an, von oben bis unten. Ihre Haut kribbelt.
Die Handflächen kleben. Der Magen an der Schädel-
decke. Was für eine Premiere? Der Mann stinkt. Raucher-
schweiß und Aftershave. Der Teppich riecht nach Hund.
Sie reißt sich los, er bleibt irritiert stehen.
Während die Aufzugtüren sich schließen, hört sie den
Mann ohne Schuhe sagen: »Nein, ich kenne sie auch
nicht.«
Sie nimmt sich vor, erst außerhalb des Hotels zu kotzen. Auf dem begrünten Mittelstreifen, an einer auch bei
Hunden sehr beliebten Stelle.
Man kann ja viele Dinge steuern. Mit hohem Fieber eine
Premiere singen, eine Geburt überleben, obwohl man
währenddessen merkt, das geht nicht, das ist zu groß, es
lebt schon mehr, als man vorher ahnte, und die Schmerzen hebeln jede eigene Wahrnehmung aus. Sie hatte immer das Gefühl, einen Vertrag mit ihrem Körper schließen zu können, dem zufolge er erst nach dem Erbringen
einer bestimmten Leistung zu seinem Recht kommen
durfte.
Bis auf die Straße, das ist diesmal das gesetzte Ziel.
Der Aufzug spuckt sie in hellen Marmor. Sie schwankt

auf einen Tisch mit vielen Vasen zu. Blitzschneller Richtungswechsel. Dahinten das Licht, sehr fern hinter dem vor Betriebsamkeit surrenden Foyer. Sie presst den Mund zusammen. Denn wenn das hier danebengeht, halten die sie fest. Schneller. Sie rammt zwei Männer in Polohemden, die sie anstieren. Sie weicht aus. Das Plätschern eines Springbrunnens knallt ihr entgegen, überall Sessel und Tische. Der Boden ist weich unter ihren Füßen, ein Teppich, beige-bordeaux gemustert. Eine Gruppe Frauen strecken ihre Pos für ein Gruppenfoto zusammen. Parfums kreischen durcheinander. Der Geruch von Kaffee weht herüber, ihre Übelkeit drückt gegen den Gaumen. Sie beugt sich nach vorn, ihre Beine versuchen, nachzukommen.

Eine Frau von der Rezeption rauscht auf sie zu, weiße Bluse, geknotetes Tuch, sie ruft etwas. Wieder Richtungswechsel. Vom Klavier metallischer Chopin. Sie wühlt sich zwischen eine Rentnergruppe, aufgeblasene Stirnen, glänzend gekämmte Haare, Sahnegeruch von Cremes. Die Frau von der Rezeption nähert sich, wird von einem Mitglied der Rentnergruppe aufgehalten. Die Schuhe sind viel zu klein. Sie fixiert die Drehtür, holt tief Luft und stolpert ihr entgegen, der Mund ist voll, sie presst die Lippen aufeinander, nur noch wenige Meter nach draußen, sie trippelt, schluckt, die Säure drängt von innen gegen die Lippen. Ein Mann mit einer rosa Papiertüte steuert aus der Drehtür auf sie zu, ihre Beine bremsen, ihr Oberkörper wirbelt nach vorn, mit Nähmaschinenschrittchen in die Drehtür, sie fliegt nach draußen.

Sie stürzt zwischen den Taxis auf die Straße, ein Page in dunkelroter Uniform zieht sie zurück, ein Touristenbus donnert vorbei, seine Hand auf ihrem Rücken, sie reißt sich los, sieht zur Mittelinsel. Gras und eine Mülltonne, ein Fahrrad bremst. Sie prescht durch das Orange einer Touristenfahrradgruppe über die Straße, der überquellende Mülleimer neben einer Bank, ein Busch, sie weicht der Hundekacke aus und hält sich beim Kotzen die Haare aus dem Gesicht.

Ausgewrungen fällt sie auf die Bank. Vergorene Sommerluft, überall Moder und Dreck. Der Hals kratzt, der Kopf sticht. Wo fängt sie an? Wann hat sie die Kinder zuletzt gesehen? Wo waren sie? Sie kann sich nicht erinnern.

Panik steigt auf. Atmen. Tiefer. Sie legt sich hin, schließt die Augen.

Sie hält ihre weichen Hände. Auf ihrer linken Brust liegt der Flaum eines schweren Kopfes. In ihrer rechten Hand spürt sie die weichen Fingernägel einer Kinderhand, die beim Einschlafen zuckt.

Sie hat sie ins Bett gebracht. Wo ist dieses Bett?

Sie waren zusammen. Ein kleines Zimmer. Zwei aneinandergestellte Betten aus billigem Holz. Gelbe ausgekochte Bettwäsche. Sie hatten keine Schlafsachen, keine Schlafanzüge, keine Zahnbürsten. Kein Buch zum Vorlesen. Sie haben sich sofort ins Bett gelegt. Sie in die Mitte auf die Ritze, in ihren Armen die Kinder. Neben das Bett hatte sie auf beiden Seiten Stühle geschoben. Nein, nur auf der einen Seite einen breiten Stuhl, auf der anderen die einzige Kommode in diesem Zimmer. Die Kommode war schwer, sie quietschte laut beim Schieben, aber so konnte der Kleine nicht rausfallen in der Nacht. Sie hatten alle nacheinander noch einmal gepinkelt, im Flur gab es eine kleine Toilette mit starkem Pfirsichduft. Dann lagen sie im Bett. Neben ihnen ein Zahnputzbecher mit lauwarmem Wasser aus der Leitung, denn die beiden hatten immer Durst, sobald sie das Licht ausmachte. Dunkeldurst. So hatten sie dazu gesagt.

Sie war so glücklich, als sie die Kinder an diesem Abend wieder bei sich hatte. O Gott, ja. Sie war nach Herberts

Besuch fast zu spät in der Kita gewesen. Sie hatte versucht, die Zeit zu überholen. Und musste sich auf dem Weg bei Greg in der Bar noch Geld leihen.

Wie hatte sie sie danach überhaupt loslassen können? Sind sie noch im Hotel mit der gelben Bettwäsche? Sie hatte sie am Nachmittag ja nur in der Kita vergessen. Und den Schlüssel in ihrer Wohnung.

Nein. Nicht vergessen. Das war alles wegen Herbert.

BETON

Wie lange hat sie hier gelegen? Sie fühlt sich wie betäubt. Der Moder bedrängt sie mit seiner Süße. Sie muss endlich aufstehen, aber sie klebt an der Bank fest. Ihr Körper hat sich in Beton verwandelt. Nie gekannte Schwere. Nicht einmal der Kopf lässt sich heben. Langsam. Nicht wackeln.

Das gelbe Zimmer.

Der Milchgeruch der Haare zieht sie hoch.

Aber in welche Richtung?

Unbedingt zum gelben Zimmer.

Oder hat Herbert die Kinder geholt?

Nein, war ihm alles sehr unrecht. Er hatte sich sofort aufs Beistellbett gelegt. Es war ihr letzter gemeinsamer Urlaub gewesen. Ungefähr zwei Jahre war das her. Ein paar Tage Mallorca. Er veröffentlichte direkt danach das siebte Sequel seines ersten Spiels, ein Krieg zwischen zwei verfeindeten Bauernhöfen, und sie musste nach Helsinki, kurzfristige Übernahme, Brunhild in der Götterdämmerung, die Kollegin hatte eine Stimmbandentzündung. Die Kinder würde sie mitnehmen, abends einen finnischen Babysitter ins Hotel bestellen. Die Kinder bei ihm zu lassen hatte nie zur Debatte gestanden.

Aber erst einmal wollten sie sich erholen. Sie nahmen ein gutes Hotel im Norden Mallorcas, ziemlich teuer, sie bestand darauf: »Komm, nur fünf Tage! Für was geben wir denn sonst Geld aus!«

Das Hotel wachte majestätisch auf einem Hang über die Gärten und das Meer. Sie nahmen nur ein kleines Zimmer, keine Suite, das wäre Herbert dann wirklich zu teuer gewesen, obwohl er mit *Acker 7* unglaublich viel Geld verdient hatte, aber wenn es ans Ausgeben ging, konnte er sich nur unter großen Schmerzen dazu überwinden. Im Hotel spürte er in den Gliedern, wie ihm ununterbrochen das Geld aus den Taschen gezerrt wurde. Die Kellner nagten an seinen Fingern. Er konnte nicht mal im Bett liegen, ohne zu kommentieren, was diese Minuten bis zum Frühstück jetzt wieder kosteten. Und das Frühstück erst! Er musste aufpassen, dass ihm vom Wissen über diese Kosten nicht so schlecht würde, dass er nicht mal mehr frühstücken könnte, er also bezahlen müsste, ohne dass er überhaupt eine Leistung erhalten hätte. So wie er sich auch immer ärgerte, wenn er für die U-Bahn ein Ticket gekauft hatte, die Kontrolleure aber trotzdem ausblieben.

Sie hatten ein Beistellbett für die Große geordert. Noch mal zehn Euro extra pro Tag, aber zu viert in einem Bett ging es einfach nicht, und der Kleine, der gerade ein knappes Jahr alt war, verlangte, möglichst nah an Mama zu schlafen, sonst setzte seine empörte Trompete ein, die nur durch Hautkontakt mit Mama abgestellt werden konnte. Natürlich hätte man auch ihn in ein Babybett legen und das Tröten stundenlang aushalten können, sie hatte das zu Hause schon öfter versucht, aber irgendwann hatte jedes Mal die allgemeine Verzweiflung gesiegt, und die Möglichkeit, ihn neben sich zu legen und seine Zufriedenheit zu spüren, war zu verlockend.

Die Große war schon drei, aber als sie das Beistellbett sah, in dem sie schlafen sollte, trötete sie nicht, weinte dafür laut und herzzerreißend. »Das ist so ungerecht! Nur weil der kleiner ist, darf er bei Mama schlafen? Und ich? Da hinten an der Wand? Das ist aber ganz weit weg von dir, Mama! Das ist so gemein! Warum muss immer ich so weit weg?« Sie weinte mit aufgerissenen Augen. Sie würde auf jeden Fall weiterprotestieren, sie hatte Kondition. Sie musste ja dauernd um ihre Rechte kämpfen.

Und das war Herbert in diesem Moment zu viel.

Er hatte sich so sehr auf eine erholsame Woche mit seiner Frau gefreut. Er wollte sofort wieder abreisen.

»Wir haben noch keinen einzigen Satz miteinander gesprochen, seit wir unterwegs sind, ohne dass ein Kind dazwischenredet oder schreit! Andauernd! So kann man doch keinen Urlaub machen! Bei den anderen Leuten geht das doch auch! Oder muss man immer ein Kindermädchen dabeihaben? Das kann ja nicht wahr sein!«

»Bitte hab doch ein bisschen Geduld, die beruhigen sich, die sind nur beide total übermüdet, das wird schon!«

Er war erschöpft, sie fand ihn so schön, wenn er dünnhäutig war. Dann sah sie diesen aufgerissenen Ausdruck, sein Gesicht bekam etwas Erwachsenes. Und das rührte sie noch mehr als seine Verspieltheit, in die sie sich vor so langer Zeit verliebt hatte. Jetzt war er ganz anders. Schwerfällig. Bestimmt. Gereizt, sogar cholerisch bis zur Ausfälligkeit. Manchmal glaubte sie, für diese Verwandlung mitverantwortlich zu sein. Sie hatten sich zusammen weiterentwickelt und verändert. Er hatte immer zu ihr gestanden, ihre Unsicherheiten ausgehalten. Sie war ihm dankbar.

Er hatte sich die letzten Wochen vor dem Urlaub in seinem Zimmer eingeschlossen, kam nur raus, um neues Gras zu kaufen und essen zu gehen. Dazwischen arbeitete er. Sagte er. Die lange Zeit, bevor ein Spiel rauskam, war furchtbar anstrengend, und je anstrengender etwas war, desto mehr musste er kiffen. Auch er betrieb also aufopfernd Raubbau an sich, für die Familie! Das erschöpfte doch elementar! Das sah leider keiner. Immer ging es nur um sie, Mütter durften immer müde sein.

Aber was war mit ihm? Er hatte ja die Verantwortung. Musste Geld verdienen. Ihre Launen aushalten, ihre Müdigkeit, das ganze Geschrei, das Chaos und die ständige Unruhe, seit die Kinder da waren.

Und für Mallorca war endlich ein paar Tage Ruhe geplant. Er hatte extra kein Gras eingepackt, dann käme er schön runter. Man musste sich im Urlaub doch erholen, so war das vorgesehen. Und dafür gab es ein bewährtes Programm, nämlich ausgiebiges Frühstück mit Zeitung, Vormittagsschläfchen, Mittagessen, Siesta, gefolgt vom Aperitif, Essen, Drinks, dabei ununterbrochen Gespräche, also Vorträge seinerseits, im Urlaub wollte er endlich mal seine Ansichten teilen. Sonst denkt man leider immer nur vor sich hin, aber jetzt wollte das alles raus! Gewürdigt werden! Wenn nur er selbst sich immer so gut fand, war das einfach nicht ausreichend! Aber dauernd wurde hier dazwischengequäkt. Ganz unangenehm gebrüllt, obwohl er noch nicht zu Ende geredet hatte. Wie sollte er sich da merken, was er sagen wollte? Und immer stand die Frau auf. Nahm Kinder mit ins Bett und wollte dann trotzdem weiterknutschen. Das Kind am Busen! Diese Vermischung von Zuständen konnte er nicht aushalten.

Irgendwann war es ihm gelinde gesagt zu blöd gewesen. Er hatte mehrere Whisky getrunken, damit diese unerfreuliche Phase des Abends, in der seine Frau wieder irgendeinem der alle zwei Minuten unter fremde Tische krabbelnden Kinder hinterherkroch, überbrückt werden konnte. Aber als sie dann – er hätte noch so vieles erzählen wollen, hatte sich auf seinen letzten Langstreckenflügen sogar durchs Lesen einer internationalen Zeitung und eines wöchentlichen Magazins gut vorbereitet – endlich die schwere Zimmertür öffneten und die Frau sich mit den zwei Kleinkindern im Arm auf das Doppelbett fallen ließ, legte er sich, ohne weiter um Land und Wort zu kämpfen, sofort auf das schmale Beistellbett.

Vielleicht hatte es auch was Gutes. Da konnte er seine Klamotten anbehalten, ohne dass es groß auffiel. Musste nicht duschen, nicht warten, bis die Kinder schliefen, und dann noch eine Zärtlichkeit zu seiner Frau aufbauen. Er legte sich einfach mit dem T-Shirt, das er schon mehrere Tage anhatte und das ihm mit seinem privateigenen Geruch Geborgenheit spendete, hin, zog die saubere Decke über sich und schlief ein.

Sie hatte ihn beneidet, während ihr die Kinder Arme und Beine um die Ohren pfefferten. Sie hatte dort im Bett gelegen, war so müde, aber ihr Kopf rumpelte wie nach einem zu schweren Essen. In diesem Urlaub lief einiges schief, das merkte auch sie. Aber sie hatte keine Ahnung, was sie dagegen tun sollte. Eines der Kinder schrie immer, und sie konnte sie ja schlecht weinend ins Zimmer sperren, um dann entspannt mit ihrem Mann auf der Terrasse einen Drink zu schlürfen und ihm zuzuhören. Sie versuchte, sich im Bett umzudrehen und das schleichende Gefühl, in ihrer Beziehung den Kern verloren zu haben, wegzuschieben, aber die Kinder pressten sich auf beiden Seiten dicht an sie. Sobald die Müdigkeit sie endlich kurz an den Meeresgrund drückte und damit den verrutschten Zustand der Gegenwart verwischte, schlug ihr aber schon wieder eine Kinderhand auf die Nase. Und nein, so konnte sie nicht schlafen, und morgen würde sie, übermüdet und dadurch überempfindlich, noch weniger Nähe zu ihm aufbauen können.

Vielleicht könnte sie sich mit Herbert auf den kleinen Balkon setzen und beim Roomservice anrufen, damit ein livrierter Herr ein Tablett mit glänzenden Weingläsern brächte?

Herbert schnarchte. Sie küsste ihn zärtlich auf seine verschwitzte Schläfe. Wenn er eine Kiffpause machte, befreite sich sein Körper mit dem Schweiß von allen Giften, dann roch er immer so. Sie spürte, wie sehr sie ihn liebte. Nein, jetzt ging das nicht mehr. Zu spät für den Balkonservice. Wenn er schlief, brauchte man zwölf Stunden nicht anzuklopfen. Sie versuchte, sich wieder zwischen die tretenden Körper einzufädeln. Sie hatte gedacht, er könnte warten. Die schwierige Zeit mit den kleinen Körpern abwarten. Auf sie. Bis sie wieder freier wäre. Aber er konnte wohl nicht.

Kurz danach hatte er die Vigräne getroffen, die sich am Abend sehr gern bei Whiskey und Zigarette seinen Ansichten hingeben wollte. Die hatte auch nicht diese unliebsamen Kindervorgänge an der Backe.

BRAUCH BLAU

Sie könnte nicht sagen, wo das wäre, sie weiß nicht den Straßennamen, aber die Richtung stimmt. Sie eilt die Touristenmeile entlang, schiebt sich an den äußeren Rand zur Straße, um vorwärtszukommen, ein Bus drückt sie in die Menschenmenge zurück, Taschen und Telefone hacken ihr in die Rippen, Sonnenbrillen bedrohen ihr Gesicht, Geschwätz, die Busabgase, gleich kippt sie um, denkt sie, boxt sich aus dem trägen Gewühl und drängt dicht an den Hauswänden voran.

Es muss hier gewesen sein. Sie steht vor einem schrabbeligen Altbau mit verheulter Fassade. Das frühere einheitliche Zitronengelb ist abgerutscht, jetzt hängen schwarze Augenringe unter den Fenstern. Der Verkehr hat seine Farbe hinterlassen, der Regen sie verwischt. Ein Schild trägt den Hotelnamen. Schräg gegenüber ist ihre Wohnung. Die Wohnung, wo Herbert und sie vor dreizehn Jahren eingezogen waren. Seit zwölf Monaten wohnt sie dort allein mit den Kindern.

Als sie die Wohnung damals gefunden hatte, freute er sich wie ein Rohrspatz. Herbert schüttelte sich manchmal beim Lachen. Immer wenn es uberschwappte, wenn seine Freude größer war, als er es aushielt, entstand dieses Schütteln, das sie mit etwas erfüllte, das sie als Freude empfand. Sie wollte, dass er immer glücklich wäre, wollte bei Wartezeiten am Flughafen seinen schlummernden Kopf in ihrem Schoß bewachen, ihn zum Aufwachen küssen, ihm ständig erzählen, was sie dachte, mit ihm teilen, wie es ihr ging, wollte nur an seiner Schulter ins

T-Shirt heulen, wenn es überhaupt sein musste. Mit ihm essen gehen, über sich lachen müssen, weil sie immer dasselbe bestellen und jede Eigenart mögen. Bei der Geburt des ersten Kindes mit ihm Lachkrämpfe kriegen. Ihn anschauen. Sie hat gedacht, genau das sei Liebe. Dass man sich immer freute, mit dem anderen zusammen zu sein. Sie hatte geglaubt, dass Liebe niemals enden könne, dass das physikalisch nicht möglich sei.

Jetzt ist sie aufgeregt, ihr linkes Augenlid zuckt, das Haus schwankt. Sie muss es festhalten! Warum ist sie hier? Sie kann sich nicht erinnern. Lücke. Ein gelbes Haus? Gegenüber von ihrem? Hat Larry, ihr bester Freund, der schöne Larry, sich etwas bestellt, das sie für ihn abholen sollte? Warum denn hier? Sie hat kein Geld. Nicht mal ein Telefon. Sie hat nichts dabei. Vielleicht wird sie einfach vor diesem Haus warten. Aber worauf?

Ein Mann mit rotblonden Locken und einer selbst gedrehten Zigarette im Mund öffnet die Tür, stößt gegen sie, aber er reagiert nicht, schaut nicht auf, klopft nur sein Feuerzeug gegen den Handballen und zündet seine Zigarette an. Er atmet laut aus und schließt die Augen. Ein Moped knattert vorbei. Herbert hatte genau diese Löckchen bekommen, denkt sie, als er anfing, seine Haare wachsen zu lassen. Nach fünf Jahren als Berufssoldat stieg er plötzlich bei der Bundeswehr aus. Um ganz bei ihr sein zu können, hatte er gesagt. Sein kurzgeschorenes Haar. Wie es sie erregte, mit den Fingern darüberzustreichen, als sie sich kennenlernten. Die kitzelnde Berührung auf der Handfläche. Und auf einmal wuchsen ihm diese rotblonden Locken. Sie explodierte vor Lachen, weil er so anders aussah und von einem Tag auf den anderen endlos auf dem Sofa in ihrer Küche hing, nur, sobald sie aus der Hochschule nach Hause kam, wie ein Hund um sie herum sprang und aufgeregt von Videospielen erzählte, die er entwickeln wollte, während er seine Erdnussflips in der ganzen Wohnung verteilte und sie mit dem Pflanzenaroma seiner Joints umhüllte.

Sie wühlt mit beiden Händen in ihren Manteltaschen. Der Mann zieht seine Augenbrauen hoch und lässt den Mund aufklappen, in seinem kurzen Bart glitzern graue Haare. »Was machst du denn hier«, bellt er, »wo warst du denn auf einmal, vorgestern?« Er starrt sie an, seine Mundwinkel sind aufgesprungen, weißliche Spucke zieht darin Fäden.

Sie weicht zurück und zieht ein zerknautschtes Päckchen Camel aus dem Mantel, sucht nach einer unversehrten Zigarette und steckt sich schnell die einzige nicht zerbrochene in den Mund. Als er ihr Feuer gibt, entblößen die hochgekrempelten Ärmel seiner Strickjacke rote Pusteln auf seinem Arm. Um sein Handgelenk silberne Kettchen. Seine Augen kommen ihr zu nah, schnelle Tierchen, die auf ihr herumkrabbeln, denkt sie, gelbe Zähne, sein Rauch kriecht ihr in den Kragen. Kennt sie diesen Typen?

»Die ham noch den gesamten *space* unter Wasser gesetzt, die ganze rote Mall geflutet. Du Arme, kriegst auch nichts mit, hast ziemlich was verpasst.« Er grinst, scheint sich zu freuen, dass es ihm besser geht, und nickt, weil ihm nur das Beste gebührt. »Wohnste etwa auch hier?« Sein Hinterkopf deutet auf ein gelbes Schild, das über der Tür hängt. HOTEL HEDWIG steht in schwarzer Schrift darauf.

Eine Dorfhoteltür. Dunkelbrauner Metallrahmen. Strukturiertes Glas.

Hier ist sie mit ihren Kindern gewesen. Beide haben sie ihre Hand nicht loslassen wollen, also hat sie die Tür mit der Stirn aufgedrückt, an ihrem Arm baumelnd eine

Tüte mit Nasi Goreng. Die Plastiktüte schnitt ihr ins Handgelenk.

Die Kinder sind hier! In diesem Hotel!

Sie dreht sich um, schnippt die Zigarette auf die Straße.

Der Mann schnauzt: »Und wieder ist sie weg!«

Sie geht durch die Tür.

Sie haben das Strukturglas der Tür berührt. Mit den Fingerspitzen die Landschaften auf der Oberfläche erkundet.

Der Flur ist jetzt leer. Die Theke unbesetzt.

Sie hat fünfzig Euro bezahlt. Ein Doppelzimmer mit Frühstück, Klo auf dem Flur. Da stand eine kurzhaarige, stark geschminkte Frau hinter dem Tresen. Vor der hatte sie Respekt. War das Hedwig? Eine bestimmte Sorte praktisch veranlagter Frauen jagt ihr Unbehagen ein.

Hinter der Theke führt eine Treppe mit rauchblauem Teppich nach oben. Sie sieht sich um und steigt dann die Stufen hoch, verharrt kurz, lauscht, aber sie hört nicht den kleinsten Mucks. Weil sogar der Mucks versteckt ist, denkt sie. Weil sie wahrscheinlich inzwischen das komplette Zimmer in eine Höhle verwandelt haben. Höhlen sind das Spezialgebiet ihrer Kinder, da macht ihnen keiner was vor. Sie erinnert sich an ihren letzten Geburtstag, als die Kinder ihr eine selbst gebaute Höhle geschenkt haben und sie fast den ganzen Tag darin verbrachten. Sie lächelt, sie haben sicher etwas für sie vorbereitet, das machen sie ja am liebsten.

Sie hat was genommen. Das war's. Sie war das letzte Mal hier auf irgendwas. Das sie nie genommen hat, vorher. Und sie hat Angst davor gehabt, wollte das nicht nehmen, aber sie musste. Wegen – was denn? Was war denn davor? Herbert hat traurig ausgesehen. Sie bleibt stehen, hält sich am Geländer fest. Atmet tief ein. Reibt sich die Nase. Ihr Gesicht ist nass, der Schweiß schmeckt sauer.

Die letzten zwei Stufen nimmt sie mit einem Schritt. Der Boden knarrt, Teppich auf alter Diele. Vom Flur gehen fünf Türen ab, eine schmale Klotür steht weit offen. Es muss das Zimmer auf der anderen Seite sein, die Kinder waren ja mit ihr nach gegenüber aufs Klo getrampelt. Sie zögert. Sie wird die Tür öffnen und ihre Kinder in den Armen halten. Sie fängt an zu summen. Die Kinder sind sicher schon lange wach und vermissen sie. Ein Geburtstagslied, denkt sie, die beiden wollen immer Geburtstag spielen. Nein, nein, ihr fällt eine Arie aus dem Lohengrin ein, genau, die, wo Elsa zurückkehrt! Sie hört das Orchester und setzt ein, dabei reißt sie die Tür auf und stürzt aufs Bett zu.

Das sind aber nicht ihre Kinder. Im Bett liegt ein Paar, eng umschlungen, Wange an Stirn. Die Frau wacht auf, schaut sie verschlafen an. Die beiden hier sind in einer anderen, einer sehr heilen Welt. Genau so hat sie mit Herbert in allen Kaschemmen dieser Welt gelegen. Überall, wo sie ankamen, gingen sie erst einmal ins Bett. Um miteinander zu schlafen und dann nah aneinander wegzusacken.

Die Frau schließt ihre Augen wieder und schmiegt sich an den Mann, dessen Kinn zur Tür weist. Er murmelt nur: »Du bist falsch.«

Sie steht vor dem Bett, die Hand an den Mund gepresst. Sie dreht sich um. Es ist stickig. Die Fenster sind geschlossen, an der Wand ist das Waschbecken, darauf steht der Becher, den sie gefüllt hatte.

Ihre Stimme zittert. »Wo sind meine Kinder? Die waren hier. Wo sind sie jetzt?«

Hier hat sie mit ihnen gelegen. Das ist der Geruch der ausgekochten zitronengelben Bettwäsche. Sie haben noch geschlafen.

Sie schreit.

An der Theke steht sie vor der Frau mit den stoppeligen Haaren.

»Ihre Kinder sind direkt nach dem Frühstück gegangen. Ich hab denen natürlich gesagt, das geht auf gar keinen Fall. Ist ja gefährlich mit dem Verkehr, und die Straßenbahnen, was. Aber Ihr Töchterlein hat gesagt: Nee, das machen wir immer so, wir gehen allein zur Kita, der Kleine und ich, wenn die Mami nicht kann, wir sind auch schon drei und fünf, zu zweit also acht. Na, dann sind sie eben losgewackelt. Und das hier haben sie Ihnen gemalt, soll ich Ihnen geben.«

Sie schiebt ihr ein Blatt rüber, darauf sind drei unterschiedlich große Gestalten, die fast gleich aussehen, außer der kleinsten, die hat kürzere Haare als die anderen beiden. Sie halten sich an den Händen, alle Arme sind unterschiedlich lang, immer gerade so, wie es nötig ist. Die drei lächeln glücklich, die Blumen sprießen von ihren Füßen baumhoch um sie herum, über ihnen schweben Vögel in ewiger Sonne.

»Das sind ganz besondere Kinder, na, das wissen Sie ja, was. Die haben hier schon klar gesagt, was sie zum Frühstück wollen. 'ne Schrippe mit Butter und Marmelade drauf, hat die kleine Prinzessin gesagt. Aber nur, wenn Sie Himbeermarmelade haben, ansonsten die Schrippe auf jeden Fall nur mit Butter! Der Kleine hat gesagt: Keine Sorge, die ist eben süchtig. Ich hab das nicht verstanden, ging nicht rein in meine Birne. Frag ich ihn: Was sagst du da? Meint er: Na, meine Schwester ist eben süchtig. Die vergisst alles andere, wenn sie nur HIMBEERMARMELADE kriegen kann! Da hab ich echt geglotzt. Sitzt da so'n Dreikäsehoch und erzählt mir was von 'ner Sucht. Und dann sagt er, er will noch Servietten, also geh ich los und bring ihnen Servietten, so rote Servietten, und da sagt der kleine Mann ganz freundlich, aber eben auch sehr bestimmt: Nee, brauch Blau. Nicht Rot. Brauch Blau! Hat er gleich 'n paarmal hintereinander gesagt, nee, befohlen hat er das, ganz streng: Brauch Blau, du Haubitze. Und als ich dann, den Mund nicht mehr zugekriegt, was, 'ne blaue Serviette gefunden hab und ihm gebracht, da hat er gelächelt und gesagt: Das ist gut. Da haben wir alle gelacht hier. Na, die gehen ihren Weg. Mutti, das sag ich dir, das haste gut gemacht.«

Sie hält sich am Tresen fest. Wischt sich die Tränen mit beiden Händen aus dem Gesicht. Die dunkelblaue Serviette in ihrer Hand ist matschig. Himbeermarmelade? Brauch Blau, du Haubitze? Das sind ihre Kinder. Sie kann ihre Stimmen hören. Mama, ich brauch Blau, hat ihr Sohn gemurmelt, auf ihrem Arm, dicht an sie gekuschelt. Nachdem sie zu Larry gesagt hatte, sie müsse am Abend endlich mal wieder raus, sie brauche sofort Drinks, Erwachsene und Gehüpfe von Restaurant zu Bar, mit großen Schritten und leichtfertigen Diskussionen, wo man zwischen den anderen allein ist, kurz frei ist vom Aufpassen, dem Dienen für die Kinder, nein, frei auch von allen Einengungen, die einem die eigenen Gefühle machen, verstehst du, ich brauch Blau, hatte sie gesagt. Ihre Kinder merken sich jedes Wort.

Sie ist aufgestanden, als sie schliefen. Die Kinder sind im Hotel Hedwig in Sicherheit, hat sie gedacht. Deshalb überhaupt waren sie im Hotel Hedwig, um sich in Sicherheit zu bringen. Und dann wollte sie nur ganz kurz in die Bar. Herbert hat noch an ihr geklebt, sie wollte ihn abschütteln. Er war am Mittag da gewesen. Ihn aus sich heraustrinken. Sie hatte nicht neben den Kindern im Bett liegen bleiben können. Einmal durch die Straße rennen und einen Wodka. Und dann zu den Kindern zurück.

Jetzt klammert sie sich am Tresen fest. An der Unterseite vom Glück. Die Unterseite vom Glück ist glitschig, denkt sie, und dann fällt ihr ein Moment aus einem Film ein, von dem Herbert damals beim Mittagessen auf Mallorca erzählt hatte. Weil er eigentlich mit ihr tauchen gehen wollte, das wäre normal im Urlaub, wenn nicht immer die Kinder wären. Da könnten sie sich erholen und zusammen sein. Endlich allein zusammen. In dem Film ging es um eine Gruppe Taucher mitten auf dem Meer, die weit rausfahren, wirklich fern der nächsten Küste, und paarweise ins Wasser springen, um zu tauchen. Als sie aufs Boot zurückkommen, verzählen sie sich aber und vergessen bei der Abfahrt das Paar, das wohl im Honeymoon war, immer mit sich beschäftigt und irgendwie noch unter der Oberfläche. Das Boot fährt ohne sie ab. Sie hat sich vorgestellt, wie diese Taucherin während des Tauchgangs ihren Partner ab und zu durch die Maske anzwinkert, sich unbeholfen mit Handzeichen verständigt und dann mit der Sauerstoffflasche in einer Höhle hängen bleibt, wie ihre Luftversorgung unterbrochen wird. Natürlich hilft ihr Mann ihr sofort, sie sind erleichtert, weil sie sich eine Flasche teilen können, aber dann finden sie den Ausgang aus der Höhle nicht, sind zwischen dunklen Algen und wuchernden Korallen gefangen. Komische Wasserpflanzen schlingen sich um ihre Flossen. Hatten die auf dem Boot nicht davor gewarnt, in Höhlen zu tauchen? Es ist so dumm.

Es wird dunkel. Sie will die Augen schließen und schnell zurück in die Tage, an denen alles einfach war. Wo die Bar an der Ecke nicht die Falle war, die sie von allem trennt. Nach der Geburt ihrer Tochter war sie natürlich oft müde und überanstrengt, sie vergaß aber deswegen nach der Probe nicht, sie abzuholen, sie funktionierte. Damals funktionierte sie noch. Eine Maschine, die richtig eingestellt war. Aufwachen, stillen, Milch für später abpumpen, duschen, Kaffee und Brei machen, Kaffee trinken und Brei füttern gleichzeitig und dann sich selbst und die Kleine anziehen. Die Kleine zur Babysitterin bringen. Auf die Probe düsen, Szenenproben, Klavierproben, Orchesterproben, Kostümproben, Fotos. Künstlerische Umwege? Keine Zeit. Sie konnte ihr Kind nicht ewig bei der Babysitterin lassen, es war noch klein und weinte, wenn die Mama nicht da war, zum Rumstehen war sie nicht angetreten.

Sie zuckt zusammen. Ihre Nase läuft. Sie drückt die Serviette von unten dagegen, aber zwischen ihren Fingern sind nur noch nasse blaue Schnipsel.

»Wann sind sie denn heute früh gegangen?«, fragt sie.

Die Stoppelfrau schaut sie an. Braune Augen, blau geschminkt.

Die Nase hört nicht auf zu laufen, sie zieht sie hoch, dreht sich schnell weg und sieht an der Rückwand einen Stapel Servietten. Sie geht nach hinten und nimmt sich eine.

Die Frau antwortet nicht.

Sie putzt sich mit der Serviette die Nase.

Sie hatte ewig nichts genommen, natürlich nicht, sie musste sich doch um die Kinder kümmern, und wenn sie Substanzen zu sich nähme, verlöre sie den Überblick. Früher, als sie fest an der Oper engagiert war, hatte sie mal viel genommen. So wie alle. Geraucht hatte sie nicht, das griff die Stimme an, Alkohol war deswegen auch tabu. Also nahm man Drogen und Tabletten, die einen auf die verwunschene Insel ohne Termine trugen. Komme, was wolle, der Vorhang musste hoch! Es ging ausschließlich um das, was auf der Bühne passierte. Das hatte sie alle immer wieder auf dieses Floß getrieben. Upper, um zu leuchten, danach Unmengen von Downern. Sie musste was nehmen, um zu schlafen. Und dann was anderes, um wieder in Schwung zu kommen und die Bühne zu betreten.

Aber auch nachdem die Kinder geboren waren und sie nach dem ununterbrochenen Hin- und Hergehopse zwischen krabbelndem Kleinkind und brüllendem Baby, wenn tatsächlich einmal beide gleichzeitig schliefen, am Abend große Sehnsucht danach gehabt hatte, mit einem eiskalten Bier zu Herkules auf das lauwarme Sofa zu sinken und sich ein paar Stunden vom Geballere seiner Games verwöhnen zu lassen, trank sie nicht.

Die Stimme war alles, was sie hatte.

Und der Drogenkonsum war mit der Kinderaufzucht nicht vereinbar.

Aber als Herbert ging, nahm er ihre ganze Kraft mit sich. Kurz bevor er verschwand, drehte er ihr Joints vor. Dreißig Sticks in einer Schatulle, die sie damals aus Mexiko mitgebracht hatten. Damit sie nicht durchdrehe, wenn er zur Vigräne ziehe. Damit sie schlafen könne. Und tags nicht dauernd heulend ihren Kopf gegen die Backsteinwand ramme. Er war ganz lieb. Er müsse nun leider zur Vigräne ziehen, das gehe nicht anders. Für ihn sei das ja auch schwer, aber wenn seine Schnullita ihn liebe, dann werde sie ihn lassen. Die Vigräne habe gesagt, sie sei sein Schicksal, sie gehörten zusammen. Und die Vigräne sei sich viel sicherer in ihrer Liebe als sie. Und dass er sie jetzt verlasse, das sei doch auch nur ein Teil ihrer Liebesgeschichte. Sie hätten doch immer gesagt, sie seien auf ewig zusammen, hier und auf der anderen Seite. Den Satz hatten sie in einem Theaterstück gehört. Die andere Seite sei aber nicht der Tod, wie sie immer gedacht hätten, also das Zusammensein über alle irdischen Grenzen hinweg, sondern, wenn sie sich trennten, das geheime Zusammenhalten unterhalb der Oberfläche des Sichtbaren. Sie müsse ihn gehen lassen. Aus Liebe. Wenn sie ihn liebe, müsse sie wollen, dass er zur Vigräne geht und glücklich wird. Er komme dann auch bald wieder und bringe neue Joints. Sie könne ja nicht bauen in ihrem Zustand.

Nach dem vierten Joint fingen ihre Panikattacken an. Sie rauchte weiter. Die Tränen rannen. Der Joint wurde nass. Sie legte ihn in einen Aschenbecher und zündete sich einen anderen an. Sie hatte gesehen, dass man einen Joint ein bisschen rauchen konnte, wieder ausmachen und am nächsten Tag zu Ende rauchen. Sie legte den Sticky, wie Herbert ihn nannte, seitlich an den Aschenbecher. Stellte den Aschenbecher auf den Balkon. Sie lag im Bett. Eines der Kinder rief nach ihr, sie ging ins Kinderzimmer, schwankte und legte sich dazu. Ihr war schwindelig. Das andere Kind war auch aufgewacht und musste pinkeln. Sie kam nicht mehr hoch. Die Große tapste allein zum Klo. War der Joint wirklich aus? Oder schmorte er weiter? Roch es nicht verbrannt? Steht ihr Kind gleich in Flammen? Sie sprang auf und stolperte gegen den Türrahmen. Hinter den Augen blitzte es grell. Das Kind weinte. Sie schrie: »Raus, sofort raus aus der Wohnung!«

Vom Balkon beginnend, würde gleich der vordere Teil der Wohnung brennen. Sie schnappte sich das schlafende Kind und zog das heulende, das noch auf dem Klo saß, mit ins Treppenhaus. Wo waren die Flammen? Sie musste die Nachbarn warnen. Sie klingelte an der Wohnung nebenan Sturm, niemand öffnete, das Kind an der Hand schrie, das andere auf ihrem Arm inzwischen auch, sie stolperten eine Treppe tiefer. Die Tür wurde geöffnet. Die Nachbarin schimpfte, was denn da los sei. Ob sie die Polizei rufen solle, das könne sie gern tun.

»Was ist denn, wo soll hier was brennen?«, fragte ein Mann in Unterhose, der neben der Nachbarin ins Treppenhaus trat.

»Auf meinem Balkon. Das geht so schnell. Gleich brennt hier alles. Die Kinder müssen erst mal in Sicherheit.« Sie stockte. Überlegte. Sagte schnell: »Ich glaube. Ich habe es nicht gesehen. Das heißt also, vielleicht brennt es. Es gibt diese Möglichkeit. Ich habe geraucht. Ich schaue jetzt nach. Setzt euch kurz hier hin.«

Der Kleine war gerade wieder eingeschlafen, ein warmer Sack auf ihrem Arm, jetzt schrie er, als sie ihn weckte, um ihn auf die Treppe zu setzen. Sie konnte ihn doch nicht in den Brand mitnehmen. Und zu der Nachbarin auf den Arm, das hatte sie schon mal probiert, wollte er auf keinen Fall, er wollte nie auf einen fremden Arm, da waren schon einige Leute beleidigt gewesen, die ihr helfen wollten.

»Ich komm mit. Mama! Ich komme mit!« Ihre Tochter krallte ihre Hand. Der Kleine brüllte: »Mit! Mit!« So viel Geschrei, überall. Sie schloss die Augen. Nur Rauch war nicht zu riechen. Langsam ging sie mit den beiden zurück in die Wohnung. Schritt für Schritt. Sie konnten jederzeit wieder umdrehen und wegrennen. Nein. Es brannte nicht. Der Joint im Aschenbecher auf dem Balkon war aus. Sie berührte ihn. Er war kalt.

Die Panikanfälle wurden schlimmer. Meistens hatte sie Angst vor Feuer. Sie konnte sich nicht mehr ins Bett legen, immer wieder stand sie auf und kontrollierte den Aschenbecher, hielt Ausschau nach Rauch, nach versteckten Brandherden.

Oder sie dachte, sie hätte die Tür offen gelassen und es käme jemand herein, der ihr die Kinder wegnähme. Sie legte sich auf den Boden, irgendwo zwischen Balkon und Wohnungstür. Sie musste aufpassen. Sie wäre bereit, sofort zu reagieren. Sie konnte aber nicht einschlafen, weil sie immer noch einmal aufs Klo musste. Direkt nach dem Pinkeln noch ein zweites Mal. Für die Eventualität. Denn wenn sie einschliefe, müsste sie später so stark, dass sie nicht mehr aufstehen könnte, derart kurz davor wäre, zu platzen, es nicht mehr kontrollieren könnte, nicht mehr in der Lage wäre, zu den Kindern zu gehen, wenn die nach ihr riefen. Und so fürchtete sie sich schon, bevor sie einschlief, so sehr vor dem Aufwachen, dass sie lieber jetzt noch ein letztes Mal aufstand und alles an Flüssigkeit aus sich herauspresste. Sie fühlte sich ein bisschen geschwächt von dem Joint. Und trotzdem schob sie ihren übermüdeten Körper vor dem Einschlafen an der Wand entlang in Richtung Badezimmer und wieder zurück, das Blaseninnere permanent abhorchend. Sie musste versuchen, sich auf etwas anderes zu konzentrieren. Bloß nicht ans Pinkeln denken. Aber auch nicht an Herbert. Viel blieb nicht übrig. Sie hielt sich an Naturbilder. Ein Wald, der steil ansteigt, Moos, sie erklimmt eine Wiese voll Seegras, das wogt und sie in sich saugt. Riesige Blumen umschlingen sie und tragen sie auf ihren Blüten.

Sie zieht die Nase kräftig hoch, wischt sie mit einer frischen Serviette ab und fragt noch einmal.
»Wann sind sie denn los, heute Morgen?«
»Das war nicht heut früh. Das war gestern.«

MUTTER

Sie rast. Schnauft an gegen die Schwerkraft. Die Kita ist verschlossen. Das große Rollo im Ruheraum heruntergelassen. Die Fenster daneben dunkel. Wo sind sie denn? Sie läuft zwischen den Fenstern hin und her. Sie reibt am Glas. Die müssen hinten sein, in den anderen Räumen. Sie drückt die Klingel. Ihr Atem stöhnt. Sie klingelt. Schwitzt. Klingelt. Kratzt sich an den Armen. Hämmert gegen die Klingel. Mit der Faust gegen die Fenster. Dahin, wo keine Rollos sind, vor dem Geräteraum. Die Kita ist ein ehemaliges Fitnessstudio, deswegen gibt es sogar eine Sauna. Vielleicht sind sie da drin, denkt sie, oder in dem hinteren Gruppenraum. Die können mich nicht hören hier.

Es sind große Scheiben, glänzend und blank, bis zum Boden, in denen sie sich spiegelt. Sie sieht nur diese Frau. Die Frau ist außer sich, die Augen aufgerissen, um sie herum fliegen Federn und Pelz. Sie reißt ihn weg, sie braucht Luft. Presst das Gesicht an die Scheibe, drinnen sieht sie Turnmatten, zum Turm gestapelt. Die Kletterwand. Einen künstlichen Baum, über den man zur Hochebene hinaufkann. Eine lange Rutsche, im Bogen durch den Raum. Ein roter Hausschuh.

Sie klopft. Nichts tut sich. Sie klopft fester. Das Hämmern ist laut. Ihre Fingergelenke schmerzen. Die beiden müssen endlich auftauchen, sie sind doch da drin. Zum Glück sind sie nicht über die Straßen gelaufen, denkt sie, die Stadt ist unübersichtlich. Sie schlägt ihren Kopf gegen die Scheibe, die Scheibe schwingt. Sie sieht den Hausschuh schlingern. Vielleicht sind sie im hinteren Zimmer eingeschlossen, vielleicht hatten sie sich versteckt, als alle anderen nach Hause gegangen sind, und jetzt kommen sie nicht mehr raus. Wenn die Tür sich verkeilt hat. Der Kleine könnte eingequetscht sein, wenn beim Klettern etwas runtergefallen ist, und die Große ist verletzt und kann keine Hilfe holen, im Zimmer ist es dunkel und draußen hört sie keiner.

Sie schlägt mit aller Kraft zu. Das Glas ist hart. Sie nimmt Anlauf und rennt in die Scheibe, aber die schleudert sie zurück, sie fällt. Sie rappelt sich auf, kracht mit dem Kopf dagegen, mit den Schultern, dann sinkt sie am Glas zu Boden. Die Fläche wabert hin und her, dann wird sie wieder zum glatten Spiegel, auf dem nur noch die Schlieren ihrer Fäuste zu sehen sind. Sie ist benommen, stemmt sich hoch, stolpert brüllend zur Seite.

Das Kammerfenster, die einzige Möglichkeit. Neben dem Fitnessstudioraum gibt es eine kleine Abstellkammer mit einem Fensterchen aus Milchglas. Sie spürt, wie alles, was hinter ihr steht, jedes Wort, das sie mit ihren Kindern gesprochen hat, alles, was in ihr ist, jede einzelne Berührung, sich bündelt. Sie holt ihre Kinder. Sie muss einfach, ein Getriebe in ihr konzentriert sich. Sie schnauft. Nimmt Anlauf. Stößt sich ab. Springt. Schlägt mit den Fäusten in das Milchglas, greift in die Scherben, zieht sich hoch. Bricht den Kopf hindurch, hängt im Fenster, die Beine sind zu schwer, ein schwerer Sack in den Splittern, die Luft sticht, das zweite Glas dahinter, sie rutscht langsam voran, das Gewicht drückt sie weiter, sie fällt und kracht durch die Scheibe, reißt Splitter von den Rändern, sie schmeckt Blut, aber bemerkt nichts außer stacheligen Scherben, die am Mund kleben.

Sie schwebt, fühlt keinen Schmerz, da sind nur die stechenden Krümel, sie hört ihre Kinder lachen, Kristall, denkt sie, es geht leicht, der Kopf wird hell, gespickt mit Nadeln, die muss sie später rausziehen.

Sie knallt auf einen Staubsauger, der röhrend angeht. Sie liegt, fühlt sich verbeult. Schaltet das Röhren aus. Kriecht zur Tür. Der Teppich vor der Kammer schmirgelt ihre Knie. Eine Rauheit, die sie schon einmal gespürt hat. Die Ellenbogen zittern.

»Ich bin da, ich komme zu euch!« Ihre Stimme krächzt.

Neulich, als der Kleine schon schlief, hat ihre Tochter gesagt: »Mama, ich möchte in der Zeit reisen. Weil wenn du wegmusst und ich bei dir sein will, reisen wir einfach dahin, wo du eine alte Oma bist, dann hast du ja Zeit. Und wenn du wieder mit uns Verstecken spielen willst, reisen wir dahin, wo du wieder rennen kannst.«

Sie saß dabei auf dem Badewannenrand. Sie liebte die Zeit am Abend, wenn ihr Bruder schon schlief und es endlich still war im Haus. Dann waren sie die beiden Großen und allein in der Welt. Draußen war die Geschäftigkeit abgereist in andere Länder, wo Tag war. Das hatte sie ihrer Tochter erklärt. Eigentlich sollte die Kleine nur Zähne putzen und dann ab ins Bett. Aber dieses Schrubben jedes einzelnen Zahns wurde zelebriert. Und sollte so schnell nicht vorbei sein.

»Es ist wirklich möglich, in der Zeit zu reisen«, insistierte ihre Tochter.

Klugscheißend mit Zahnbürste dozieren, sie musste lachen. Im hell erleuchteten Badezimmer, mit den Füßen schlenkernd in der Luft. So klein, dass sie noch schwebt, dachte sie.

»Weißt du, wir können uns alles vorstellen, und das ist dann echt, weil wir es ja denken. Aber in andere Zeiten reisen, das können wir leider nicht.«

»Aber das tun wir doch ständig!«, triumphierte die Tochter. »Wir reisen ununterbrochen in der Zeit! Heute sind wir schon wieder gereist, und im Schlafen reisen wir nach Morgen!«

Sie horcht. Keine Kinderstimmen. Der Ruf nach Mama ist verstummt.
Die Saunatür klafft auf und verströmt den Geruch von Holz und Öl, auch Putzmitteln. Der Gruppenraum ist kalt vor Leere. Stühle hängen im Halbdunkel auf den Tischen. Spielzeug in Boxen. Sie richtet sich auf. Ein Turm aus Holzbauklötzen stürzt ein.
Den hatte ihr Kleiner gebaut. Genau so baut er. Sie brüllt.

Eine Frauenstimme überschlägt sich. »Gut, dass Sie so schnell kommen konnten. Das hat, also, unglaublich gekracht. Wir haben uns zuerst gar nicht getraut, zu gucken. Es wird ständig eingebrochen hier. Das ist ganz schlimm.«
Ein Mann unterbricht sie: »Und dieses Gebrüll. Da drin. Jaja. Da ist ziemlich was los gewesen. Wir sind lieber nicht rein. Sie brauchen auf jeden Fall Verstärkung.«
Eine zweite Männerstimme: »Warten Sie doch bitte hier draußen.«

Zwei Füße stehen vor ihr. Sie zittert.
»Hallo«, sagt die zweite Stimme. Schwere schwarze Schuhe vor ihrer Nase. Fast die gleichen, die sie anhat, denkt sie. »Können Sie mich verstehen?«
Ein anderes Paar Schuhe. »Die ist ja völlig drüber. Ich ruf den Krankenwagen.«
Sie will sich aufrichten. Rutscht weg.
»Können Sie mich verstehen?«
Alles ist dumpf. Die Kinder. »Ja.«
Sie sieht sich durch eine rote Höhle kriechen. Immer an der Wand entlang. Die Höhle dreht sich. Wie lange ist sie

schon hier drin? Wo ist der Ausgang? Die Kinder sind nirgends zu sehen. Sie holt aus und schlägt mit dem Kopf gegen den Boden.

»Halt, ruhig.« Der Mann spricht ganz langsam. »Wir holen Hilfe. Gleich kommt Hilfe. Die werden sich um Sie kümmern.«

Sie schreit. Will sich hochrappeln. Zwei Polizisten über ihr. Drücken sie nach unten. Sie rutscht zur Seite, der Druck wird stärker, sie windet sich, heult, die greifen nach ihren Armen, pressen ihre Schultern auf den Boden, sie schlägt um sich. Sie riecht die Männer, Hemden, Schweiß, Haare, Atem. Sie erstarrt. Die Polizisten lockern den Griff, atmen schwer.

Dem einen platzt gleich das Hemd an der Brust, denkt sie. Wegen dem gibt es diese Geschäfte mit Muskeldrinks, würde sie Herbert zuflüstern.

Der sieht aus wie jemand, der im Fernsehen einen Polizisten spielt, würde Herbert antworten, das ist ein falscher Bulle.

»Ganz ruhig«, sagt der jetzt. Seine Stimme ist dünn.

Dafür muss der andere echt sein, redet Herbert in ihr weiter, diese triefenden Fischaugen kann man sich nicht ausdenken.

Aber Herkules ist schlimmer als tot, denkt sie, obwohl Herkules jede Situation verwandeln konnte, wurde er von der Vigräne missioniert.

Sie muss die Kinder jetzt allein finden. Und alles allein denken. Ohne Herbert.

Die Ausrüstung des echten Polizisten scheppert am Gürtel. »Die sollen sich beeilen«, sagt er leise zum falschen. Dann bellt er sie an: »Sie sind also hier eingedrungen!«

Sie liegt unter ihm auf dem Boden.

»Warum sind Sie in den Kindergarten eingebrochen?«

»Meine Kinder.« Sie spricht langsam. Versucht, sich aufzusetzen. Stößt gegen seine Beine. Er schubst sie wieder zu Boden.

Sie sieht ihre Kinder. Auf einer Straße. Sie gehen, ohne zu schauen, hüpfen herum und rennen auf die andere Seite. Es dröhnt. Die Straßenbahn. Sie schreit. »Halt!«

Er fummelt an seinen Handschellen.

»Nein!« Sie brüllt. »Nicht, bitte nicht! Nicht festnehmen!« Schlägt gegen seine Beine. Sie bekommt kaum noch Luft. Die Haut an ihren Händen ist aufgerissen.

»Eher einweisen. Ganz ruhig mal«, sagt der falsche Bulle. Sie greift nach seinem Arm und zieht sich hoch. Er schaut sie verwundert an, die Verrückte will was sagen, aha, er saugt an seiner Unterlippe.

Sie keucht: »Wenn ich so eine Stimme hätte wie Sie, würde ich mich einweisen lassen.«

Er schaut zu seinem Kollegen, zieht die Augenbrauen hoch, rümpft die Nase und schüttelt angewidert den Kopf.

»Und auf Ihrem Bauch können Sie Bier abstellen.«

Jetzt glotzt ein ganzer Fischschwarm.

»Ich suche meine Kinder. Ich habe meine Kinder verloren. Die sind hier in der Kita. Also, die wollten gestern früh in die Kita gehen. Aus dem Hotel Hedwig, da haben wir übernachtet. Und jetzt müssen die hier sein, und sie sind hier nicht!«

Sie steht vor den Polizisten.

»Wir müssen die ganz schnell suchen. Sie müssen mir helfen, bitte. Ich habe solche Angst um die Kinder. Sie sind noch klein. Vielleicht passen sie an der Straße nicht auf.«

Der Fischmann schaut sie mit zusammengekniffenen Augen an. »Also, Sie haben hier ein Fenster im Kindergarten zerschlagen? Und Ihre angeblichen Kinder sollen seit gestern allein unterwegs sein, und Sie suchen sie erst jetzt? Und Sie haben im Hotel übernachtet, Sie kommen also gar nicht aus Berlin. Wir brauchen bitte mal Ihre Personalien!«

Sie reißt den Mund auf. »Sie müssen sie suchen! Sofort!« Sie schaut den falschen Bullen an. »Sie müssen meine Kinder suchen. Sofort. Bitte. Sonst passiert ihnen was. Oder es ist schon was passiert.« Sie hört ein lautes Schluchzen. Sie schreit. »Sie stehen hier ja nur rum!«

»Sie kommen gleich mit auf die Wache, und wir klären das da. Und Sie müssen ja auch noch versorgt werden.« Fischauge greift sie an der Schulter. Dieses Schluchzen. Wo kommt das her? Sie reißt den Kopf herum. Reißt sich los. Der Polizist hat Blut auf seinem Hemd. Blutige Wolken im hellblauen Polizeihimmel, würde Herbert sagen. Der falsche Bulle hält sie an den Schultern, sie schüttelt sich.

»Mein Gott, reißen Sie sich bitte mal zusammen.«

Sie starrt ihn an. Seine Augen sind türkiser als blau. Ein glatter Pool.

So hatte Herbert sie angesehen. So glatt und geschlossen.

»Du warst immer meine Sonne. Aber jetzt liebe ich eine andere. Ich habe jetzt zwei Sonnen. Ich liebe sie genauso sehr wie dich. Ich muss bei ihr sein.«

Als er ihr das sagte. Ihr ganzes Leben gefror in seinem Mund. Und dann: »Schnullita, reiß dich doch bitte mal zusammen.«

»Wie heißen denn Ihre Kinder?«

Dieses Blau. Sein Blick. Glatt und geschlossen.

Innerhalb von kurzer Zeit war er ein anderer geworden. Ihren geliebten Herkules gab es nicht mehr. Es gab nur noch Herbert.

Den harten, ihr fremden Herbert.

»Ich weiß es nicht«, flüstert sie.

Sie greift nach den Kindern, sie kann sie nicht berühren.

Sie sieht den Teppich, alles ist trocken, beißt ihr ins Gesicht. Sie weiß ihre Namen nicht. Vielleicht erkennt sie sie nicht einmal mehr.

»Wie heißen Ihre Kinder?«

Sie greift in ihr Gesicht, an ihre Kehle, sucht ihren Körper ab, kratzt sich den blutigen Arm. Irgendwo müssen sie sein.

»Sie haben sehr schöne Namen. Ich weiß sie nur gerade nicht. Mein Kopf, mir ist was passiert. Meine Tochter hat Elfenhaare, fein und lang. Sie ist ganz aus Licht. Ihre Haut, ihre Haare. Nur ihre Augen sind grün, wie meine. Sie ist eine Wildkatze. Sie liebt es, morgens allein wach zu sein. Ich stelle ihr etwas zu essen hin, wie einem Kätzchen, und Malsachen, und dann baut sie sich eine eigene Ecke, sie kann alles Schöne finden und um sich herum drapieren, das hat sie schon immer gemacht, schon seit sie krabbeln kann. Sie will, dass ich beim Einschlafen ihre Hand halte. Dann sagt sie: Hand muss sein. Jeden Abend sagt sie das. Hand muss sein. Sie mag keine Befehle bekommen. Sie wehrt sich mit Händen und Füßen, stemmt sich überall dagegen. Sie möchte lieber zusehen, wie ich es mache, und dann kann sie es auch. Sie liebt Schnecken und baut ihnen Paläste aus Gras.

Mein Sohn möchte die Welt verstehen.

Er fragt, seit er reden kann: Was ist unter uns?

Ich sage: Die Steine.

Er sagt: Nein, darunter.

Ich sage: Die Erde.

Er sagt: Nein, darunter.

Ich sage, irgendwann kommt die große Wärme, im Inneren der Erde, wo es glüht. Dann schaut er mich an, ein bisschen wütend, aber auch mit einem Lächeln, weil ich einfach nicht verstehe, und dann sagt er ganz ernst: Mama. Was ist unter uns?

Er hat Bauchweh, wenn es ihm zu schnell geht. Er isst ganz langsam und konzentriert. Auf seinem Teller ist alles sauber geordnet und wird sorgfältig genossen. Er ist wie ein Opa mit seinem Tablettenschächtelchen.

Ich kann meine Kinder spüren, sogar jetzt.

Ich hab sie schon gespürt, bevor sie auf die Welt gekommen sind. Genau ihre Energie, also, wie sie jetzt sind. Schon bevor ich schwanger war, konnte ich meine Tochter fühlen, habe ihre Schönheit und Freude empfunden. Ich bin ihr kurz vor ihrer Geburt in einem Traum begegnet, in dem sie das Gesicht einer alten Frau hatte und in bester Laune sagte: Mit uns ist eh alles gut.«

Sie verstummt. Sie ballt ihre Hände zusammen. Drückt sich eine vor den Mund.

Die Polizisten sehen sie an.

Der falsche kratzt sich an der Brust und zögert. Sie schaut ihn an.

»Was denn?«, fragt sie.

Er mustert den eingestürzten Bauklotzturm. »Ich war mal mit Kumpels in Prag, und na ja, ich hab mich mittags hingelegt«, sagt er und streicht über seine Haare, sein Kollege hört mit gesenktem Kopf zu. »Und als ich aufgewacht bin, also, mein Handy war vorher komplett leer gewesen, der Akku, und vorm Schlafengehen hab ich's aufgeladen, und als ich aufgewacht bin, wollte ich das Telefon anschalten, aber das ging nicht. Nichts! Ich hab die PIN nicht mehr gewusst. Ich hab das Handy weggelegt, an was anderes gedacht und es neu versucht. Alles weg! Dabei hatte ich jahrelang die gleiche PIN-Nummer. Als hätte mein Gehirn alles gelöscht. Das war schlimm.«

Sie sieht ihn an. Er schaut noch immer auf die Bausteine.

»Und dann?«, fragt sie.

»Ich bin rausgegangen und hab mich treiben lassen. Da bin ich an der Oper vorbeigekommen, wo so eine Frau stand, die 'ne Karte loswerden wollte. Und das war echt gut.«

»Was wurde denn gespielt?«

»Ist jetzt schon länger her. Werd ich aber nicht vergessen. Aida. Falls Sie das kennen.«

Was glaubst du denn, denkt sie. Das einzige Mal, dass sie die gesungen hat. Obwohl Aida in der Hochschule zu ihren besten Partien gehörte. Und dann musste sie in Prag diese Übernahme machen. Die Kollegin, die eigentlich hätte singen sollen, war in Sydney an der Oper und hatte über Nacht unüberwindliche Flugangst bekommen. Sie könne nicht anreisen, unmöglich. Also musste, sollte, durfte sie einspringen. Abends der Anruf, die Nacht hindurch die Aufzeichnung geglotzt, natürlich nichts behalten, frühmorgens los, der Flug wurde gecancelt, also über Zürich, es dauerte ewig. Und dann Kostümprobe, dafür war immer Zeit, Hauptsache, das Kleid passt. Aber es passte nicht, es war am Busen zu eng, es drückte ihr jede Luft ab, ein anderes Kleid war aber nicht möglich, denn dieses Kleid war nicht nur ein Kleid, es bestand aus zwei mal zwölf Metern Seide, eine komplizierte Komposition, und wie Aida war eben auch dieses Kleid schon durch die internationale Presse gegangen, die Zuschauer mussten dieses Kleid sehen, eine Oper ist doch kein Konzert, sondern ein visuelles Erlebnis.

Nach der Kostümprobe blieb nur noch Zeit für eine kleine Verständigungsprobe mit dem Schweizer Dirigenten und dem Regisseur, der in ihrer Garderobe auf sie einredete. Neben ihr kniend. Sie müsse unbedingt weinen, an dieser einen bestimmten Stelle, das sei das Wichtigste in der ganzen Oper. In dem Moment, in dem der Regen aufhört, da lösten sich Aidas Emotionen, und dann könne sie weinen, zum ersten Mal, dann übernehme Aida nämlich die Gezeiten.

Sie fragte: »Das Weinen übernimmt die Gezeiten?«

»Nein, nein«, sagte der Regisseur hektisch, »die Gestirne.«

»Gestirne regnen?« Sie verstand ihn nicht gut, er sprach Französisch. Zwei Garderobieren zerrten an ihrer Korsage, sie bekam keine Luft mehr.

»Nein, natürlich nicht!«

Aida löse sich von den Formen, werde selbst zu Natur, sie müsse weinen, unbedingt, das sei wie gesagt das Wichtigste in der ganzen Oper, die befreite Frau, die wütende Frau, die Frau, die nichts mehr erfüllen muss, nicht mehr bereit sei, höchstens sich selbst bekämpfend irgendwie zu funktionieren in einer von anderen entworfenen Maschinerie.

Die Inspizientin kam und zog sie auf die Bühne. Den Text als Knopf ins Ohr, immerhin kannte sie den noch ein bisschen. Die Arien hatte sie früher so gut gesungen, wo war das jetzt? Sie wurde von den Kollegen über die Bühne geschoben, bis der Chor auftrat, der ihr dauernd den Weg versperrte. Oder sie ihm, weil sie sich auf dieser Bühne nicht auskannte. Dann rannte sie panisch durch die Unterbühne und suchte den Auftritt von unten, sollte sie nicht, kurz bevor der Regen endete, von dort emporkommen? Aber wo war denn diese verdammte Treppe? Überall nur Staub auf Requisitentischen und Staub auf Möbeln, sie konnte keine Stufen sehen, bis sie endlich eine hölzerne Wendeltreppe erreichte, die nach oben führte, ihre Schleppe hochhaltend rannte sie Richtung Ausgang, aber oben angekommen, war dort alles zugemauert. Oder sollte sie hier etwas aufschieben? Sie drückte gegen die Mauer, bekam aber nur Staub in die Augen und verhedderte sich mit dem Kleid am Geländer, so dass sie beim Runtersteigen stolperte, aufs Gesicht fiel und in zwei mal zwölf Metern Seide vollkommen gefangen lag.

Der Reißverschluss der Korsage hatte sich verdreht und schnitt ihr in einen Nerv an der Wirbelsäule. Sie versuchte, sich zu befreien, aber es ging nicht. Sie hing fest. Versuchte, den Reißverschluss zu öffnen, dabei rutschte sie auf den zwei mal zwölf Metern Seide aus und strangulierte sich fast. Sie schrie mit letztem Atem um Hilfe, aber dort unten war man wirklich in Sicherheit vor der Menschheit. Von Ferne hörte sie das Orchester den Einsatz zu ihrer Arie spielen. Sie hatte sich im Wissen, bald unbedingt weinen zu müssen, den ganzen Abend darauf konzentriert, auf jeden Fall auch weinen zu können, hatte mühevoll eine Blase der Traurigkeit erschaffen, die beim kleinsten Anstechen zu einem Wasserfall platzen und zerfließen würde, weithin sichtbar, quer durch alle Ränge, darin war sie gut, und jetzt war alles vorbei, sie heulte, die Tränen sprudelten ihr eindrucksvoll symmetrisch aus beiden Augen, bis jedes Reservoir erschöpft war.

Als sie einen Beleuchter pfeifend durch die Unterbühne gehen hörte, machte sie panische Armbewegungen, zeigte nach oben, schrie ihn an: »I have to get on stage!« Da riss er die Schleppen ab und trug sie zur Seitentreppe, damit sie über die Seitengasse auf die Bühne hecheln konnte. Der Regen war schon lange vorbei, sie stürmte schwer atmend auf die Bühne, sie hatte tatsächlich eine wichtige Arie verpasst, musste also direkt zum Heulen übergehen, aber wo waren die Tränen? Ihr war jetzt nach Sofa und Kuscheln zumute, nach dem langen Kampf in den ozeanischen Fluten wollte sie in eine Decke eingewickelt mit angezogenen Beinen wärmende Brühe schlürfen. Kakao ginge auch. Sie stand auf der Bühne und war doch Tausende Kilometer von sich entfernt. Noch nie hatte sie auf einer Bühne so versagt, noch nie war jemals auf irgendeiner Bühne derart versagt worden, sie hätte lieber mit den Damen und Herren aus der ersten Reihe Kochrezepte ausgetauscht, die Aida war ihr auf einmal so schrecklich egal, und trotzdem versuchte sie weiterhin krampfhaft, alle traurigen Stationen ihres Lebens abzuklappern, um ihrem Körper wenigstens eine einzige Träne abzuringen.

Sie dachte an ihre Mutter, das half sonst immer, aber auf einmal war ihr sogar die völlig egal. Sie bekam keine Luft, sie fror. Das Kleid hatte sich komplett aufgelöst, da war nur noch ein Teil der klemmenden Korsage übrig, der Bauch quoll unten raus, ihre Unterhose war zu weit und rutschte, und am Rücken hing als schlaffer Schwanz der zerrissene Rest ihres Kleides.

Der Regisseur fuchtelte auf der anderen Seite neben der Bühne mit den Armen, er brüllte sie an, sie konnte ihn nicht hören, der Dirigent fuchtelte auch, das Orchester spielte fortissimo, sie musste jetzt wieder singen, versuchte noch mehr, zu weinen, sie schaffte es, schlimme Dinge zu denken, dass Herbert, der sie damals noch nicht verlassen hatte, sie verlassen würde, sie weinte aber trotzdem nicht, und der Regisseur hatte ein komisches rotes Gesicht. Sie dachte an die Kinder und dass sie sie in Marrakesch auf einem großen Markt verlieren könnte, der Regisseur winkte jetzt, sie dachte, was will er denn, soll sie zu ihm rüberkommen, und sie rutschte aus und fiel von oben in die Treppe zur Unterbühne.

Und da war sie einfach liegen geblieben.

Nach der Vorstellung hatte der Regisseur neben ihr gehockt, sie gefragt, was er denn tun solle, damit sie endlich mal heule, sie sei ja eine spröde Jungfrau, mit der nichts anzufangen sei. Was solle er denn sagen, morgen, damit sie endlich weine? Sie sah ihn an, wie er da kniete, neben ihr, mit seinem Tränenproblem. Mein Gott, dachte sie, wenn die Qualität der Kunst daran hinge, ob sich jemand innerlich selbst so vergewaltigen könne, zu einem von außen festgelegten Zeitpunkt echten Schmerz zu empfinden, wenn es ihm darum gehe, dann solle er wenigstens mitmachen.

»Beschimpf mich«, sagte sie.

»Wie meinst du das?« Er verstand sie nicht.

»Erniedrige mich, mach mich fertig, beleidige mich! Dann weine ich auch für dich.«

Er sah sie erschüttert an. »Nein, nein, das muss doch aus dir kommen.«

»Ich will aber nicht leiden!«, schnauzte sie ihn an.

Er stand auf und verließ die Oper. Die Vorstellungen für die nächsten Tage wurden abgesagt und sie nicht mehr besetzt. Wo sie sich so sehr gewünscht hatte, einmal die Aida zu singen. Nie mehr die Aida, und auch nichts anderes. Nie wieder ein Engagement. Sie konnte plötzlich gar nicht mehr aufhören zu heulen.

Im Hotel stellte sie sich unter die warme Dusche, das tat gut. Sie würde einfach unter dem Wasser stehen bleiben. Nie wieder rauskommen. Der Regen würde niemals aufhören. Sie konnte nicht einmal den Babysitter für diese Nacht bezahlen. Sie würde verhungern. Ohne Herberts Videospiele wäre sie das ohnehin längst. Von den wenigen Auftritten konnte man nicht leben. Aber sie wollte einfach nichts anderes machen. Die Drosseln und die anderen dicken Vögel, alle krakeelten herum und hatten nichts zu sagen. Sie hingegen wusste genau, wovon sie sang. Bloß spürte sie in den entscheidenden Momenten dann ihr inneres Licht ausgehen. Stattdessen den taxierenden Blick ihrer Mutter. Die bei Vorsingen immer zuerst den Lehrer angeschaut hatte. Was er sagte, fand die Mutter auch. Was sie sagte oder wollte, war nicht so wichtig. »Du musst deinen Schweinehund überwinden«, hatte die Mutter gesagt. »Wenn du es selbst gut findest, dann ist es schon falsch.«

Sie saß regungslos in der Dusche, sie fror. Stellte das Wasser, das auf sie einprasselte, immer heißer. Die heißeste Stufe. Mehr können wir leider nicht für Sie tun. Der Regen hörte niemals auf.

»Überhaupt das einzige Mal, dass ich in der Oper war. Ich will aber wieder hin. Das hat mich total beeindruckt. Es regnete stundenlang, die Wüste war zu Schlamm geworden. Nur die Aida blieb unberührt, als ob das Wasser ihr nichts anhaben könnte. Irre. Dann rutschte sie in ein tiefes Loch. Ich hab das so verstanden: Die Tante lässt sich nichts sagen, reagiert nicht, man hat ihr das Kleid zerrissen, aber sie steht stumm da. Obwohl sie vorher echt Stimme hatte. Übrigens sehen Sie der ähnlich, also nicht die Stimme natürlich, aber, nee, die sah cool aus. Wahrscheinlich, na ja, Sie sind ja auch etwas abgerissen.«

Soll sie sagen, dass sie es ist, zufällig zwar wieder abgerissen, aber weder Psychiatrie noch Wache zuzuteilen, steigt dann ihre Glaubwürdigkeit? In den Bullenaugen?

»Als ich am nächsten Morgen aufgewacht bin, also im Hotel, verkatert, da hab ich von der Rezeption aus meine Mutter angerufen. Die musste in meine Wohnung fahren und meine PIN, nee, dann sogar meine PUK raussuchen.« Er überlegt. »Wollen Sie vielleicht Ihre Mutter anrufen?«, fragt er.

Als sie das letzte Mal mit ihr telefoniert hatte, hörte sie die Mutter sagen: »Du klingst schlimm, ganz müde. Schläfst du denn nie? Ich kann kaum was verstehen, so laut, wie es bei dir ist. Sind die Kinder denn immer noch wach? Es ist übrigens schon halb neun. Kein Wunder. Die müssen ja vollkommen übermüdet sein. Warum hast du denn kein Erbarmen und bringst deine Kinder nicht endlich mal ins Bett?«

Denkt sie an die Mutter, spürt sie einen Nadelschwarm in ihrem Hals.

Sie hatte sofort begonnen, sich zu rechtfertigen. Wie immer. Das wollte ich ja gerade. Da waren wir gerade dabei. Aber dann hast du angerufen.

Sogar die Beschwichtigungen der Mutter waren Beleidigungen. »Na ja. Mach dir keine Vorwürfe. Das bringt niemandem etwas. Es ist, wie es ist. Ich hätte das allein mit dir ja auch nicht geschafft. Ohne deinen Vater hätte ich das nicht geschafft, nie und nimmer. Aber im Gegensatz zu dir hab ich ja auch immer richtig gearbeitet.«

Sie schaut die Polizisten an.

»Meine Mutter sagt manchmal: Das ist so schön, dass du das Singen hast, trotz der Kinder. Singen ist so was Schönes. Und die anderen Leute sagen: Ich singe ja auch wahnsinnig gerne. Unter der Dusche. Meine Arbeit sieht niemand. Mein Mann zum Beispiel hat mich Nutte genannt.«

Die Polizisten schauen weg. Der eine fragt noch mal: »Wollen Sie vielleicht Ihre Mutter anrufen?«

»Ich bin Opernsängerin. Ja, genau, richtig erkannt. Nach einer Vorstellung sagen die Zuschauer oft: Ach, also ich könnte das ja nicht. Mir all diese Töne merken! Ich würde dann gern antworten: Aber singen können Sie schon, oder? Die Arien singen, meine ich? Intonation? Rhythmus? Eine Figur spielen, sich ihr öffnen und durch sich hindurchfließen lassen? Das könnten Sie alles, schon klar. Sie hätten bestimmt genug Stimme, um neben diesem riesigen Orchester zu bestehen. Stellen Sie sich nur ein einziges Mal neben ein Siebzig-Mann-Orchester, und versuchen Sie, nur zwei Takte lang gehört zu werden! Das ist Knochenarbeit, körperliche Schwerstarbeit. Und er-

fordert allerhöchste Konzentration. Diese Arien sind unglaublich schwer! Man muss die genau verstehen, inhaltlich und musikalisch. Das wird über Wochen vorbereitet. Das sind ja nicht nur diese paar Stunden auf der Bühne!«
Die Hüfte des echten Polizisten bewegt sich, seine Handschellen glitzern. Er sagt: »Das klingt wirklich nicht einfach, ich verstehe das. Ich singe ja freitags beim Karaoke.«
Er gibt ihr sein Telefon. Sie wählt langsam die Nummer, die ist in ihren Fingerknochen gespeichert, diese Bewegungen werden sie für immer alleine durchführen können. Ein Piepsen bei jeder Ziffer. Sie kann noch zurück.
»Mama? Ich bin's.« Ihre Stimme ist hochgerutscht. Sobald sie mit ihrer Mutter spricht, wird sie wieder klein.
Sie weiß nicht mehr genau, wann es war, sie muss neun Jahre alt gewesen sein, ungefähr. Ihre Mutter hatte einen gelben Zettel an den Badezimmerspiegel geklebt: »Deine Kinder sind nicht deine Kinder.«
»Mama, warum bin ich denn nicht mehr dein Kind?«, fragte sie die Mutter.
Die Mutter sagte ihr: »Du kannst doch lesen. Streng dich einfach mal an. Es steht alles auf dem Zettel. So schwer ist das wirklich nicht zu verstehen. Es geht nur um dich. Dauernd. Immer nur um dich. Aber ich kann nicht mehr. Ich muss mich jetzt um mich selbst kümmern. Ich werde mich von dir zurückziehen, das ist für dich auch mal ganz gut. Du kannst mich ja auch nicht retten.«
Die Mutter wurde höhnisch. Sie hatte das Gefühl, die Mutter freute sich, wenn ihre Tochter sich mit einer Freundin zerstritt oder beim Singen schlechte Noten bekam.
Aha. Nicht genug angestrengt.

»Ja, was ist denn?«, fragt die Mutter jetzt am Telefon. »Ich muss noch ins Schwimmbad.«
Was sie der Mutter jetzt sagt, fühlt sich an wie eine

Beichte. Sie spricht langsam, jedes Wort hinter sich her-
ziehend.

Sie brauche ihre Hilfe. Es sei was Schlimmes passiert. Sie
habe die Kinder verloren. Erst ganz kurz nur, natürlich.
Und sie habe solche Kopfschmerzen, sie sei krank, und
die Polizei sei bei ihr, es sei so, dass sie sich im Moment
einfach nicht an die Namen der Kinder erinnern könne, da sei irgendwas zu, beim besten Willen, sie wisse es
nicht. Ihr Kopf sei heute die Hölle.

»Weißt du, als du klein warst, vier oder fünf, du erinnerst
dich vielleicht, da sind dein Vater und ich mit dir zu
einem See gefahren. Du konntest noch nicht schwimmen.
Aber du warst mit ein paar anderen Kindern im Wasser.
In einem Schwimmreifen. Nein, einem Autoreifen, also
diesem Autoreifenschlauch. Der lag da, und wir dach-
ten, dass du dich daran festhalten würdest. Die anderen
konnten schon schwimmen, und du bist in dem Reifen-
schlauch hinterhergepaddelt, du warst immer zu faul, die
Schwimmbewegungen richtig auszuführen, obwohl ich
es dir ja wirklich oft gezeigt hatte. Nein, du hast immer
nur dein Hundekraulen gemacht. Und als ihr ziemlich
weit draußen im See wart, bist du durch diesen Schlauch
gerutscht. Du bist sofort untergegangen. Ich hatte das
so oft geübt mit dir, die richtigen Schwimmbewegungen. Aber du warst halt faul. Oder hattest Angst, was weiß
ich. Gründe gibt es ja immer. Wenn ich nach der Arbeit
abends müde war, selbst nur schwimmen wollte und gefroren habe, weil ich neben dir im Becken rumstehen musste,
dann hast du zweimal das Wasserwegschieben gemacht
mit den Händen, und schon war Schluss. Ja, und dann bist
du da reingerutscht, weit draußen auf dem See, und da
hab ich gedacht, nein, ich helfe nicht, jetzt muss sie es mal
selbst machen. Da zeigt sich jetzt, ob sie stark ist.

Ich musste mein eigenes Kind ertrinken lassen. Weißt du,

wie schlimm das für eine Mutter ist? Ihr eigenes Kind ertrinken zu lassen? Es wäre ja fast passiert. So etwas ist kaum auszuhalten. Aber ich musste hart sein zu mir. Und du kannst mir dankbar sein, du hast es nämlich geschafft. Auf einmal ging es dann. Hast dich selbst irgendwie über Wasser gekriegt. Es ist immer das Gleiche mit dir. Du kannst ja funktionieren.«

Sie kann sehen, wie ihre Mutter sich noch etwas gerader nach oben reckt. Den schwarzgefärbten Pony aus dem Gesicht zupft. Den Mund zusammenkneift. Wenn sie mit ihr zusammen ist, presst sie meistens den linken Handrücken gegen den Mund, der muss dann alles zusammenhalten, denkt sie und fragt noch mal.

»Mama, wie heißen meine Kinder?«

»Meine Mutter war nie für mich da, die saß den ganzen Tag depressiv vor dem Fernseher, ich musste schon mit drei Jahren alleine zum Kindergarten gehen, ja, so war das damals. Ich hab nie gelernt, für mich selbst zu sorgen, und mich immer über Anerkennung von außen definiert. Und die hast du mir verweigert. Du wirst schon noch sehen, wie das ist, wenn deine Kinder dich so ablehnen, wie du das mit mir machst.«

»Danke, Mama. Tschüss.«

Sie legt auf und gibt dem Polizisten sein Telefon zurück.

»Sie hat gesagt, ich soll meine Tabletten wieder nehmen. Es tut mir leid, dass ich Sie belästigt habe. Ich muss jetzt schnell nach Hause zu meiner Medizin.«

Auf dem Flur dreht sie sich um. Hält inne. Natürlich. Sie weiß es doch, wenn sie tiefer in sich vordringt. Sie war so weit entfernt von sich. Sie sieht die Polizisten an.

»Sie heißen Daphne und Edward.«

Sie geht durch die Tür und ist weg.

»Diese Namen könnte ich mir auch nicht merken«, seufzt Fischauge schwer.

MONBIJOU

Weiter, weiter. Sie rennt, so schnell sie kann, und sucht dabei jeden Winkel ihres Gehirns ab. Wohin würden sie laufen? Wenn sie gelaufen sind, wo spielen sie jetzt?

Sie kommt an eine Kreuzung. Sie dreht sich um. Zwei knutschende Männer dicht hinter ihr. Einen Hund an der Leine. Die beiden haben jeder eine brennende Zigarette in der Hand. Der Hund schaut sie teilnahmslos an. Sie sucht alle Spielplätze ab, die sie kennt, eigentlich jeden Spielplatz, den es gibt, denkt sie. Schnüffelt durch Spielhäuser und unter Rutschen. In den Büschen. Sie hat ein Stickeralbum gefunden, ein Malbuch, einen Plüschaffen, zwei Stoffhasen, ein Stockpferd, einen Kinderrucksack, mehrere Bilderbücher, bunte Trinkflaschen und sieben einzelne Schuhe. Es ist spät geworden, der Abend ist vorbei, sie müssen irgendwo sein. Sie fühlt sich ausgehöhlt vor Panik und kleiner als damals im Küchenschrank. Ihre Mutter hatte draußen versucht, ihren Vater zu erstechen. Mit einem Messer, das für Brot zu stumpf war. Vielleicht hat sie auch nur so getan, um ihre Gefühle auszudrücken. Sie ertrug die Wochenenden nicht, den Mann, das Kind, und sehnte den Montag herbei, wenn sie endlich wieder arbeiten würde. »Endlich weg, endlich ohne euch! Meine Mitarbeiter, die haben noch Respekt vor mir! Wenn ihr mich nur endlich allein lassen würdet!«

Sie hatte sich bis in die Nacht nicht in die Stimmung außerhalb des Schrankes getraut. Im Schrank gab es eingeschweißte Salami. Konserven. Einmachgläser. Sie konnte tief hineinkriechen. Die Eltern stritten stundenlang. Verhandlungen über die Schuld für ihre verkorksten Leben. Wer mehr unter wem litt. Das Maß ihrer Opfer. Keiner wollte kochen. Sie lag auf den Dosen und aß Salami.

Kopf hoch, Schnulli, denkt sie. Kopf hoch, sonst passt er nicht in die Schlinge.

Sie geht in Bäckereien und Eisläden, die gerade schließen. Sie fragt jeden. Sie wird kopfschüttelnd angeguckt. Mitleid, Unverständnis. Sie steht zitternd in Cafés und Kneipen. Einer muss sie gesehen haben. Sie ringt um Luft. Betritt ein Nagelstudio, will wissen, ob sie gesehen wurden. Irgendwann denkt sie, sie muss nicht mehr fragen, sie würde doch bemerken, wenn ihre Kinder hier gewesen wären, da gäbe es kleine Zeichen der Veränderung, Schokoladenflecken, Türmchen aus Bierdeckeln oder in Hauch gemalte Raumschiffe an der Eingangstür. Sie ist mit den beiden verwoben. Sie hinterlassen nicht nichts, das weiß sie. Wo sie gegangen sind, gibt es keine Beete mehr, da wachsen wilde Wiesen. Daphne und Edward wollen aus ihrem Versteck heraus niemandem in die Arme spazieren, das versteht sie ja auch. Obwohl Eddie sich bestimmt gern mit den Polizisten unterhalten hätte. Aber Daphne würde ihn festhalten oder austricksen. Sie benutzt ihren kleinen Bruder schamlos für ihre Vorhaben, und ihr schwebt ständig etwas vor. Also malt sie ihm ihre Spiele so aufregend aus, wie Phantasie und Laune es gerade hergeben. Alles, was ihn interessiert, baut sie ein. Genau das hat er doch gewollt, oder?

Sie geht am Wasser entlang. Eine Horde Teenies hockt und steht mit Geschrei um eine Musikquelle, zwei dicke Mädchen in BHs tanzen, zwei identische Bomberjacken über den Schultern, zwei andere filmen sich gegenseitig mit ihren Telefonen, während sie sich beschimpfen oder sich anstacheln, ein paar Jungs schauen ein Video, dahinter prügeln sich welche, brüllen rum, alle sind ziemlich besoffen. Ein Touristenboot tuckert vorbei. Unter einer Brücke sitzen zwei Penner in einem Laufstall aus Pappe, bis zur Hüfte in Schlafsäcke gewickelt, zwischen ihnen stehen Kuchenstücke, Kerzen brennen, daneben offene Dosen und Bierflaschen. Sie reden leise.

Sie hört verschwommene Musik, auf einmal schwebt *La isla bonita* über dem Wasser, Madonnas metallene Stimme liegt auf knurrendem Motor. Dann bewölkt sich der Sound, wabert, aber das Boot schiebt sich näher. Sie tritt ans Ufer. Das Wasser ist schlierig, eine blaue Plastiktüte wirbelt vor den Scheinwerfern. Daphne und Eddie sind für normale Augen unsichtbar, denkt sie. Aber jetzt haben sie bestimmt schon furchtbaren Hunger.

Einmal hat Daphne einen wunderschönen Ameisenpalast gebaut, aus Gräsern, Stöckchen und Blumen, es wurde ein ziemlich großer Palast, sie hatte morgens angefangen, und nachdem sie dann den ganzen Tag dort im Monbijoupark verbracht hatten und Eddie und Daphne nicht wegzubewegen waren, hatte sie zwischendurch Currywürste und Pommes geholt. Und sie hatte Wasser in eine leere Flasche gefüllt. Das war schon die Zeit, als der Automat kein Geld mehr hergab, es lag also noch nicht so lange zurück.

Seit wann ging das jetzt, dass sie sich durchschlug? Bei Freunden Geld leihen, dann wurde auch das schwierig, in kleinen Geschäften anschreiben lassen, schließlich bei Rewe Essen klauen. Und Blumen für Daphnes Geburtstag. Das war am einfachsten, die nahm man einfach so mit. Sie perfektionierte das Klauen. Aber immer nur, was sie wirklich brauchte, denn ihre Angst vor dem Erwischtwerden wuchs, und sie hatte das Gefühl, das Risiko nicht mehr aushalten zu können. Wenn sie erwischt würde, kippte der Teich. Also ließ sie Eier einzeln in die Manteltasche rutschen, Brot, Milch, Spaghetti, Tomaten, Möhren, Kartoffeln in eine große Handtasche, ab und zu steckte sie einen Weißwein in die Achselhöhle. Für die Penner, die draußen vor der Tür im Halbkreis in der Sonne saßen. Aber nur Sancerre, weil Herbert behauptet hatte, das sei ihr Lieblingswein. Sie fühlte sich denen zunehmend näher. Stellte den Pennern den Wein hin und lief schnell weg, weil sie fürchtete, sich an deren Armut und Gestank anzustecken, wenn sie dort stehen bliebe.

Sie konnte die Miete nicht mehr bezahlen. Rannte zum Amt, immer wieder. Das ging sich alles hinten und vorn nicht aus. Die Wohnung, die ehemals gemeinsame Wohnung, in der sie mit Herbert gewohnt hatte, war zu teuer, wenn es so weiterginge, müsste sie ebenfalls ausziehen. Die Telefonrechnung war nicht zu bezahlen, und die Krankenversicherung steckte sie in einen Notlagentarif. Sie brauchte Geld, bewarb sich bei Musikschulen und natürlich an allen Opern dieser Welt, klaute große Umschläge und verpulverte das letzte Geld für Briefmarken, aber die Leute antworteten nicht mal. Telefon und Strom wurden abgeschaltet. Wer wird für sie sorgen, wer für ihre Kinder? Sie ist so allein, seit Herbert ... Nein, dafür ist jetzt keine Zeit, denkt sie.

Voyage, voyage reißt ihren Blick zu dem Boot, das wie ein Playmobil-Kampfschiff aussieht, denkt sie, oder eher wie eine Oligarchenphantasie, so riesig und graugrün, ganz oben tanzt eine Frau mit hochgereckten Armen in Kapitänsjacke. Das Schiff ist voll mit Leuten, die orangefarbene Schwimmwesten tragen, irgendwelche Drinks in den Händen, und ihr Lachen ans Ufer wehen lassen. Eine Frau mit hüftlangen schwarzen Haaren über einer offenen Schwimmweste rekelt sich vorn als Galionsfigur, scheint das Glitzern ihres silbernen Anzugs durch Stripbewegungen zu provozieren, während sie beiläufig an einer Zigarette zieht. Dann auf einmal hält sie inne und brüllt mit ohrenbetäubend tiefer Stimme: »Schnulli!« Sie winkt.

Wer soll das sein, sie versteht nichts, brüllt zurück: »Ja?« Ihre Stimme ist heiser, sie kommt nicht gegen die Musik an.

»Hey!«, brüllt die Frau wieder. »Du musst mitkommen, wir müssen Schnulli mitnehmen!«, und auf Persisch ruft sie etwas zu der Frau am Steuerrad, die auf das Ufer zu-hält.

Aber sie hat eben, was war das nur, sie hat doch an einen Ort gedacht, wo die Kinder sein könnten, das war, bevor sie an Herbert gedacht hat, und vor dem Supermarkt, sie stockt, in ihrem Kopf ist es dicht, was war das denn?

Zwei Männer röhren mit einem Schlauchboot heran. Die Galionsfigur winkt ihr, die das Boot beäugt. Sie kennt diese Frau. Aber nicht diese Haare. Woher? Und was hat sie davor gedacht?

Die Menge auf dem Boot brodelt, tanzt, raucht, benimmt sich elektrisch. Sie sieht strahlende Gesichter, Leute, die sich unterhalten und sie anlächeln. Die Galionsfrau um-armt sie, drückt sie eng an sich. »Willst du ’ne Zigarette?«, fragt sie und zieht einer kleinen blonden Frau mit rie-sigen Augen die Zigarette hinterm Ohr weg, um sie ihr in den Mund zu schieben. »Wie schön, dich endlich wieder-zusehen!«

Sie raucht, zittert, hält sich kurz an der Blonden fest. Die legt ihre Hand auf ihren Rücken: »Mausemaus! Wie geht es dir?«

Die Kleine mit den riesigen Augen, selbst Maus, denkt sie, die Maus legt ihren anderen Arm um die Galionsfrau. »Hi! Ich bin von der Galerie. Das hier ist alles auf unse-rem Mist gewachsen! Haben sehr krass verkauft heute.

So toll, dass du auch gekommen bist!« Die Maus dreht sich um und kreischt: »Chus! Gib noch 'ne Weste!« Sie dreht sich wieder zu ihr. Sie befreit sich vom Arm der Maus und schnappt sich ein Glas Sprudelndes von einem Uniformierten, trinkt gierig.

»Was hast du da drüben gemacht, da ist doch diese Performancebrücke irgendwo? Da ist auch diese Pennerinstallation von der Art Week, oder?«

Die Maus zeigt zu der Stelle, wo sie an Bord gegangen ist. Die Brücke mit den Pennern ist aber schon weit weg. Ihre Augen durchsuchen das Ufer, die vorbeischlenkernden Büsche. Was war da denn. Man hängt ihr eine Schwimmweste über die Schultern, die Maus schmiegt sich für ein Foto an sie.

»Willst du was?«, fragt sie jetzt mit zerkratzter Stimme und tippt sich an die Nase. »Wir sind gut versorgt!« Sie strahlt und tanzt nach hinten, zieht sie am Arm, aber sie schüttelt nur den Kopf. Sie muss doch endlich, sie merkt, dass sie etwas übersehen hat, sie kann sie finden, warum spürt sie es nicht, sie spürt gar nichts mehr.

»Ach so, stimmt, du bist ja die geile Opernmaus, oder? Ich hab mal was Abgefahrenes über dich gelesen. Was war das denn noch mal? Ah, ich glaub, Aida war das, Aida in Prag, Punkoper und so weiter, stimmt's? Also, singen find ich ja saugut. Werd ich auch bald mal machen. Woher kennt ihr euch denn, Maus?«, fragt die Maus die Galionsfigur.

»Oh, schon mordslange her, ne?«, sagt die Galionsfigur, blinzelt sie dabei verschwörerisch an. Und sagt dann zur Maus: »Superlustig. Aus der Kita, wo ihre Kinder sind.«

»Was?«, sie keucht. »Wo sind meine Kinder?«

»Haha, na ja, also, das war, da hab ich doch als Praktikant im MAUSELOCH gearbeitet, ein Jahr lang, und da waren deine Kinder. Die sind so süß! Eddie ist der eine! Ich hatte den total am Wickel, hihi. Wie geht's ihm eigentlich? O Gott, wie kann denn die Zeit so brutal schnell verschwinden? Da war'n wir noch so jung. Ist ja auch schon zwei Jahre her. Jetzt bin ich mitten im Medizinstudium.« Sie verzieht das Gesicht. »Und dich fand ich schon immer toll. Aber auch distanziert. Wie hinter Glas. Damals ...« Sie lacht mit ihrer röhrenden Stimme.

»Ah, ja. Ja klar«, sagt sie, versucht, aufrecht stehen zu bleiben, atmen, weiter. Sie kann sich nicht an diese Frau erinnern. Die Maus dreht das Gesicht zum Himmel und schreit in die Luft: »Ahhh! Kinder sind das Beste!«, und tanzt mit zwei Jungs. »Ist so toll, dass ihr mitmacht. Wir müssen alles tun, jede auf ihre Weise!«

»Weißt du, ich kann mich nicht an deinen Namen erinnern«, sagt sie, sie hat diese Frau ganz sicher noch nie gesehen, das wüsste sie. Aber irgendwoher kennt sie sie doch. Ein Mann in schwarzer Bluse schiebt sich dazwischen und erklärt: »Alicija, gleich bist du dran mit Auflegen, hahaha, kannst dich hier nicht drücken!«

»Alicija«, raunt ihr die Frau ins Ohr und grinst. »Obwohl ich damals Ali hieß.«

»Oh«, sagt sie, schwankt. »Entschuldige. Ich weiß das nicht mehr so genau.«

Alicija lacht: »Das geht vielen so. Ich war halt der dicke Praktikant.« Alicija zieht sie an sich. »Darf ich?«, fragt sie ganz leise und riecht an ihrem Hals, sieht sie dann an. »Du siehst mitgenommen aus, Baby. Fehlt dir was?«

Sie öffnet ihren Mund. Sie will sich irgendwo festhalten, hat das Gefühl, wegzukippen, das ist bestimmt das Boot. Alicija greift sie an den Schultern. Sie spürt ihre Hände, sie sind warm, sie fühlt einen kleinen Moment von Sicherheit.

»Was ist los?«, fragt Alicija. Streicht ihr langsam mit den

Fingern übers Gesicht. »Warum weinst du denn, was ist mit dir?«

Sie bekommt kaum Luft. Alles ist nass. Sie liegt in Alicijas Haaren. Die berührt ihren Rücken. Streichelt ihre Haare. Sie kann nicht aufhören zu weinen, weint immer mehr, Alicija summt etwas und fängt dann an zu reden. »Es gibt keinen Grund. Nirgends. Ich bin bei dir. Hab keine Angst. Du bist schön. Eine unglaubliche Sängerin. Und die liebste Mutter, die es gibt.«

Sie stöhnt.

»Das letzte Mal, als ich deine Kinder gesehen hab, da warst du gerade Essen holen, hat Daphne gesagt, die sind super, die beiden, die haben da was für Ameisen gebaut. 'ne Burg oder so. Hat Eddie gesagt. Ich musste dringend weiter an dem Tag. Aber haben die dir nicht meinen Zettel gegeben? Ich hab meine Nummer draufgeschrieben und dass ich dich sehen will. Mal ohne Kita und so.«

Sie atmet.

»Monbijoupark, der Ameisenpalast«, sagt sie, löst sich von Alicija, »natürlich, Scheiße, das wusste ich doch eben schon, weiter, weiter.«

DANCING QUEEN

Im Monbijoupark ist es schon dunkel. Bald wird es Nacht, denkt sie, was machen die Kinder denn in der Nacht? Sie hat versprochen, sie immer zu beschützen. Der Ameisenpalast ist verschwunden. Überall, wo Höhlen sein könnten, sind verschrumpelte Luftballons oder leere Flaschen. Sie kniet auf dem Boden. Hier stand der Ameisenpalast. Vielleicht trifft sie in der verwesenden Erde irgendwann auf Herbert. Vielleicht führt er Daphne an der Hand und legt ihr Eddie auf den Bauch. Wenn sie die beiden nur spüren könnte. Sie hetzt durch die Büsche, über die Wiese, schreit: »Daphne! Eddie! Daphne! Eddie!«

Ihre Stimme bricht. Sie muss weiter, rast die Treppen der Märchenhütte hoch und runter und weiter auf die Museumsinsel. Sie horcht in die Stadt.

Jedes Geräusch einer Bewegung ist weit entfernt, Dröhnen, Motoren, ein Hupen, Klirren. Ein Pfiff, Gelächter, eine Tür schlägt zu. Kläffen, ganz in der Nähe. Der Atem reißt ihre Brust auf und zieht sie wieder zusammen. Das Kinn juckt. Die Arme auch. In ihren Beinen tausend Insekten. Wenn sie für einen Moment in die Zeit zurückkönnte, wo sie bei ihr waren. Sie würde alles anders machen. Sie hätte Herbert die Tür nicht mehr geöffnet.

Irgendwo sind die beiden, sie weiß nicht, was sie tun soll, wo noch suchen, warum weiß sie es nicht, alles ist leer, in ihr drin, und hier draußen nur der Müll und falsche Bilder von früher. Wann hat sie denn aufgehört, zu funktionieren, wie ihre Mutter gesagt hat? Wie geht das denn überhaupt, funktionieren? Hat sie das denn jemals getan? Was in ihr hat überhaupt entschieden, hat sie je irgendwas selbst gemacht? Außer immer Empfindungen auszuweichen? Oder vor einem Schmerz wegzurennen? Und jetzt ist ein Gefühl übermächtig. Die ganze Stadt ist leer und hat die Kinder verschluckt. Keiner kann ihr helfen. Das alles hier stülpt sich über sie und begräbt sie, sie kann nicht mal mehr ihre Finger bewegen, ist unfähig, rauszugehen. Sie kann die Kinder nicht mehr finden. Wem passiert das denn, das passiert doch keinem. Sie hätte eben keine Kinder kriegen dürfen, da hatten ihre Eltern schon recht. Das kann man ja auch nicht hinkriegen, allein schon mal gar nicht.

Die Stadt zurrt sich immer enger um sie zusammen. Auf der Straßenseite gegenüber ein riesiger Müllcontainer, der sie mit seinem Gestank erdrückt. Jemand hat ihn mit goldenem Papier beklebt, will die Stadt und ihren Dreck ummanteln, mit Chuzpe den Dreck zu etwas Schönem erklären, aber sie riecht, wo es gärt.

Wieder ein Kläffen, hat sie das nicht eben schon gehört?, das kommt nicht von innen, denkt sie, nicht aus ihrem Kopf, das verdammte Gebell wütet aus dem Dreckscontainer!

Je näher sie dem Ungetüm kommt, desto hysterischer schießt ihr das Bellen entgegen. Greift nach ihr. Wespen schlingern auf sie zu, sie schlägt sie zur Seite. Der Deckel der überquellenden Riesentonne ist nach hinten gerutscht. Er lässt sich nicht mehr schließen. Der Gestank ist scharf, drängt sich in jede Pore, die Bestie macht sich breit, in dieser Tonne hat der Sommer seine Leichen ausgebrütet, denkt sie, das Ekligste, was es gibt, genau hier gehört sie rein.

Es raschelt. Sie stellt sich auf die Zehenspitzen und schiebt Pizzapackungen zur Seite, Windeln, Joghurtbecher, tropfende Bierflaschen rutschen über ihre Hände und schlagen auf der Straße auf, ein Geräusch wie die Riesenlegosteine, die sie abends beim Aufräumen mit Eddie in Kisten wirft, warm über ihre Arme sabbernde Coladosen. Sie sei viel zu empfindlich, hatte Herbert gesagt. »Haramiri schakalaka«, hatte sie immer geflüstert, wenn sie den Müll runterbrachte, dann war es nicht ganz so schlimm. Wenn sie es mal machen musste. Früher, als Herbert noch ihr Herkules war, war der Müll das Einzige, was er ihr immer abgenommen hatte. »Du hasst das doch so, meine Schnullita«, hatte er erklärt. Sie verabscheue doch jederlei Dreck. Das mache er, das sei Männersache, selbstverständlich, er helfe ihr natürlich. Wie stolz er war, wenn er das vollbracht hatte, etwas, das ihr gefiel. Wenn er selbst auf die Idee kam, so etwas zu tun.

Plötzlich eine Zunge an ihrer Hand. Sie schreit panisch, reißt die Hand weg. Das Kläffen, jetzt taucht zwischen einer Kaffeemaschine und Plastiktüten der Kopf eines Hundes auf, der hin- und herwackelt und sie spöttisch ansieht. Weiß, ein brauner Fleck, riesige Augen.

Die Wespen sind verschwunden. Nur der Köter fiept und zappelt, er leckt übergangslos an einer Würstchenverpackung und seinem Bauch und sinkt wieder hinab. Er stiert sie fassungslos an, während er langsam untergeht. Sie streckt ihre Hände aus, flüstert: »Haramiri schakalaka, haramiri schakalaka.«

Ihre Hände sind voller Ketchup. Rot, klebrig, was auch immer. Schon surren die Wespen wieder. Ihr ist, als wäre sie ein Teil dieser Tonne, stinkender Müll, benutzt und weggeschmissen, zu nichts mehr nutze, eine ekelhafte Verpackung, die nichts enthält, deren Problematik niemand versteht, weil sie vergangen ist und die jeden Kontakt zu den anderen verloren hat.

Der Kleine jault erbärmlich, irgendwo tief unten. Sie

schaut sich um, braucht was zum Draufstellen. Weiter drüben. Ein Koffer und zwei Bierkisten.

Die schlimmsten Dinge muss man schnell tun, denkt sie, denkt an ihre Mutter und deren radikales Plattwalzen eigener und fremder Bedürfnisse. Sie übergeht ihren würgenden Ekel und springt in die Mülltonne, um den Schweinehund zu retten.

Sie taucht. Augen zusammenkneifen. Glänzendes Alu. Sie wühlt zwischen Plastikbechern und einer nassen Bildzeitung, Christian Lindner lächelt vor einem Supermarkt, unten ist der kleine Kerl, dessen Blick sie abzutasten scheint. Genau wie dieser Mann gestern auf der Premiere. Was war denn da? Sie greift den Hund mit beiden Händen, die er sofort ableckt, seine Zunge klebt.

Sie versucht, aufzustehen, klemmt den Hund unter einen Arm, zieht sich hoch, der Container schwankt, der Müll glitscht unter ihren Füßen weg, die immer weiter hineinrutschen, was für eine Schlacht. Sie schreit gegen den Müll an, der sich in sie hineindrängt, hört lautes Wummern, dröhnende Bässe, darüber verwirren sich mehrstimmig Streicher zu einer Ouvertüre. Sie will bitte aufgeben, sie spürt, dass sie nicht mehr kann, sie kann nicht mehr, sie kann nicht mehr, genau das hatte ihre Mutter auch immer gebrüllt, hatte es ihrem Vater ins Gesicht gerotzt, und jetzt versteht sie es. Nein, denkt sie, sie hat sich gestern in der Oper noch eine Chance gekrallt, sie hat mit dem Intendanten gesprochen, da ging es doch um etwas Wichtiges? Eine Flüssigkeit kippt über ihre Beine, die Federn an ihrem Kleid färben sich braun, sie hört die Musik schneller werden, das Außen soll draußen bleiben, mit letzter Kraft drückt und zieht und schiebt sie sich oben am Rand empor. Er hat so gestunken, der Dreihaarige gestern in der Loge von der Oper, denkt sie, der sie zum Intendanten gebracht hat. Er war es, der sie so komisch angesehen hatte, genau, so war das, sie zieht sich höher, die Tonne kippt.

Sie werden auf die Straße gespült. Der Hund hüpft um eine glitzernde Coladose. Sie schüttelt sich Nudeln aus den Haaren, wischt Ketchup und Bier aus dem Gesicht, fegt sich Reis von den Beinen. Sie atmet tief ein. Jetzt ist es egal, denkt sie. Die Grenzen sind eingerissen. Der Ekel ist innen und außen.

Sie merkt, wie etwas in ihr kapituliert. Es ist vorbei. Sie versucht, weiterzugehen, sie ist so müde. Ihre Beine sind schwach, die Straßen leer. Als hätte hier noch nie jemand gelebt. Die Stadt gebiert sich immer nur selbst. Die Schuhe quietschen und drücken. Wohnt hier denn keiner? Nicht mal Autos fahren, sie stehen schmutzig und unberührt.

Auf einmal hört sie Kinderstimmen, da sind Kinder, sie rennt um die Ecke in einen Hinterhof, da hinten, sie kann sie erwischen, wenn sie schnell ist. Sie keucht.

Das Licht eines Fensters fällt auf ein Puppenhaus aus Plastik neben einem Fahrradständer, darin sitzen Holzfiguren um einen kleinen Tisch. Der Hof ist dunkel. Hier sind keine Kinder. Die Hintertür zu einer Bar steht offen, ein Mann zieht ein leeres Bierfass heraus, stellt es ab und blickt, sich aufrichtend, verständnislos zu ihr, kollert dann ein volles Fass nach drinnen.

Ein Gartenschlauch rollt sich gelb an der Hauswand zusammen. Das Wasser tröpfelt lauwarm, sie schrubbt ihre Hände, wäscht ihr Gesicht, ihre Haare, trinkt das Wasser, das kälter wird, sie lässt es laufen. Im Licht des Fensters sieht sie rote Flecken auf ihren nackten Armen.

Die Schuhe sind nass noch enger.

Die Stellen jucken, das Wasser lindert. Das Kleid liegt über einem Busch, sie drückt die Schlauchöffnung zusammen und spritzt es ab. Der kleine Hund lässt seine Dusche zappelnd über sich ergehen.

Der Mann mit den Fässern tritt aus der Tür. Löst den Keil darunter.

»Krieg ich ein Bier?«, ruft sie.

Er nickt. Hält ihr die Tür auf. Sie geht auf ihn zu, hält inne, steht nah an seiner Brust und riecht eine Mischung aus kalten Zigaretten, Waschpulver und Schweiß. Herberts Mischung.

»Nettie, kommste mal?«

Er schiebt sie ins Innere, die Bar ist klein, der Rauch von gestern dämpft die Luft.

»Wir brauchen dringend ein Bier. Hier, die Dame, ich mach mal weiter.«

Er stellt sie an die Bar, wo eine ältere Frau Wodka-flaschen umfüllt, ihre Augen lugen zwischen langen hellblonden Ponyfransen hervor, die mit ihren Bewegungen mitwedeln. Ihre pinken Lippen dehnen sich zu einem Grinsen, dabei schließt sie kurz ihr rechtes Auge, ein Blinzeln, das er versteht, denn er lacht und kneift sein rechtes Auge ebenfalls zu, blitzschnell, sie versinken für einen Moment in einer Verschworenheit, merkt sie und will nicht wegschauen. Die Frau stellt den Wodka ab und hält ein Bierglas unter den Zapfhahn.

Als Daphne ganz klein war. Anderthalb. Wie sie sie ansah, frühmorgens, im ersten Licht, das rosa und orange durchs Fenster schimmerte. Sie lagen zu dritt im Bett, sie spürte Herbert warm an ihrem Rücken. Daphne sagte mit ihrer hohen Stimme, ihrer klaren Artikulation: »Auf, auf, Mama! Aufstehen!« Herbert regte sich, bestaunte Daphne, er fand sie ungeheuerlich. Das Kind hatte einen eigenen Willen, und das quasi mitten in der Nacht.

Daphne war empört, dass nichts passierte, die Kleine war extra früh aufgewacht und wollte jetzt unterhalten werden. Sie drückte ihrer Tochter das Plüschferkel Lollo in die Hand, ihren eigenen nackten Po drückte sie unter der Decke gegen Herbert. Sein Schwanz wurde hart. Mama war sie jetzt nur oberhalb des Busens.

»Lollo«, erklärte Daphne begeistert und schlug das Ferkel gegen Herbert.

Er griff es, und auf einmal war Lollo eine Figur in einem Spiel von ihm.

»JAGD AUF LOLLO!«, begann er mit Synchronstimme und trötete die Trailermusik, er wusste, was von ihm verlangt wurde, und fühlte sich gut. Lollos Stimme, sein schwerfälliges Rennen, das war Herberts geheimes Talent, da konnte er bei der ewig fordernden Tochter und der latent vorwurfsvollen Frau punkten und hatte seine Aufgabe als Familienvater wieder mal für eine Woche erfüllt. Er keuchte inbrünstig für das Ferkel, das immer auf der Stelle blieb, schimpfte ob der Mühsal des Fortkommens, lispelte versuchsweise, Lollo sah sich Unmengen von Verfolgern ausgesetzt, geriet in Panik, die Situation eskalierte, dann, ein lauter Pups, Lollos Spezialwaffe, alle flohen.

Daphne kicherte, Lollo hüpfte, während er langsam größenwahnsinnig wurde, und pupste seinen Triumph in die Welt. Daphne bekam Schluckauf vor Lachen, sie war in ihr Lachen geschnallt wie in einen schüttelnden Schleudersitz. »Mal!«, verlangte sie von ihrem Vater, aber der war von seinem Auftritt sichtlich ausgelaugt. »Nein, nicht noch mal, das ist langweilig, will nicht mehr.« »Mal, mal, mal!«, kreischte Daphne.

»Leise, die Fenster sind offen, sonst wacht das ganze Haus auf!«, versuchte sie sie zu beruhigen, aber ihr Kind wollte Lollopupse. Sie selbst wollte Unterdeckenwelt mit ihrem Mann, aber der schlief wieder ein. Mit einem letzten lauten Pups. Daphne und sie lachten. Sie lag noch im Geruch von Herberts Nacken.

»So.« Die Frau schiebt ihr das Bier hin, golden mit zartem Schaum.

Sie trinkt und schaut sich um. Hinter ihr leuchtet drei Stufen hoch eine Bühne, vor rotem Samt steht mittig ein Barhocker. Die Barfrau füllt eine Schale mit Wasser und fragt: »Wie heißt der?«

Wie selbstverständlich der Köter sich auf ihrem Schoß breit macht, sein Köpfchen auf ihren Arm legt und sie anhimmelt. Sie sagt: »Kalle.«

Ein Gekratze auf ihren Beinen, als er sich regt, er kommt hoch, trinkt und schüttelt sich, so dass sie ihn auf den Boden setzt, wo er nach ausgiebigem Schnuppern zur Bühne trottet und die Stufen erklimmt. Oben postiert er sich in der Mitte und schaut sie auffordernd an, bis er sich nach hinten wendet, im Begriff, sein Bein zu heben. Sie fliegt auf die Bühne, um ihn hochzunehmen, da springt mit einem Klacken das Bühnenlicht an, sie kann einen Moment nichts sehen. Fasst ins Licht, das heiß auf ihre Haut brennt, und fühlt sich vom Dunkel umhüllt. Es ging um ein Vorsingen, das war es, sagt sie sich, dann hört sie etwas poltern, und Musik setzt ein.

Der Mann mit den Bierfässern drückt ihr ein Mikro in die Hand und schaltet die Karaoke-Maschine an, die blinkt, das Intro ist zu Ende. Sie fängt an zu singen. Der Mann tanzt allein vor der Bühne, sie sieht seine Bewegungen, behäbig und elegant.

Ooh
You can dance
You can jive
Having the time of your life
Ooh, see that girl
Watch that scene
Diggin' the dancing queen   SIE HAT SO LANGE

NICHT GESUNGEN, SIE MUSS DEN STAUB AUS
DER STIMME SCHÜTTELN, SIE WIRD NIE WIE-
DER AUFHÖREN, HEISER ODER NICHT

Friday night and the lights are low   SIE KANN
                    SICH IN DIE STIMME BEGEBEN
Looking out for a place to go
Where they play the right music
Getting in the swing
You come to look for a king
Anybody could be that guy
Night is young and the music's high
                    DAS IST DIE SCHÖNSTE STELLE
With a bit of rock music
Everything is fine
            SIE HAT KEINE ZEIT, NACHZUDENKEN
You're in the mood for a dance
And when you get the chance

Die Barfrau zieht den Stecker. Sie faucht: »Ich liebe euch,
aber Abba ist nicht unter meinem Dach. Das ist hier die
einzige Regel. Und die kennste.« Dabei steht sie vor dem
Mann, der jetzt kniend am Stecker fummelt.
Sie trinkt das Glas aus. Beim Rausgehen spürt sie den
Hund an ihren Füßen. Ist das Vorsingen nicht schon
morgen?

BABY

Sie hatte sich schon lange ein Kind gewünscht. Sie hatte sich tatsächlich genau dieses Kind gewünscht. Nicht äußerlich, nicht genau diese Haare oder diesen Körper, es war ihr Wesen, das sie in sich gespürt hatte als Wunsch, als Keim einer wunderschönen Möglichkeit. Daphnes ganz besondere, sehr weiche Energie. Sie hatte sich vorgestellt, dass das Kind in der Babyschale im Auto schlief, während sie über die Alpen fuhr. Es war Morgengrauen, sie fuhr aus dem Nebel in die ersten Sonnenstrahlen, sie spürte das Baby neben sich, sie sah es an und war unendlich erfüllt. Sie kannte genau dieses Kind bereits aus ihrem Inneren.

Dieses Alpenbild hatte sie bei einer Arie in der Hochschule vor Augen gehabt, als ihre Stimmlehrerin zu ihr sagte, sie solle sich doch bitte jemanden vorstellen, den sie liebe. Wie stark das die Stimme veränderte, durch dieses einzige Bild bekam sie Tiefe, Glanz, auch Gold, die ganz hohen Töne wurden leicht und flüssig, ihr Baby in der Babyschale, der Sonnenaufgang, sie allein im Auto, sie konnte auf einmal alles singen.

Von nun an wurde ihre innere Welt immer wichtiger. Die meisten Menschen der äußeren Welt gab es merkwürdigerweise in der aufregenden inneren überhaupt nicht. Mit Herbert, so sehr sie ihn auch liebte, war dort nichts zu machen. Ihn konnte sie einfach nicht hineintransportieren, als ob es ihn in echt gar nicht gäbe. Aber dieses Kind mit seiner Helligkeit tanzte dort umher, es bewegte sich mit sirrender Leichtigkeit. Und es war ihr

Kind, das war ihr klar. Sie erzählte niemandem etwas davon.

Vielleicht wegen ihrer Mutter, die ihr immer zu spüren gegeben hatte, wenn du ein Kind kriegst, ist dein Leben vorbei, mit einem Kind kann man die eigene Karriere vergessen. Sie hatte ihrer Tochter eingeimpft, dass sie unbedingt gegen das Kinderkriegen sein müsse, so wie die Mutter. Gegen das Leben, gegen die Welt, deshalb logischerweise auch gegen die Fortpflanzung und vor allem gegen das Glück. Dieses habe man, die anderen wenigstens, oder man habe es nicht, ein Kind führe jedenfalls nicht dazu. Das habe das Leben der Mutter ausreichend bewiesen. Es sei übrigens unbedingt notwendig, gegen Freude zu sein, sonst würde man ja im Inneren das ganze System unterstützen, und das System brauche man sich nur einmal anzuschauen, um zu wissen, dass man da nicht Teil dieser Welt sein wolle. Und wie bitte könne man ein Kind bekommen und noch länger gegen die Welt sein? Eben.

Sich in der äußeren Welt ein Kind zu wünschen, das war für die Tochter deshalb nicht möglich gewesen. Die einzige Chance, ihr Kind in die Welt zu schmuggeln, war, zu verhüten und trotzdem schwanger zu werden, so wie das bei ihren Eltern gewesen war. Sie stellte sich oft vor, wie ihr Vater, der kein Kind wollte, auf gar keinen Fall ein Kind, der schon alle Maßnahmen ergriffen hatte, um nicht noch einen Menschen in die von ihm abgelehnte Welt zu befördern, der sogar gegen den Rat seines Arztes, der sich zierte, versucht hatte, sich sterilisieren zu lassen – wie genau der Vater ganz scheinheilig ihre Mutter getröstet hatte, die, so hatte es wiederum ihr Arzt versichert, keine Kinder bekommen könne, und wie aber dem Vater in Wahrheit vielleicht einzig dieser Makel besonders gut gefallen hatte, denn ansonsten empfand er keinerlei Anziehung. Körperliche Anziehung zur Mutter hätte ohnedies nur zu Freude geführt, und die war absolut zu umgehen.

Der Vater glaubte, nichts Schönes verdient zu haben, keine neuen Entwicklungen in die Richtung des Glücks anschieben zu dürfen, was wiederum seiner Familien- und Fluchtgeschichte geschuldet war, dachte sie. Obwohl sie ihre Eltern so ablehnte, konnte sie doch nicht anders, als es ihnen in diesem Punkt recht machen zu wollen, also in der Welt- und Fortpflanzungsablehnung. Oder hatte sie sich schon mit dem heimlichen Wunsch nach einem Kind gegen die Eltern aufgelehnt?

In ihrer eigenen, inneren, ihrer richtigen Welt war sie komischerweise immer allein mit dem Kind, da gab es keine Familie, kein Mutter-Vater-Kind, sie hatte sich das nie vorstellen können und schaffte es selbst mit größter Anstrengung nicht, Herbert mit hineinzurechnen.

Hatte sie es also in Wahrheit genau so gewollt, die Kinder ohne Herbert großzuziehen, obwohl sie ihn doch so liebte? Weil sie sich eine funktionierende Familie nicht einmal vorstellen konnte?

Ihre Eltern konnten nur deshalb zusammen sein, weil sie sich nicht liebten, denn genau das war ihr Konzept von Schuld und Unglück. Liebe konnte nicht einmal gedacht werden, und deswegen wurde sie auch nicht vermisst.

Liebe war verpönt, denn Liebe stammte aus Kitschromanen, kam eventuell noch in faschistischem Propagandamaterial vor, Liebe hatte mit Hausfrauen aus den 1950er Jahren zu tun, war also antifeministisch und wurde ausschließlich zu Unterdrückungszwecken eingesetzt, teilte ihr der Vater mit, der sich als Feminist sah, und Feministen hatten immer recht, waren moralisch unanfechtbar, so verstand sie es, vor allem männliche Feministen, und ihre Mutter schien auch so etwas in der Art zu sein, die hatte es wahrscheinlich erfunden, schließlich verdiente sie das meiste Geld und kommandierte alle herum wie ein chauvinistischer Mann. Sie hatte einfach alles, was sie an Männlichkeit verurteilte, für sich selbst besetzt.

SCHWELLE

Auf der Straße knickt Kalles Becken ein, er schiebt seine Hinterbeine unter sich und kackt hoch konzentriert auf den Gehweg. Blinzelt sie triumphierend an, rutscht mit dem Po über die Straße, um ihn abzuwischen. Kippt dabei fast um. Sie mustert ihn. »Was machen wir denn nun?«

Denkt sie an Daphne und Eddie, passiert das gereimt, gesungen oder in dreimaliger Wiederholung.

Ratatatam, ratatatam, wir fahren jetzt

Ratatatam, ratatatam, mit der Straßenbahn.

Hatten die beiden vor kurzem in der Kita gelernt und ständig gesungen.

Kalle setzt mit zartem Jaulen ein. Er singt mit! Die Dunkelheit reißt ihre großen Ohren auf.

»Ich will Eis! Ich will Eis!«, kreischt eine kleine Stimme von hinten. Ihr Kopf fliegt herum. Ein Kinderwagen rumpelt. Eine Frau schiebt telefonierend, ein Baby wimmert, das schimpfende Kind tobt auf einem Buggyboard am Wagen.

»Entschuldige, ich kann dich kaum verstehen, du musst lauter reden, die beiden hier brüllen nur rum. Nein! Ich hab dich den ganzen Tag nicht erreicht! Ich kann einfach nicht mehr! Ja, wir sind viel zu spät, es ist nach zehn, ich weiß. Wir kommen doch nach Hause jetzt! Du hast aber den Autoschlüssel mitgenommen, und ich hab dich nicht erreicht ... Mia, jetzt hör mal auf, so versteh ich den Papa ja nicht!«

Das Mädchen auf dem Wagen lässt sich schreiend fallen.

Die Mutter klemmt ihr Telefon mit der Schulter fest und zieht sie an der Hand mit.

Als das Mädchen Kalle entdeckt, springt es heran. »Mama, ein Hund!«

Der Boden unter ihnen vibriert, eine Straßenbahn quietscht näher, sie leuchtet gelber als sonst, die Mutter keucht: »Bitte, Mia, lauf, dann kriegen wir die noch!«

»Nein, ich will zu dem Hund!«

»Mia! Wir müssen in die Bahn!« Die Mutter kreischt, schwitzt, ihre Augen platzen.

Sie greift den Hund, der die ganze Zeit an ihrer Seite bleibt, und sagt zu dem Mädchen: »Komm, wir laufen zusammen, dann kannst du ihn in der Bahn streicheln!« Sie gibt ihr die Hand, gemeinsam steigen sie ein. Die Kinderhand in ihrer Hand. Sie hält die zischende Tür auf. Mit der Mutter zusammen hebt sie den Kinderwagen.

»Danke«, schnauft die. »Entschuldigung, ich kann einfach nicht mehr. War ein bisschen viel alles heute.«

»Kein Problem«, sagt sie.

Die Mutter schaut sie nicht an, sagt: »Ein Hund ist sicher auch viel Arbeit. Aber Sie können sich nicht vorstellen, wie das mit zwei kleinen Kindern ist. Normalerweise sind sie ja brav. Ist heute nur sehr spät. Wenn die übermüdet sind, dann wird es schlimm.«

»Ja«, sagt sie.

Die Bahn quietscht. Das Baby weint. Die Mutter hebt es aus dem Wagen. Eine Bierflasche rollt im hinteren Teil zwischen den Sitzen, malt Linien und Kreise aus Bier auf den grauen Plastikboden. Zwei Mädchen tippen auf ihren Handys.

Sonst ist die Bahn leer.

Kalle streckt sich lang aus und gähnt. Sie setzt sich auf eine freie Zweierbank, ihr Körper schaukelt mit den Bewegungen der Bahn, sie ist müde, gedankenlos spürt sie, wie das Anfahren sie gegen die Lehne drückt, die Geschwindigkeit im Bauch, sie möchte nie mehr anhalten, die Bahn soll schneller fahren, weit weg, vielleicht kann die Fahrt die Gedanken ersetzen, alles, was auftaucht, wenn sie irgendwo ankommt und alles noch falsch ist.

Das Mädchen lässt sich auf dem Boden neben dem Hund nieder und streicht andächtig über sein weißes Fell. Die Mutter hält Baby und Kinderwagen, seufzt. »Das würde ich auch am liebsten machen. Mich einfach hier so hinlegen.«

»Mama, ich will auch einen Hund!«, verkündet ihre Tochter.

Die Mutter erschrickt. Ein langer Seitenblick auf den versifften Boden, das Federkleid der anderen, die nassen Haare, ihr Gesicht, den Ausdruck darin. Die Mutter scheint einen Schutzumhang verschließen zu wollen vor dem, was ihr jetzt auffällt. »Mia, komm her. Hierher!«

Das Mädchen reagiert nicht, die Mutter packt es und zieht es am Arm nach oben. Es fängt wieder an zu heulen, steckt sich die Haarspitzen in den Mund und kaut weinend darauf herum.

Sie steht auf und tritt ans Fenster.

Sie sieht hinaus. Die Todeskreuzung. So hatten Herbert und sie diese Kreuzung immer genannt. Aus mindestens sechs verschiedenen Richtungen kommen die Autos heran, und im Lärm unhörbar walzen dazu die Straßenbahnen. Sie hat neben Daphne gekniet, sie an den Schultern gehalten, sie wollte, dass sie unbedingt zuhört: »Diese Kreuzung immer nur an meiner Hand! Niemals allein!«

Sie drückt ihre Stirn an die Scheibe. Sie denkt an Daphne, die ihren kleinen Bruder an der Hand mit sich zieht. Zwei Männer in Warnwesten schweißen die Schienen. Funken spritzen, umhüllen die Männer. Ihre Fingerspitzen schmerzen, ihr Bauch zieht sich zusammen. Die Funken von der Straße sprühen in ihrem Kopf weiter.

Sie steigt aus, der Hund hüpft hinter ihr her. Das ist ihre Gegend. Da ihre Straße.
Sie muss pinkeln.
Alles ist falsch. Sie ist zu schwer, um zu schreien. Zu schwer, um zu gehen. Zu schwer, um zu atmen. Sie schiebt ihren Körper an einen Baum und hockt sich hin. Spritzer übersähen die drückenden Schuhe.
Auf dem Boden leuchten rote Lacksplitter, von einem Kinderfahrrad abgeblättert. Sie kommt hoch. Das ist Daphnes Fahrrad. Kirschrot mit Kirschklingel! Sie hatte das Fahrrad für ihre Tochter angemalt und ihr einen Korb an den Lenker geschraubt. Jetzt liegt darin ein Blumenstrauß. Gänseblümchen und Löwenzahn. Sie nimmt ihn vorsichtig heraus. Steht vor den Klingelschildern. Geht um diese Uhrzeit noch jemand an die Tür und lässt sie ins Haus? Vielleicht kann sie oben ihre Wohnungstür auftreten? Sie sieht ihren Schlüssel auf dem Marmortischchen im Flur liegen. Sie hat ihn dort gesehen, als sie die Wohnung verließ, aber sie war gelähmt, nachdem Herbert gegangen war. Das Leben, das nichts mehr mit ihr zu tun hat, abstreifen, loswerden. Aber warum jetzt überhaupt in die Wohnung? Sie muss doch suchen, sie muss, muss weiter.
Sie hängt mit dem Kleid an der Haustür fest und stolpert dagegen, die schwere Tür öffnet sich, sie war nicht ganz ins Schloss gefallen. Einmal kurz nach Hause, in den Geruch der Kinder. Vielleicht fällt ihr dort ein, wo sie sein könnten? Einmal in der Höhle keine Hülle mehr haben. Sie kann diese Haut nicht mehr ertragen. Sie steigt die Stufen hoch, der Köter folgt ihr, bleibt dran an ihr, sie muss aufpassen, nicht zu stolpern über seinen dürren

Körper. Sie hält den kleinen Strauß sacht in ihren Armen. Weiter hoch, immer weiter. So viele Stufen, und alle haben recht. Sie hat versagt. Ihre Kinder sind weg. Sie fällt vor die Wohnungstür. Rollt sich ein.

Der Hund hält es nicht lange aus, eingequetscht zwischen Brust und Knien, er schält sich heraus und kläfft. Die Tür geht auf. Larry schreit. »Schnulli! O Gott, ist sie tot? Igitt, wie siehst du denn aus!«
Wie nach einem Startschuss ist auf einmal alles Poltern und Gejuchze. Daphne und Eddie. Sie wuseln um sie herum und schreien. »Mama, Mama! Wach auf! Oh, der Hund ist so süß, ist das jetzt unserer? Mama, hast du uns den mitgebracht? Das ist mein Hund, nein, das ist meiner! Mama, Eddie zieht mich an den Ohren! Lass mich auch streicheln, Daphne! Ist denn jetzt Geburtstag? Sie hat meine Blumen in der Hand! Sie schenkt mir den Hund! Liebste Mama auf der Welt! Mama, Mama, Daphne lässt mich nicht streicheln!«
Die Nachbartür springt auf, knallt wieder zu.
Sie sieht alles verschwommen. Wischt sich die Tränen von den Lippen. Ist im Paradies. Die Kinder in ihren Armen. Sie hat das Gefühl, in einer glitzernden Blase zu baden.
Larry hüpft in seinem bunten Kimono auf und ab, redet, sie versteht kein Wort.
Dann liegen sie drei Meter weiter auf der Innenseite des Glücks. Innen von der Türschwelle aus gesehen. Die Welt hat sich neu zusammengesetzt.
Ihr Gesicht tut weh vor lauter Strahlen. Larry will alles verstehen, alles erklären, hüpft moderierend mit einem großen Glas Wodka auf und ab. Sie versteht nichts, sitzt ganz still auf dem Boden und saugt die Kinder in sich auf.
»Wie seid ihr denn hier reingekommen?«, fragt sie vor-

sichtig. Sie weiß nicht, was die Kinder wissen, ob sie alles mitbekommen haben, und will jetzt nichts aufwühlen.

Sie streichelt Daphne mit dem Finger über die weiche Stirn, die kleine Nase runter, streift alle vierzehn Sommersprossen, über die trockenen Lippen, das spitze Kinn, die knochigen Schultern, alles ist da, alles ist heil. Ihr Bauch reißt auf, wird zu dieser Blase, die sie eben schon bemerkt hat, die glitzert wirklich, in der kreiseln Eddie und Daphne und sie selbst, während Licht aus ihnen strömt. Die Blase ist stabil. Kann fliegen und blühen.

Daphne atmet schwer auf ihrem Schoß. Mit dem anderen Arm versucht sie, Eddie zu halten. Er ist todmüde, es ist spät, und er will unbedingt auch auf den Schoß und versucht unauffällig, seine Schwester da wegzuschieben.

»Ich hatte doch den Schlüssel drinnen vergessen. Wie seid ihr überhaupt allein reingekommen?«

»Die Tür stand aber offen«, nuschelt Daphne noch und gähnt. »Der Guido ist mit uns hergekommen.«

»Wer ist denn Guido? Einer aus der Kita?«

Daphnes Augen sind noch ein Stückchen geöffnet. So schläft sie manchmal. Das hat sie gegruselt, als Daphne noch kleiner war. Halboffene, sie aus abgerutschten Pupillen verschwommen ansehende Augen. »Wer ist Guido?« Daphne schläft.

»Eddie, ich trag jetzt mal Daphne ins Bett und danach dich, ja?« Eddie krallt sich mit aller Kraft an ihr fest.

»Mama soll hierbleiben! Mama soll immer bei mir sein!«

»Ich bleib ja da, aber Daphne muss doch in ihr Bett. Leg dich kurz hier hin, ich komm gleich wieder!«

»Nein! Blöde Mama!«

Sie beißt sich auf die Lippe. Gut, er hat ja recht. Kann sie ihm denn begreiflich machen, wie sehr es ihr leidtut? Sie legt Daphne auf den Boden und steht schwerfällig mit ihm auf dem Arm auf. Deckt Daphne zu. Dann halt umgekehrt. Immerhin schläft schon mal die Hälfte, das ist mehr als halb gewonnen. Eddie streichelt ihr die Haare aus dem Gesicht. Jetzt ist er Einzelkind und zart und anschmiegsam. Sie bleibt stehen und presst ihn an sich.

»Mama«, flüstert Eddie, das strengt ihn furchtbar an, und er ist sichtlich stolz über sein neues Flüstern. »Ich kann jetzt pfeifen! Schau mal!« Und er pustet und spuckt ihr ins Gesicht und strahlt dabei.

»Toll. Ganz toll! Hast du dir das selbst beigebracht?«

»Nein, das hab ich von Guido!«

»Ist das ein neuer Praktikant in der Kita?«

»Nein, der Neue in der Kita ist nicht toll. Der ist mittel.«

»Und wer ist Guido?«

»Der ist in der Badewanne.«

»Oh. Da musst du aber morgen auch mal rein.«

»Nein! Da ist doch schon Guido drin!«

»Eddie! Wer ist denn Guido?«

»Der hat uns Pfeifen beigebracht!«

»Wer soll das sein? Ist das ein Vater von jemandem?«

»Jedes Kind hat einen Vater, Mama, und jeder ist ein Kind.«

»War der hier?«

»Der hat uns Nudeln gekocht.«

»Was?«

»Und wir haben den gefüttert.«

»Ist das ein Spielzeug?«

»Der Guido ist doch vom Rewe.«

»Eine Puppe? Hat Larry euch die gekauft?«

»Nein! Larry hat ihn sofort in die Badewanne gesteckt. Weil er so stinkt.«

»Habt ihr den hier aus dieser Wohnung? Eddie?« Sie versteht nichts, und Eddie schüttelt sich vor Lachen.

»Nee, Daphne und ich sind mit aus der Kita gerannt, als

84

Martha und Hilde abgeholt wurden. Wie ein Blitz gerannt, Mama! Und dann sind wir zum Rewe und wollten da essen. Aber da saß der Guido davor mit den anderen Leuten. Auf dem Boden. Und der hat so viel Quatsch gemacht, und dann hat er gesagt, er bringt uns zu Mami. Und deswegen bist du ja jetzt hier!« Eddie küsst sie schmatzend auf den Mund, immer wieder. Sie schaut ihn an, »noch mal!«, jauchzt er, also geben sie sich Küsse, mehr und mehr.

Vor dem Badezimmer eine Mauer aus Gestank von Herrenklo und altem Schweiß. Ein Schwall Seifengeruch sickert hindurch, ihr ins Gesicht, legt sich als nasser Film über ihr Gesicht, greift um ihren Hals. Sie hört ein Planschen. Da ist jemand Fremdes drin, mitten in ihrer Wohnung, man ist eingedrungen, wo sie sich sowieso schon nicht mehr sicher fühlt, da ist also wirklich jemand in ihrem Badezimmer. Sie bleibt stehen, drückt ihre Arme so eng sie kann um Eddie und versucht, das Plätschern nicht zu hören, sie muss den Geruch ignorieren, vielleicht jetzt von diesem Typ, ihre Beine zittern, ihr ist alles zu schwer, der soll raus, sofort weg, sie muss die beiden in Sicherheit bringen, sie hat doch ihre Kinder wieder. Sie riecht nur noch Eddie, sie muss sich jetzt um seine Heilheit kümmern, alles andere kann sie, muss sie danach machen. Sie hat ihn fest im Arm. Sie weiß, sie wird das Problem hinter der Badezimmertür später klären.

Eddie lässt seine Ärmchen als Propeller kreiseln und quäkt mit künstlich erhöhter Babystimme: »Guido! Guido! Gifmipfeif! Mama, Guido kann rülpsen!«

Sie nickt.

»Guido soll hier schlafen, sehr bitte«, sagt Eddie entschieden und wirft der Badezimmertür noch im Flur Kusshände zu.

»Ja, ich überlege mir das.«

Eddie reibt seine Nase an ihrer.

»Ich rede mit ihm. Versprochen.«

Er schmiegt seinen Kopf an ihre Schulter. Eddiegeruch macht alles golden, denkt sie. Und dass sie Eddies Geruch immer von Daphnes unterscheiden kann, und was ihn genau ausmacht. Langsam sinkt Eddies Schwere in ihre Arme. Erst jetzt spürt sie, dass ihr Leib zermörsert ist.

»Du bist mein Kopfkissen«, murmelt er. Sein Atem sackt ab, er schläft. Ein Zucken schießt durch seinen Körper.

»Das ist, wenn man über die Schwelle geht«, hatte Herbert, als er noch ihr Herkules war, immer über dieses Zucken gesagt.

THE RAPE

Er spricht nur mit ihr, wenn die Vigräne auch mit am Telefon ist. Sie ruft ihn an, als die Kinder eingeschlafen sind. Es hat wieder so lange gedauert, sagt sie. Daphne hat gesagt, Mama ist blöd. Wenn sie weint, ist sie blöd. Herbert schnauft. Ob sie endlich mal mit ihren Vorwürfen aufhören könne? Er ertrage das nicht mehr. Kaum rufe sie an, mache sie Vorwürfe. Er sei nun einmal nicht mehr da, ihr gemeinsames Leben gebe es nicht mehr, das müsse sie endlich akzeptieren. Das gehe ihm langsam an die Substanz. Dass sie nicht verstehe, er sei nun eben ein anderer. Das Leben bestehe aus Veränderungen. Er könne nicht mehr für sie sorgen, er habe ja nichts mehr, alles habe er der Vigräne geschenkt. Die Firma gehöre längst schon nicht mehr ihm, alles gehöre nun ihr. Er sei ein armer Mann. Sie wisse doch, bei ihm gehe nur ganz oder gar nicht. Er sei ja der, den es am härtesten getroffen habe. Wie könne ein Mensch das verstehen. Wenn eine zweite Sonne am Himmel erscheine. Seine Familie verlassen? Das müsse man sich mal vorstellen. Das wünsche er keinem, warum sie ihm denn nicht dabei helfe, eine Frau sei, die liebt, das brauche er nämlich in seiner Lage. Sie ignoriere einfach, wie sehr er sie und die Kinder, ach, wie sehr er sein ganzes altes Leben vermisse. Das Kiffen auch?, fragt sie. O ja. Jetzt weint er. Das besonders. Aber er dürfe nicht mehr, sage die Vigräne, er müsse sich seinem Schicksal stellen, also stelle er sich. Sein Schicksal, das habe er sich ja nicht ausgesucht, wenn er dem nur irgendwie entgehen könne, wenn er die Vigräne einfach nie getroffen hätte. Er vermisse sie, seine Schnulli, so sehr. Sie sei die schönste, klügste, lustigste Frau der Welt, die Liebe seines Lebens, aber sein Schicksal sei eben die Vigräne. Und wenn er bei Schnulli bleibe, immer nur den leichten, angenehmen Weg gehe, weiche er dem Leben aus, sage die Vigräne. Er bekäme auf der Stelle Krebs. Er sei nach kürzester Zeit ein toter Mann. Und das könne sie ja nicht wollen, wenn sie ihn liebe.

Sie haben sich ein Jahr nicht mehr gesehen. Herbert hat das gemeinsame Konto gesperrt. Sie hat ihn deswegen versucht zu erreichen, immer wieder. Wegen anderer Sachen auch. Am meisten wahrscheinlich, weil sie das, was in ihr durch seine Anwesenheit in der Wohnung entstanden ist, vermisst. Und sein Durch-die-Zimmer-Schlurfen. Sein Geschimpfe, wenn er morgens versucht, einen Kaffee zu machen, hält jede innere Beschäftigung mit sich selbst vor ihr fern, weil nur sie allein seine Situation lösen kann, mit einem verschworenen Lächeln schiebt sie ihm den Kaffee hin und seinen cholerischen Zustand beiseite. Wenn er bei ihr ist, hat sie keinen Gedanken mehr für sich, und das beruhigt sie. Sie kommt einfach nicht mehr zu sich, ist damit beschäftigt, dass es ihm wieder gut geht, und das macht abhängig, denkt sie. Sie will ihm verzeihen, will alles aushalten, was er tut, sie will nur, dass er wieder bei ihr ist. Aber er will nicht.

Sie hört im Hintergrund das langsame Atmen der Vigräne. Sie bringt kein Wort mehr raus. Sie hört nur die Luft durch diese Nase kriechen, die Nase, die sie nie gesehen hat, sie hört die Reibung zwischen Luft und Nase, der bösen Nase. Dann hört sie ein Feuerzeug. Ein leises Lachen und eine zweite Zigarette, die angezündet wurde. Aha, jetzt rauchen sie also.

Sie wünscht ihnen noch einen schönen Sommer, hoffentlich bleibe es warm. Das sei egal, sagt Herbert leise, sie müssten sowieso nächste Woche nach Indonesien, dort sei eine neue Messe für Games, und alle rissen sich um Queen of the Desert. Das erste Spiel, das Herbert entwickelt und sich zusammen mit ihr in einer mexikanischen Hängematte ausgedacht hatte. Mit sehr vielen Joints. Sie nimmt ihr Telefon und schlägt damit auf Herberts Schreibtisch ein. Den großen Schreibtisch von seinem Opa. Der steht da noch, unberührt, sein Leben mit ihr ist für ihn also nur ein Wimpernschlag gewesen, er macht sich nicht mal die Mühe, seine Sachen abzuholen oder wegzuräumen, er verschwendet seine Gedanken nicht an sie und ihre Vergangenheit, wahrscheinlich stünde das Ding noch in tausend Jahren da, in einem Museum für zukünftige Schulklassen, so lebte damals ein Mensch, kurz bevor sein Schicksal ihn aus den Armen seiner ersten Sonne riss.

Zwei Bildschirme, ein riesiger Aschenbecher voll kleingerauchter Joints, Brandlöcher auf der Tischplatte, darüber Unmengen von Pizzakartons, Take-away-Plastikverpackungen, halbleere Fanta-Flaschen, zerdrückte Bierdosen, eine Kaffeedose vollgestopft mit leeren Grastütchen, in einigen sind noch ein paar Krümel, dazwischen Feuerzeuge, viele verrostet, leere Paperspackungen und einzelne, einsam im Dschungel versprengte Filter.

Sie schlägt mit ihrem Handy wahllos drauf, dieses blöde Telefon, mit dem sie nicht zu ihrem echten Herbert durchdringen kann, nun ein Hammer in ihrer Hand. Plastikflaschen springen zur Seite, Graskrümel hüpfen hinterher. Die Bildschirme sind widerstandsfähiger, als sie denkt, stures Plastik, alles Müll. Ihre Fingergelenke sind rot, bis überhaupt der erste Kratzer daran zu sehen ist. Dann reißt sie die Kabel ab, kann so einen Bildschirm selbst in die Luft stemmen und ihn von oben gegen den sehr rustikalen Schreibtisch schlagen. Noch mal. Immer wieder. Sie zerrammelt das ganze kleinarschige Leben dieses fremden Mannes. Herbert, der ihr eigenes und das ihres geliebten Herkules gefressen hat. Der ihn in diesen grauen Herrn ohne Vergangenheit verwandelt hat.

Langsam geht es besser. Sie zerschlägt alles. Die Joint- und Fanta-Reste reibt und tröpfelt sie über ihr Zerstörungswerk, dann knetet sie alles mit ihren wunden Händen durch. Sie wird wärmer. Diese Haut hat Herkules geküsst. Diese Haut ist ihm zu Gefallen gewachsen. Die muss sowieso ab. Sie wird gestutzt auf ihr Innerstes, und danach wird sie neu wachsen. Ohne Wunden, in die sich noch jemand einstöpseln kann. Sie wird ein in sich geschlossener Kreislauf werden. Autark.

Sie nimmt eine Mülltüte aus dem Schrank unter der Spüle und schaufelt mit beiden Händen den Mist da rein. Der Schreibtisch muss auch weg. Sie holt die Säge aus der Garderobe. Damit haben sie vorletztes Jahr zusammen den Weihnachtsbaum zersägt. Mit dem Schreibtisch geht es nicht ganz so leicht.

Allein ist es vielleicht gar nicht zu schaffen. Aber sie macht weiter. Kleine Bewegungen, immer hin- und herratschen, mit einem Fuchsschwanz muss man schnell sein, genau in der Kerbe bleiben, irgendwann ist alles durch. Sie holt ihre Schuhe mit der dicken Sohle und zertritt den Rest. Sie braucht mehr Mülltüten.

Damit geht sie zu seinem Schrank und zerrt alle seine Sachen raus. Er hat nichts abgeholt. Nicht ein einziges T-Shirt. Hat wohl nichts vermisst, oder doch? Nun, jetzt ist es zu spät, nächste Woche ist Daphnes fünfter Geburtstag, sie muss aufräumen, Platz schaffen. Sie zerrt alles aus den Schränken und Regalen, Socken, lange Unterhosen, Hemden, Tagebücher, Angeln, Fotos, Schuhe, Jacken, Bücher, Postkarten, Festplatten. Der ganze Flur ist blau. Knisternde Mülltüten, bis zum Rand vollgestopft.

Als er auf einmal an ihrer Tür steht, ein paar Tage nach Daphnes Geburtstag, ist alles leer. Es ist warm, ein später Mittag im September, sie hat mal wieder Bewerbungen geschrieben und will nur noch einen Kaffee trinken. Kaffee gibt es nicht mehr. Sie muss sowieso dringend los, die Kinder von der Kita abholen.

Er sieht anders aus. Älter, fast erwachsen. Sie wusste nicht mehr, wie er aussieht, so von außen, denkt sie, seine Haut scheint durchsichtig, er ist dünn geworden, trägt neue Schuhe, die was hermachen sollen, und ein Jackett, er hatte doch früher nur Turnschuhe und Jacken angehabt. Komischer fremder Mann. Er ringt nach Luft. Hat er nicht geschlafen? Was genommen? Oder vermisst er sie einfach so sehr?

»So schön ist es hier!« Er weint. »Ich vermisse dich so. Dich. Ich will dich so.«

Er greift nach ihr und küsst sie. Sie weiß für einen Moment nicht, ob das hier wirklich passiert, sie will ihn ansehen, um das, was gerade vorgeht, zu verstehen, aber er hält sie fest. Sie kann an nichts anderes denken, als dass er ihr wehtut. Seine Zunge stößt in ihren Mund, und sie merkt, dass er sie nicht spürt. Sie wehrt sich. Sie hat ihn ein Jahr ununterbrochen vermisst und um ihn getrauert, aber sie wollte ihn doch richtig. Und nicht so einen Anfall mit harten Küssen. Sie überlegt, wie er darauf kommt, auf das hier, und stellt fest, dass er sie völlig übergangen hat. Mann, er ist doch ein Arschloch! Aber für einen Moment hat er sie angeschaut wie früher. Oder war das auch nicht real? Herkules. Sie ist irritiert. Passiert das gerade? Er hatte sie früher öfter abfällig und, weil er es geil fand, »meine kleine Hure« genannt. Wenn sie ihm von ihren Phantasien erzählte, andere Frauen oder mehrere Männer. »Du bist eine richtige Hure. Aber du bist meine Hure. Du gehörst mir. Und ich kann alles mit dir tun.« Das kennt sie schon. Aber jetzt zerrt er sie an den Haaren hinunter, sie hört ihr Steißbein auf den Boden knallen, versucht, sich wegzuschlängeln, der Schmerz flimmert in der Wirbelsäule.

Er stöhnt und raunt mit künstlich tiefer Stimme: »Du kleine, billige Nutte. Ich fick dich jetzt durch. Das willst du doch. Das willst du doch die ganze Zeit.« Dabei holt er seinen Schwanz raus.

»Bitte, bitte nicht! Was soll das?« Sie will schreien, aber plötzlich fängt sie an zu weinen, hat keine Stimme mehr, warum macht der Schmerz ihr auf einmal Angst? Was ist das überhaupt für ein Schmerz? Liebt er sie wirklich nicht mehr? Sie hat es das ganze letzte Jahr nicht glauben können, aber jetzt, irgendwas ist anders, er war noch nie so brutal, das fühlt sich nicht echt an, sie kennt diesen Mann nicht. Sie ist hilflos, möchte es anders und alles wiedergutmachen, sie stammelt: »Dein Schwanz stinkt. Bitte, bitte, du musst dich waschen.« Sie hat sich doch so sehr gewünscht, dass er zurückkäme, alles würde sie tun für ihn, ist nicht jetzt der Zeitpunkt, um ihn zurückzuerobern? Sie starrt auf etwas, das sich von seinem Schwanz löst und auf ihrer Brustwarze klebt. Sie windet sich zur Seite, um seinem Geruch zu entgehen. Und damit ihre Brüste größer aussehen. Ihr Hemd hat er weggerissen. Auch wenn er so ekelhaft ist, soll er sie doch weiterhin für die schönste Frau auf Erden halten. Die aufregendste. Das ist vielleicht das Einzige, was sie in der Hand hat.

»Er zieht sie wieder an den Haaren. Drückt sie an seinen Schwanz. Lutsch mich, du dreckige Sau. Du Nutte.«

Wer ist dieser Mann, denkt sie. Das kann er doch nicht wirklich sagen. Gleich fängt er bestimmt an zu lachen, so was sagt er doch nicht, nicht, wenn sie »Nein!« schreit. Sie wird auf einmal ganz ruhig. Tief innen drin. Sie ist ja viel mehr wert als er, denkt sie, so viel ist jetzt klar, jetzt hat sie endlich den Beweis, damit kann sie es schaffen, von ihm wegzukommen. Sein Penis ist vor ihren Lippen, er zieht ihren Kopf hoch und knallt ihr eine.

Warum? Was hat sie ihm denn getan? Sie versteht nichts mehr. Sie schreit. Ja, er hat es gehasst, dass sie gelitten hat. Die ganze Zeit. Jedes Weinen von ihr hat er als Anklage gegen ihn verstanden und sich dabei eigentlich selbst als Opfer gesehen. Ihre Angst macht sie devot, sie kommt da nicht raus, sie denkt auf einmal wieder nur, wie sehr sie ihn liebt. Vielleicht hat sie ihn verärgert? Wie dumm sie ist, überlegt sie, sie muss jetzt ihre Chance ergreifen, wahrscheinlich hat sie ihm nicht richtig zugehört? Auf jeden Fall hat sie was falsch gemacht. Sonst würde er so etwas doch nicht machen. Sie will sich jetzt kleinmachen, das mag er, süß sein, alles tun, vielleicht verzeiht er ihr ihre Dummheit.

»Herkules, ich liebe dich so sehr. Ich mache alles für dich. Immer. Was du willst«, wimmert sie.

»Lutschen!«, brüllt er.

Heulend fängt sie an, das macht das Lutschen leichter. Sie stellt sich vor, wie er sich gleich entschuldigt und ihr Gesicht küsst, wenn sie sich das ganz genau vorstellen kann, wird er das auch tun. Sie streckt ihren Po nach oben, spreizt die Schenkel, sie muss ihn anmachen. Dann verzeiht er ihr. Hört auf, zu schlagen. Bleibt bei ihr. Er darf nicht merken, wie es sie ekelt. Er schlägt sie wieder, ihr Kopf fliegt zur Seite und dröhnt, sie verschluckt sich an den Tränen, was hat sie denn gemacht, hat sie ihm vielleicht wehgetan? Sie muss besser blasen. Sie streckt die Zunge raus und leckt hoch und runter.

Er rupft ihr ein Büschel Haare aus. »Tiefer, du sollst ihn richtig lutschen, Nutte!«

Er ist wirklich erregt, denkt sie, natürlich, deswegen macht er das alles. Sie sieht einen Gebirgsbach, klares Wasser, der fließt in ein Becken, sie reißt den Mund auf und saugt ihn tief in sich ein, er knallt hinten gegen ihren Gaumen, sie muss würgen, kotzt, während er in ihrer Kehle steckt, er stöhnt, sie muss ihn tief nehmen, sonst schlägt er gleich noch mal zu, sie stöhnt laut, um ihr Würgen zu übertönen. Sie springt in dieses Gebirgswasser, den eiskalten Teich.

»Du bist so geil«, stöhnt er jetzt. Das kann sie, ihm Geilheit vorspielen. Ihr fällt ein, wie er immer, wenn er betrunken war, ins Bett geschwankt kam und sie unter den wildesten Liebeserklärungen ficken wollte, überhaupt nicht gut ficken, sondern grob, und weil sie so ausgehungert nach Sex war, weil überhaupt mal was passierte, stellte sie sich einfach eine andere Version der Szene vor und machte mit, nahm sich, was sie kriegen konnte. Danach war er wieder im Kiffmodus, und sein Schwanz wurde wochenlang zum schlafenden Lurch. Irgendwann dachte sie sogar, dass er vielleicht recht hatte, vielleicht war sie ja eine Hure, ist man eine Hure, wenn das eigene Lustbedürfnis zu groß ist? Aber zu groß für wen? Denkt sie jetzt.

Weiter kommt sie nicht. Sie würgt wieder, nimmt die Hände zu Hilfe, um ihn von sich wegzuschieben, aber er hält sie an den Haaren fest, das tut so weh. Sie versucht, ihr Kinn weiter herunterzuklappen, es ist ausgehebelt, er rammelt ihren Schlund, sie versucht, ihn an den Eiern zu streicheln, seinen Po, er stinkt, aber Hauptsache, er kommt, ihr Mund ist ein abgebrannter Wald. Auf einmal will er ihre Möse, dafür hört er wenigstens kurz auf, an ihren Haaren zu ziehen. Er sticht in sie, als ob er sie mit einem Messer fickt, ist er denn giftig oder krank? Sie schreit, hat Angst, warum ist sein Schwanz ein Messer? Er hält sie am Hals fest, schlägt ihr auf den Mund. »Gib Ruhe!«, schnarrt er sie an.

Sie wird sich nicht bewegen, keinen Millimeter, sie macht die Augen zu. Alles dunkel, schwarz, da ist nur sein Keuchen und ein komisches hohes Geräusch. Ein langgezogener Ton, der nirgendwo hinführt. Die Nacht hört immer irgendwann auf.

»Willst du mir auf den Arsch spritzen?«, hört sie sich sagen, sie hat eine heisere Stimme, die kennt sie nicht, die macht ihn bestimmt an, und er kommt endlich. Sie kriegt keine Luft mehr, der hohe Ton bricht zwischendurch ab, das Messer, ihr Bauch, das geht kaputt, jetzt macht er sie gerade kaputt.

»Du kleine Hure willst es bestimmt in den Arsch haben, oder? Ich kenn dich doch, du geiler Arsch.«

Alles, nur das nicht, das Messer ist zu groß, wo sie doch schon aufgeschlitzt ist, sie dreht sich um, der Kopf knallt gegen den Boden, da sind aber scharfe Klippen, er stößt ihr jetzt die Klippen in den Arsch. Er kann nicht anders, denkt sie, er ist einfach zu wild auf sie, und deswegen wird er natürlich auch nicht ohne sie leben können, er macht das doch nur, weil er sie so liebt. Sein Liebesbeweis. Sie fehlt ihm ja genauso wie er ihr.

Sie erinnert sich an ihr erstes Mal. Sie waren in der Nacht unterwegs mit anderen und hatten doch nur sich bemerkt. Dann waren sie allein, in einem fremden Bett. Die Sonne ging auf, er beugte sich über sie und lächelte. »Ich liebe dich«, sagte er. »Für immer. Und ich will dich, und ich will, dass du das schönste Leben auf der Welt hast. Aber am meisten will ich, dass du willst, dass ich dich will, willst du?«

Er beugte sich über sie, wie ein Raubtier über seine Beute, dachte sie in dem Moment und fühlte sich so geborgen wie noch nie, und diese Geborgenheit erregte sie, sie wollte ihn, ihn in sich, ihn lieben. Das Schönste würde passieren. Genau in dem Moment hatte der ganze Himmel um sie herum geglüht. Sie nahmen sich und wurden eins, hat sie gedacht. Für immer, haben sie gesagt.

Er zerhackt ihren Arsch mit seinem Messer. Zerstückelt ihren Leib, stößt das Messer immer neu rein, immer schneller. Wahrscheinlich will er sie um Vergebung anflehen, denkt sie. Sein unendliches Verlangen ist seine Liebe.

»Hier und auf der anderen Seite«, hatte er im glühenden Himmel gesagt.

Jetzt bringt er sie auf die andere Seite. Er liebt nur sie. Nicht die Vigräne, er schlitzt ja sie auf, er will sie ausnehmen, er ist das Raubtier und sie seine Beute, die er schlachtet.

Er zieht den Schwanz raus, noch mal von hinten in die Möse. Jetzt nimmt er sie aus.

Sein Sperma riecht scharf. Ätzende Säure.

Ihre Tränen rinnen in herumliegende Kinderturnschuhe. Danach liegt er hinter ihr. Ihr Hals ist angeschwollen. Sie ist mit dunkler Liebe erfüllt. Stolz darauf, was sie aushält, was sie tut für ihre Liebe. Jetzt hat sie ihn wieder zurück. Das Allerschlimmste wird die Geburtsstunde für eine goldene Zeit mit ihm gewesen sein. Sie kann spüren, wie sehr er sie liebt, und er weiß nun auch endlich, dass sie ihn liebt, mehr als ihr eigenes Leben.

»Wie angenehm«, sagt er, zufrieden ausatmend.

Sie friert. Sie versteht ihn gerade nicht, was soll das, da stimmt was nicht.

Bis dahin erst mal frieren. Eine uralte Strategie, denkt sie. So kann man sich zur Wehr setzen. Sich frierend in sich zurückziehen.

Er brauche eine Unterschrift von ihr. Und dann greift er nach seiner neuen Umhängetasche. Die Tasche erschreckt sie. Die ist so anders als alles, was er immer gemocht hat. Die sieht nach Statussymbol aus, nach Männern, die ihm immer suspekt waren. Er kramt in der Tasche, dann hat er einen Zettel und einen neuen Füllfederhalter in der Hand. Über Füllfederhalter hat er sich immer lustig gemacht, früher, und selbst nur Kulis benutzt.

Ein Fotoautomatenstreifen schielt aus der offenen Tasche. Sie sieht zwei Gesichter, die sich verschlingen. Es ist kein Kuss, es ist, als fräße die Frau den Mann, der Herbert ist. Auf einem Bild schaut die Frau triumphierend in die Kamera, hält dabei Herberts Kopf fest, als hätte sie eine berühmte Trophäe gewonnen. Sie erschauert vor dem siegesgewissen Blick dieser Frau. Geht es hier um Besitz? Ihr ist übel. Sie liebt ihn doch. Sie hat ihn verloren. Sie muss kotzen, aber es laufen nur Tränen auf den Boden. Herbert stopft die Bilder zurück in die Tasche und legt den Zettel und den dicken Füller vor ihr nasses Gesicht, berührt sie dabei am Rücken. Ihr wird noch kälter. Wer ist dieser Mann?

»Unterschreiben«, sagt er.

Sie kritzelt schräg ihre Unterschrift.

»Gut«, sagt er. »Willst du wissen, was das war?«

Ob er bleibe, das wolle sie wissen. Sagt sie leise nach hinten.

»Aber Schnulli!« Jetzt ist er gereizt. »Das haben wir doch schon so oft besprochen! Du machst mich echt fertig. Kapierst du denn nicht? Ich lebe jetzt mit ihr. Ich liebe sie! Lass mich doch einfach mal mein Leben führen!«

Er zieht seinen Schwanz aus ihr raus, und das tut stechend weh, diesmal noch weiter innen als vorher. Zum Abschied verteilt er sein schärfstes Gift in ihr. Geht er denn jetzt wirklich? War es das letzte Mal? Er zieht sich ganz aus ihr heraus und lässt sie im Regen stehen, denkt sie. Nein, liegen. Im Regen ihrer Pein.

»Kannst du vielleicht ein einziges Mal nicht weinen? Immer nur Vorwürfe. Das kann kein Mensch aushalten.« Er ist angezogen, sieht aus, als wäre er gerade reingekommen, und dreht sich eine Zigarette. Kein Gras, nur Tabak.

»Weißt du, sie wird mich sowieso fertigmachen. Weil ich dich besucht habe. Sie möchte unser Leben teilen.«

»Dann bring sie doch her, dann kann sie mitmachen«, sagt sie.

»Das ist geschmacklos. Und widerlich. Ich gehe jetzt.«

Und er schlägt die Tür hinter sich zu.

Die schlägt dann immer weiter, immer wieder gegen ihre Schläfen, peng, peng, peng.

Sie kriecht zum Eisschrank und lässt ihren Kopf dagegenprallen. Fester, sie will da rein.

Knallt ihren Kopf gegen den Eisschrank, der nicht reagiert. Obwohl sie immer heftiger schlägt. Der Kopf tut weh, aber das Schlagen hört nicht auf. Er ist einfach gegangen. Ihre Stimmbänder röhren, Opernhauptrolle ist hiermit gestorben. Dann braucht sie sich darum also auch nicht mehr zu kümmern.

Sie holt den Wodka raus. Wie klug von ihr, den dort mal vergessen zu haben. Und sich jetzt zu erinnern. Was für ein Glück sie hat, denkt sie. Trinkt aus der Flasche. Kalt ist das. Schmeckt. Brennt. Sie bleibt jetzt einfach liegen.

ARSCHMAMA

Das Plätschern aus dem Badezimmer holt sie wieder zurück. Sie steht ja hier, trocken und sicher, versteinert vor der Tür. Sie ist nicht allein, vorne ist Larry, und an ihrer Schulter klebt Eddies Kopf, sie trägt ihn behutsam in sein Bett und will sich am liebsten daneben einrollen und nicht mehr denken und nie wieder etwas spüren. Aber die Tür geht auf, da ist Larry, der sie hochzieht und sie auf seinen riesigen Armen in die Küche schaukelt.

Er ächzt und mault: »Nicht jetzt, Schlappischnulli, müde gibt's nicht, ich bin doch auch noch da! Ich hab Daphne grad ins Bett gebracht. Und jetzt musst du dich endlich mal um mich kümmern! Ich hab dir auch Spiegeleier gemacht! Also raus aus deinem Schneckenhaus!«

»Wer ist denn da im Badezimmer?«, fragt sie.

Die Beute über der Schulter turnt er um einen dampfenden Teller. Sie weiß, dass er sich für das schönste und aufregendste Geschöpf der Welt hält und seine Besonderheit ihn mit kribbelnder Wonne erfüllt, er davon ausgeht, dass alle Augen an der Ungeheuerlichkeit seiner Pracht kleben. Zu jedem Thema hat er sofort eine Meinung, die er nach Belieben ändert, wobei er niemals zugibt, je eine andere vertreten zu haben. Sie staunte, als sie erfuhr, dass er Märchen liebt und echte Angst vor Vampiren hat, so wie ihre Kinder. Er stellte sich als internationaler Callboy im Hochpreissegment vor. Sie hat nie rausgekriegt, ob das eigentlich stimmt, oder ob er seine ungeheuerlichen Gagen nicht als eine Art trügerisches Medium gewinnt, das jedem etwas Größeres von sich selbst spiegelt, intensiver, klüger, mächtiger als eben noch in der eigenen Wahrnehmung, weil vielleicht jeder heimliche Wunschtraum durch seine Zustimmung wahr würde.

Sie hat ihn während der Proben in der Zürcher Oper kennengelernt, wo er zur persönlichen Unterstützung des Tenors mehrmals eingeflogen wurde. Er lebt von Wodka, Kokain und Zigaretten, und ist von allem reichlich vorhanden, dann glüht der Raum. Dann wirft er mit Überraschungen um sich und wird nicht müde, internationale Penisgeschichten zum Besten zu geben. Seinen Beruf gäbe es überhaupt nur deshalb noch, sagt er, weil die Millionäre sich nicht auf die Sexdateseiten trauten. Für Larry besteht die Welt nur aus ihm selbst und seinem Befinden, alle anderen umkreisen ihn lediglich als Bewunderer, Kunden, Lieferanten und Dealer.

Nur mit ihr sei das anders, findet er, sie sei die Einzige, der er Zutritt zu seinen inneren Räumen gewähre, was er auch regelmäßig einfordert, nur in ihren Armen könne er seine Schönheit loslassen und das offenbaren, was ihn lähme, den unüberschaubaren Wust an vergangenen, gebliebenen Wunden und zukünftigen, möglichen. Ein paar Tage später kann er sich an derartige Bagatellen nicht mehr erinnern und möchte seine Lieblingsthemen wie die Messbarkeit von Penissen diskutieren und vor allem sich selbst. Bei manchen Jobs verdiene er so viel wie ein Tenor bei einem Galaauftritt. Seine Gage gebe er bereits am nächsten Nachmittag aus, noch im quälenden Moment des Wachwerdens. Noch liegend würde der Hausdealer bestellt. Dann der Getränkeliferservice. Kurz vor Ladenschluss ordere er Kostbarkeiten von ausgewählten Designern und beauftrage einen Feinkostladen am anderen Ende der Stadt, Sauerkraut und Leberkäse zu bringen, Käse, Brote und Würste. Er brauche viele Würste. Niemals würde er einfach so aus dem Haus gehen, die Straße entlang und selbst einkaufen. »Bäh, anstrengend!«, maunzt er. Niemals zu Fuß gehen, das sei seine oberste Devise, sei der Weg auch noch so kurz. Den schwarzen Porsche, den er sich vor ein paar Jahren gekauft hatte, habe er eines Nachts im Halteverbot vergessen, und als die Polizei den Wagen am nächsten Tag mitnahm und Larry aufforderte, ihn abzuholen, sei ihm das zu mühsam gewesen. Nachdem die Sache für ihn danach schnell vergessen gewesen wäre, habe die Polizei seinen Porsche versteigert, und nun bekomme er Geld, er bekomme Geld von der Polizei! Diese Bewegungsrichtung des Geldes sei für ihn äußerst erregend.

Wenn doch einmal etwas von der Gage übrig blieb, kaufte er ihr die höchsten Schuhe und teuersten Taschen, obwohl doch ihr Kühlschrank leer war und sie die Miete nicht bezahlen konnte. Er wisse, was sie wirklich brauche. Und ahnte wahrscheinlich, dass sie es nicht übers Herz brachte, seine Geschenke zu verkaufen, aus Angst, dass er danach wochenlang beleidigt wäre. Ihn stattdessen um Geld bitten, lag ihr fern, sie merkte, dass seine Haltung zu Geld angestrengt war, er aber das Gegenteil ausstrahlen wollte, sie hatte merkwürdige Hemmungen, ihn zu bitten, und dachte, es würde vermutlich auch zu nichts führen.

In seinem vorherigen Leben habe er sich ausschließlich mit Geld beschäftigt, erklärte er ihr, sieben Jahre lang habe er eine europäische Finanzaufsichtsbehörde geleitet und über das Schicksal ganzer Länder entschieden. Sie ist sich sicher, dass er den mittleren Teil seines Lebens nur seinem eigenen Genie widmen würde.

Etwas geht von ihm aus, das sie damals in der Oper sofort aus sich herausgekitzelt hat. Sie musste über die Perücke lachen, die er in der Maske geklaut hatte. Er erweckte in ihr das Bedürfnis, ebenfalls herauszufinden, wie sie wirklich war, was sie selbst mochte. Verspürte morgens Appetit auf Spaghetti. Legte sich am Nachmittag auf den Boden und weigerte sich, aufzustehen. Blieb in der Straßenbahn sitzen, um nachzudenken. Larry war anders als alle in der Oper, wo zwar ständig Witze über Sex und Anspielungen gemacht wurden, die aber immer verklemmt waren und zutiefst sexistisch. Die anderen schienen etwas anderes zu wollen als das, was sie sagten, Larry sagt immer, was er will.

»Oh, dein Arsch!«, war das Erste, was er zu ihr sagte. »Ich will dein Freund sein.«

Und er lachte. Er sah in ihr eine Göttin. Er war immer ehrlich. Sie alberten in der Oper, und alle hielten sie für bedenklich.

Herbert fand ihn furchtbar. Banal und oberflächlich, auf jeden Fall ein Umgang, den sie unbedingt meiden sollte. Als sie aufeinandertrafen, wich Herbert vor Larrys blondierter Mähne zurück und verurteilte stumm die leichtfüßige, wehende Mondänität aus Kleidern, Tüchern, Taschen und Schmuck. Herbert schaffte es, eine Gesellschaft, die er ablehnte, mit feiner Eiskruste zu überziehen, wobei sogar ihre Freundschaft zu Larry fror.

Jetzt dreht sich Larry mit ihr auf seinen Schultern, die murrt und stöhnt: »Aua, ich muss runter!«, aber so geht das Spiel. Sie will runter, muss dringend etwas klären, aber heute ist Larry der stärkste Mann der Welt, und er schreit: »KÖNIGIN DER MÖSEN!«

Es gelingt ihr, schräg runter zum Wodka zu langen, den versucht sie Larry in den Kragen zu kippen, sie weiß, mitspielen ist ihre einzige Chance. Klappt aber nicht, der Aal windet sich und kreischt: »Das hohe C! Gib mir das hohe C!«

Sie holt tief Luft und singt, höher und lauter, als Larry sich drehen kann, das C ist längst weit unter ihr, als ein

Sturmklingeln sie abwürgt, bestimmt Nachbarschaft an der Tür. Larry und Beute sinken nieder, krümmen sich am Boden.

»Gleichgewichtskadaver!«, krächzt Larry.

Alles ist still nach ihren Koloraturen. Larry will zur Tür, sie will zum Badezimmer, nur lässt er sie nicht los: »Rache ist Blutwurst!« Sie schreit vor Lachen, schlägt um sich. Klingeln. Sie schielen sich an, kein Wort mehr, stecken unter einer Decke.

»Ich hab noch was da, komm, komm, mein Schatz«, gurrt Larry dann. »Du nimmst jetzt mal was, dann bist du auch wieder lieb! Dein Drogenzölibat scheint ja nun endlich gebrochen zu sein, sonst wärst du nicht zwei Tage abhandengekommen! Wo warst du denn überhaupt? Die Kinder haben gesagt, sie seien gestern allein von irgendeinem Hotel zur Kita und dann mit diesem Penner hierher? Ich bin vorhin ja nur vorbeigekommen, um nach dir zu schauen, ich dachte, du wärst gestorben, verschimmelt hinterm Sofa, und die Kinder nagen an dir, hab dich ewig nicht erreicht. Und dann sitzen die hier mit dem Stinker und pfeifen! Ich hab den erst mal in die Badewanne verfrachtet und seine Sachen sofort runter in den Müll. Sehr spitze Finger! Am liebsten hätte ich das nach Tschernobyl geschickt!«

»Was, das ist ein Penner?« Sie kriegt keine Luft mehr. »Ihr könnt mir doch hier nicht, ich kann doch nicht so einen Typen in meiner Bude, mit den Kindern, ich kenn den doch nicht, wenn der, ich schaff das nicht, was will der denn überhaupt? Ich muss auf die Kinder, das ist schlimm genug, was war, und irgendwie muss ich doch auch auf mich aufpassen!«

Sie hat Larry am Boden zurückgelassen, hält kurz inne, schiebt sich dann weiter voran, auf unsicheren Beinen in

Richtung Badezimmer. Sie zögert vor der Tür, hat das Gefühl, dass der fremde Geruch sie an die Kehle fasst. Ihr ist schlecht vor Angst, und sie merkt, wie wütend sie auf sich ist, sie muss alles ändern, sofort. Larry ist aufgestanden, kommt ihr nach, greift an ihr vorbei und öffnet die Tür.

»Wie sieht es denn aus da drinnen«, fragt er. »Du musst jetzt mal sauber werden, mein Freund.«

Ein sehr großer, dürrer Mann mit viel Bartwuchs.

In ihrer Badewanne.

Sein haariger Körper hält sich aufrecht, sitzt als langer Zweig elegant im Dreckwasser. Ist das ein Guru, denkt sie, die am liebsten schreien möchte, der Mann hockt schräg unter ihr nackt in der Tunke. Bringt Larry jetzt seine Kundschaft hierher?

Sie möchte allein sein, nah neben Larry sitzen und die Kinder in der Wohnung atmen hören. Hier ist alles falsch, sie ärgert sich. Der Typ hat ihre letzten Reste vom Kinderschaumbad benutzt, einzelne Schaumflocken dümpeln in der Wanne, Schaumreste auf den langen Haaren seiner Brust. Eine lange Narbe, die seinen Körper diagonal wie eine Schärpe teilt. Ihr Blick erreicht seine Clownsaugen. Da lächelt er plötzlich und verkündet mit starkem Akzent: »Endlich ist die große Schnulli da! Übrigens, ich verehre deine Kinder!«

Sie merkt, wie es sie trifft, dass dieser fremde Mann Schnulli zu ihr sagt. So hat ihre Lehrerin im Studium sie genannt, und als sie empört Herbert davon erzählte, wurde es zu einem Spiel zwischen ihnen, ein heimlicher ironischer Widerstand gegen Namen und Benennungen, die einen doch nicht zu fassen vermögen, nicht von sich erzählen, gegen all die verharmlosenden Kosenamen. Und jetzt das.

Sie klebt in der Wolke fest. Die Seife drückt den Pissegeruch gegen die Wände. Wassertröpfchen rinnen ihren Rücken hinunter und jucken.

»Was machen Sie hier?«

»Man hat mir nahegelegt, mich zu waschen, ich danke bitte.«

»Wie sind Sie hier reingekommen?«

»Keine Angst! Die Tür zu deiner Wohnung war nur angelehnt. Und unten ist gerade eine Nachbarin reingegangen. Da sind wir hinterher. Im Halbdunkel reingehuscht wie kleine Mäuschen.« Er schaut sie an. Sie wendet sich ab, will ins Trockene. »Ich meine, niemand von den Herrschaften hat uns gesehen. Nicht dass du Angst hast: Was werden die Leute denken? Du brauchst nicht so viel Angst zu haben!«

»Ich hab keine Angst!«

»Doch, doch! Du bestehst nur aus Angst. Dauernd immer Angst! Angst ist langweilig. Du darfst doch alles! Ständig siehst du rot! Vergiss nicht, zu leben!«

»Ich hab fast meine Kinder verloren!«

»Das geht doch gar nicht!« Er lacht. »Die kannst du nicht verlieren. Ich hab meine Tochter zuletzt gesehen, als sie zehn war! Das ist jetzt fünfzehn Jahre her. Aber sie wird immer meine Tochter sein. Du brauchst Luft, um dich zu entfalten, denn eigentlich bist du ein wunderschöner Schmetterling. Du musst dich nähren, in der Nacht herumfliegen. Und die Kinder sind schon groß.«

Ihre Augen ziehen sich zusammen. »Die sind drei und fünf!«

»Ja genau! Und schau, was passiert! Sie leben! Sind glücklich! Sie haben viel gelernt. Dass sie sich auf sich selbst verlassen können. Dass die Menschen ihnen immer helfen. Und dass sie dich nicht brauchen. Sie haben gelernt, zu vertrauen! Das ist wichtig!«

»Sie hatten Glück! Tausend Sachen hätten passieren kön-

nen! Und sie sind das Kostbarste in meiner Welt!« Sie
schreit ihn an. »Und außerdem haben Sie recht. Ich brauche Luft! Nur ein ganz bisschen Luft für mich allein. Ich
bin ja nicht automatisch ein besserer Mensch, nur weil
ich Kinder habe. Man wird aber so behandelt. Als hätte
ich ein Wunder vollbracht. Ich will aber auch ein Arschloch sein wie die Männer! Und trotzdem die Kinder groß-
ziehen. Ich kann nicht immer alles perfekt machen, okay?
Dann hab ich vielleicht auch mal Angst, entschuldigen
Sie bitte!«

Er greift nach ihrer Hand.

Sie reißt sie mit einem Ruck weg.

Larry hat irgendwo Gummihandschuhe gefunden, versucht, sich damit eine Seife zu schnappen und Guido
abzuschrubben, die Seife entgleitet ihm, er verreibt den
Schaum rasant auf der bewaldeten Brust und Guidos
Schulterknochen.

Sie dreht sich um, sagt schnell: »Den Dreck kriegt man
nicht mit Wasser und Seife aus den Haaren. Die muss
man abschneiden. Den Bart rasieren. Ich lege Ihnen
frische Sachen raus zum Anziehen.«

»Schnulli, Shampoo!«, befiehlt Larry mit aufgerissenen
Augen, den Zeigefinger auf Guidos Kopf gerichtet.

Sie greift widerwillig die Shampooflasche, quetscht sich
hinter Guidos Kopf auf den Badewannenrand. Unter ihr
Guidos kahle Stellen, fremder alter Kopf, wie krieg ich
den hier weg, denkt sie, und wie viel Dankbarkeit muss
ich zeigen, sie gießt langsam einen dicken Faden Perl-
mutt auf sein zerrupftes Hühnerhaupt. Schäumt mit beiden Händen. Sie beugt sich vor, das Duschkabel. Seine
nackte Haut ist so nah, so erschrickt, warum hat er diese
Haut, die im dreckigen Wasser ihre Beschaffenheit verändert, als ob sie zerfiele. Sie erschrickt. Lauwarm lässt
sie das Wasser über seine Haare rinnen. Zieht dabei sei-

nen Kopf nach hinten. Der Schädel schwer in ihrer Hand.
Seine Augen liegen friedlich in diesem Gebirge, nur vom
Hauch seiner Lider bedeckt.

Danach sitzt er in Handtücher gewickelt auf dem Sofa.
Sie wäscht sich die Hände, von denen sich kleine Haut-
fetzen lösen. Sie rennt zum Schrank, wühlt und zieht
einen grauen Anzug raus: »Wie wär's mit dem?« Sie hält
Guido den Anzug vor die Nase. Vielleicht zieht sie ihn
selbst an, hat sie gedacht. Das wird aber nicht passieren.
Sie kriegt kaum noch Luft. »Kannst du behalten.«
Larry schleppt einen großen Spiegel an. »Hier spricht Ihr
Kapitän! Achtung, Alarm, Abflug!« Er breitet den Spiegel auf dem Boden aus und schüttelt weißes Pulver auf
das Gesicht, das ihm von unten entgegenschwebt. »So!
Hack, hack, hack. Guido! Zieh doch mal den Fummel
da an! Schluss mit der Handtuchheiligkeit! Du betrittst
mit dieser Uniform die Welt des Bluffs! Oh, ist der schön!
Warum krieg ich den nicht?«
»Passt dir nicht.« Sie nimmt das Jackett vom Bügel, sie ist
so wütend, warum traut sie sich nicht, die beiden einfach
rauszuschmeißen? Sie kann noch nicht allein sein, merkt
sie. »Hab ich für Herbert machen lassen. Reine Wolle.«
Sie zieht einen Ärmel über Guidos große knochige Hand,
die sich wie ein Vögelchen zusammendrückt und mit
dem Schnabel nach vorn in den Tunnel gleitet. »Das
Einzige, was ich von ihm aufgehoben habe. Ich hatte gedacht, ich könnte ihn noch gebrauchen, aber so ist es besser.« Sie kriegt kaum noch Luft. Sie hockt neben Guido,
schiebt seine dünnen Beine in die Hose, zieht sie hoch,
sie schlottert. »Ich brauche eine Schnur!« Sie zieht Larry
den Gürtel aus dem Kimono und fädelt ihn in Guidos
neue Hose.
Aus dem Kokainberg hat Larry mit seinem Ausweis, des-

sen Vorderseite er verdeckt, eine endlose Spirale geformt, ein dickes Schneckenhaus, vorn Hals, Kopf, dicke Fühler. Guido schiebt Kalle weg, der aufsteht und sich die Lefzen leckt.

Larry greift ihre Schultern und parkt ihre Nase im Schneckenhaus. »Wir begeben uns jetzt auf die Rollbahn. O Soddum, Gott des Rausches, wie im Himmel, so auf Erden. Dein Reich komme!«

Er schiebt ihr seinen kleinen goldenen Staubsauger in die Hand. Er verteufelt die dreckigen Scheine, die andere benutzen. Generell die mangelnde Hygiene im Ausgeh-gewerbe. Koks an sich sei sogar gesund, für den Kreislauf, die Durchblutung, könne man ein Leben lang nehmen. Nur, wenn die Leute das streckten und dreckige Scheine nähmen, dann würde es tödlich.

Sie kniet vor dem Spiegel. Der Geruch von Kokain. Fast nach nichts, aber scharf, Putzmittel. Sie will das nicht in ihrer Wohnung haben. Nicht so blöd davor knien. Sie spürt doch gerade, wie sie langsam nüchtern wird, ein klitzekleines Ziehen an den Nerven, verhärtete Muskeln am Nacken, kratzige Fäden unter der Haut, Schwitzen an komischen Stellen, den Händen, den Füßen, am Hals, es beruhigt sie, dass sie die ganze Säure, das Gift, das sie die letzten Tage zu sich genommen hat, wieder ausschei-det. Ihre Gedanken werden begehbarer, sie merkt, dass sie wieder die Zusammenhänge zwischen den Worten findet, Synapsen, die ihr vor ein paar Stunden noch ver-sperrt waren, sie kann ihren Kopf wieder bewegen. Das ist ein beruhigendes Gefühl, sie wird die Herrin in ihrem Haus, genau, denn nur darum geht es, dass sie wieder handeln kann, Möglichkeiten sieht und nicht in einem dummen Gedanken eingesperrt ist. Sie nimmt das nie wieder, zum Glück, ihr Leben hat sich geändert. Nur wo es hier, in diesem Moment, vor ihrem Gesicht ausgebreitet ist, ein letztes Mal, noch einmal das bescheuerte Gefühl von Übermütigkeit – sie müsste nicht mal das Haus verlassen. Sie muss lernen, loszulassen, sonst bleibt sie immer ein hektisches Kind, das Befehle ausführt, anstatt eine erwachsene Frau zu sein, die ihr Leben selbst in der Hand hat. Ist das nicht ein Widerspruch, fragt sie sich noch, dann lässt sie los und zieht.

Sie beobachtet Guido, der eine tiefe Ruhe ausstrahlt. »Guido! Du siehst gut aus. Der Anzug ist wie für dich gemacht.«

Gleichzeitig steigt Panik in ihr auf, sie kann hier nicht so rumhängen, sie hat zu tun. Kalles Becken knickt verdächtig ein, und sie schreit: »Nein! Stopp! Kalle!« Kalle setzt sich hin, Guido streichelt immer noch seinen neuen Anzug. »Jetzt schaut mich nicht so vorwurfsvoll an! Ich will einfach nicht, dass hier alles vollgekackt wird, das ist doch nicht so schwer zu verstehen. Ich hab morgen ein Vorsingen. Ich muss mich vorbereiten, wie soll ich das schaffen. Das ist ja überhaupt jetzt erst möglich. Ich hab die Kinder eben erst wieder, da kann ich die doch nicht morgen ganz früh in die Kita abschieben. Meine Bude ist voller Typen, auf dem Boden Kokain, und dahinten stapeln sich die Rechnungen, der Kühlschrank ist leer, und ich soll bis morgen drei Arien so singen, dass die nicht anders können, als mich sofort zu engagieren?«

Larry sitzt im Spagat vor der Schnecke, die Nase pudrig. Seine Hände regeln den Verkehr. Er näselt, aufwendig seine Arme schwingend: »Jetzt beruhige dich mal. Die Oper braucht dich. Du brauchst sie nicht. Überhaupt, interessiert dich das noch? Ich finde, du solltest damit aufhören. Du kannst genauso gut Callgirl werden. Da verdienst du viel mehr. Schau mich an! Schnulli, du darfst dich der Welt nicht vorenthalten!«

»Ich will aber singen«, zischt sie. Richtet sich auf. »Und

ja, die Oper interessiert mich. Auch wenn manches mich stört. Warum müssen die Stimmen immer so perfekt polierte Oberflächen sein? Weil die Zuschauer alle zur Maniküre gehen? Ich will das brechen, ich will den Kampf und auch manchmal Scheitern hören. Ja, das findet ihr jetzt komisch, das klingt auch komisch, aber ich will das unbedingt. Ich will singen und auch schreien und keine Maske sein, es muss doch um das gehen, was ich zu erzählen habe, ich will ich selbst sein, Larry, hör sofort auf zu lachen, du bist der Erste, der mich versteht!« Sie sieht seinen Blick und merkt, dass das nicht stimmt. In ihrem Kopf entsteht das Bild eines feinen Risses, kaum erkennbar, aber sie kann ihn sogar knacken hören, vielleicht hat sich in ihrem Leben mehr verändert, als sie mitbekommen hat.

Sie wischt Hundekacke weg. Den Müllbeutel wirft sie auf den Balkon. Den Lappen unter den Wasserhahn, bis das Wasser heiß ist und ihre Haut eine untergehende Sonne. Sie schrubbt den Boden, ignoriert die schmerzenden Knie. Larrys Augen sind aufgerissen. Er stiefelt durchs Zimmer, sucht was, fragt: »Was war eigentlich mit dir los, hast du was genommen die Tage?«

»Alles, was ich kriegen konnte.« Sie schaut auf den Boden. Genau hier lag sie mit Herbert und seinem Messer. Warum gehen diese Flecken nicht weg? Sie war in seinen Geruch gekleistert. Wie hat sie es geschafft, aufzustehen? In diese Bar zu kommen? Sie ist gerannt. Das musste sie. Sie musste was davorschieben. Sie konnte doch nicht, so wie sie war, zu den Kindern in die Kita. »Als Erstes was von Greg. Selbst gemacht in tschechischen Kellern.«

»Ihhh!« Larry rümpft die Nase, lacht dann und sagt: »Obwohl ... Man soll nicht immer so mäkelig sein. Aber ich bin mäkelig! Haha. Geil. Und dann? Los, mach schon, erzähl gefälligst.«

»In der Nacht Liquid Ecstasy. Und auf einmal hatte jemand dein komisches G, jaja, genau, Orgasmen beim Tanzen, schrecklich. Am nächsten Tag, nach der Oper, Keta. Mich damit final in die Blödheit hineinradikalisiert. Das war's.«

Larry kuschelt sich an Guido. Das Sofa hängt auf seiner Seite durch. Er seufzt. »Oh, das ist schlimm. Meine arme kleine Königin.«

»Königin der Kröten«, nickt sie und tigert herum. Sie möchte sich hinsetzen und gestreichelt werden, aber bitte, ohne dass sie jemand berührt. Ihre Unruhe brennt dicht unter der Haut. »Alles war gelöscht. Daphne, Eddie, ich selbst. Jetzt bin ich zu Hause, und langsam taucht alles wieder auf. Vielleicht.«

»Und warum hat man auf einmal ein Vorsingen? Ich dachte, das ist vorbei für dich?« Larry lallt, rutscht zum Spiegel und verleibt sich die riesigen Fühler der Schnecke ein: »Erzähl! Das Vorsingen.«

»Herbert war hier. Das war kurz nach Mittag, vorgestern. Danach ging es mir nicht gut, und als ich auf die Uhr geschaut habe, war da was mit fünf, also, mir schien es jedenfalls klar, ich bin zu spät zum Abholen, und die Kita hat schon zu. Und dann bin ich, wie gesagt, zu Greg, auch um mir Geld zu leihen, wegen der Erzieherinnenüberstunde. Er hat mir auch siebzig gegeben. Und eben was von diesem blöden Zeug. Ich hab gesagt, ich nehm das nicht, auf keinen Fall, nie im Leben, ich brauche Kraft für die Kinder. Und er darauf, genau deswegen ja, nur ein bisschen, damit schaffst du alles. Wahrscheinlich bin ich Schlangenlinien in der Zeit gelaufen, denn als ich in die Kita ankam, war es erst halb fünf und alles voller Eltern. Ich hatte den Elternputztag vergessen, wurde aber sofort mit einem schwäbischen Vater für die Fenster eingeteilt. Blitzeblank, ich hab das mit Papier gewischt,

bis ich mich in der ganzen Glasfassade gespiegelt hab.
Danach fiel mir auf, dass ich den Schlüssel zu Hause
liegen gelassen hatte, also hab ich die Kinder in dieses
Schrabbelhotel gegenüber gebracht. Ich wollte für die
beiden einfach irgendwo ein Bett, irgendwo in Ruhe. Das
war aber offenbar zu viel Ruhe für meinen Zustand. Ich
hab's dann da nicht mehr ausgehalten. Und jetzt kann
mich nichts mehr aufhalten, ich werde unbedingt vorsingen!«

»Agentur macht wieder?«

»Nein, ich mach selbst. Die Agentur hat mir doch nach
Prag gekündigt.«

»Du hast in der Oper mal 'ne Ansage gemacht? Na endlich!«

»Ich hatte einfach alles verloren, sogar meine Angst.
Jedenfalls bin ich gestern Abend in die Oper gestürzt wie
in die Notaufnahme. Ich bin durch den Bühneneingang
reingeschlichen oder eher einmarschiert und hab mich
auf den Notsitz gesetzt, wie passend. Dann muss ich
schlafend vom Klappsitz gerutscht sein.«

Auf der Operntoilette, in der Pause, da hatte sie haut-
farbene Strumpfhosenwaden gesehen, Prosecco in den
Wangen, sie stand vor dem Spiegel im Dunst frisch ge-
föhnter Haare, und an ihren Rücken drückte sich der
hochgeschnürte Busen einer Frau, die mit Lippenstift-
schnute und zurechtgeschummeltem Spiegelgesicht auf
den Zehenspitzen schwankte. Während sie sich Wasser
ins Gesicht kippte, um wach zu werden, fühlte sie die
kalten Hände einer anderen, die ihr am Kragen fum-
melte und sie zurechtwies: »Ihr Schild hängt raus, warten
Sie.«

Und als sie wieder ins Foyer kam, weiterhin überfordert,
überall Menschen, sprachen sie der Herr mit den drei
silbernen Haaren und seine Frau an. Die wollten sie vom

Notsitz retten, sie in ihre Loge entführen. Glühende Fans. Seit ihren glorreichen Tagen als Carmen in der Deutschen Oper, dabei hatte sie die überhaupt nie gesungen, was sie den beiden auch sagte, aber die bekamen vor Begeisterung nichts mit. Sie wollten nämlich unbedingt mit ihr zum netten Marti: »Den kennen sie doch, den Martin Prassnik! Der ist ja jetzt hier Intendant, der Junge! Was? Nein! Das glaube ich nicht! Oh, den müssen Sie unbedingt kennenlernen! So eine Diva wie Sie, also diese Carmen! Und kommt jetzt gleich zu uns in die Loge, Rosi, die Carmen! Das ist ja wie Weihnachten!« Sie gingen tatsächlich zum Prassnik. Der arme Mann wurde von allen Seiten angezapft, seine Hände, sein Mund, er war ganz zugestempelt mit Wangenküsschen und tat ihr leid. Der Dreihaarige wiederholte vor Prassnik, sie sei eine Carmen zum Niederknien, und warum er sie nicht als Norma, er suche doch händeringend. In dem Augenblick war sie hellwach. »Das Vorsingen ist übermorgen«, sagte Prassnik, »aber leider schon alles voll.« Sie könne höchstens morgens vor allen anderen, aber nein, das könne er nicht machen, da müssten ja alle Mitarbeiter früher, lieber das nächste Mal, Vorsingen gebe es ja immer wieder.

Ihr stach die Haut, als er Norma sagte und Vorsingen, spürte sie die einzelnen Buchstaben wie einen Stromschlag vom Schädel durch ihre Wirbelsäule brennen, die Ungeduld kniff, sie wusste, sie war so fällig, eine Art künstlerisches Momentum, wenn sie es jetzt nicht schaffte, dann würde es nie was werden, sie würde eine unglückliche arbeitslose Opernsängerin bleiben, eine frustrierte Verlassene, eine nörgelnde Alleinerziehende, die sich für die Kinder opfert und selbst unerfüllt verstummt. Das machte ihr Angst, und sie empfand auf einmal so etwas wie Aberglaube, dass, wenn sie jetzt den

Mut hätte, auf ein Vorsingen zu bestehen und es durchzuziehen, dann würde alles gut werden. Zufällig habe sie die Norma grade vorbereitet, sagte sie entschieden, und übermorgen sei sie noch hier, könne selbstverständlich vorsingen, wenn Prassnik das unbedingt wolle. Danach, tja, so viele Termine, leider schon ausgebucht, obwohl, eine klitzekleine Lücke sei zufälligerweise entstanden, Sydney habe sie verschieben müssen, vielleicht habe er davon gehört? O Gott, war sie mutig, was für ein Bluff! »Ach, machen Sie sich keine Umstände, ich komm einfach in der Früh vorbei«, erklärte sie, ach was, befahl sie ihm, und bevor der nette Marti einatmen konnte, um mit seinem NEIN! dazwischenzugrätschen, war sie schon verschwunden.

Nur der Alte mit den drei Haaren, der war geschwind, wieselte hinter ihr her und ab in die Loge.

»Sie müssen hier, also unbedingt zwischen uns!«, krächzte er.

Dabei hatte sie gar keine Zeit, sie hatte ja noch das Ketamin, da musste sie sich auch drum kümmern.

»Opium«, sagt Guido langsam. »Opium ist besser.«

»Aufhören! Es ist alles so eklig hier, überall diese Flusen, meine Haut juckt, der Hund stinkt, und ihr hängt da bräsig rum!«

»Wieso? Ist doch alles schön grad!«, sagt Larry beleidigt.

»Ich hab so lang schon nicht mehr vorgesungen, vielleicht kann ich das gar nicht mehr!«

Sie stolpert über ein Schiff aus Lego, sammelt Playmobil-Frisuren und einen einohrigen Hasen aus Filz auf, zieht den Staubsauger aus dem Wandschrank, zerrt das Kabel raus und schiebt sich damit unter den Schrank zur Steckdose. Sie braucht die Noten von Norma, denkt sie, die hat sie doch irgendwo. Aber wenn hier immer alles so rumliegt, kriegt sie keine Luft mehr, der Weg zu den Noten ist zugeflust, wie soll sie da die Rolle kriegen, sie wischt sich die Tränen ab. Seit Herbert weg ist, denkt sie, ist alles zerfranst, sie will ihre Kraft zurückkriegen, auf der Stelle den Schmerz abschütteln. Das Feuer, in dem Norma sich opfert, die Kinder, jetzt wird sie den Weg frei-saugen und ihre Opfer schlucken. Sie kann genau jetzt ihren Weg ändern, überall Ordnung und Struktur rein-bringen.

»Wir müssen ausgehen, tanzen gehen, ich spüre es, das ist genau das, was wir jetzt brauchen«, quietscht Larry. Er schnappt sich ihre Hand.

»Nein!«, stöhnt sie. »Die Kinder schlafen, ich kann nicht weg!«

Guido sieht zu ihr hoch. Seine Stimme knarzt. »Ich kann hierbleiben und aufpassen. Das tue ich gern.«

»Bist du aus Russland?«, fragt sie.

»Georgien«, antwortet Guido. »Aber schon lange hier.«

»Na ja, du sprichst ja auch gut. Klingt nur weicher.«

»Ich liebe eure Sprache. Ist viel besser als Georgisch. Ge-orgien ist ein grobes Land. Die deutsche Sprache ist so fein. Ich arbeite hier, für die Kunst.«

»Aha, was machst du?«

»Ich mache alles. Ich bin Künstler. Ich habe gemalt. Und Musik gemacht. Jazz. Aber vor allem inszeniere ich Filme, ganz große Projekte.«

»Das finde ich extrem interessant«, sagt Larry konzen-triert. »Kann man die sehen? Vielleicht hab ich die auch schon gesehen? Also, wie heißen deine Filme?«

»Die sind noch nicht fertig, muss die noch zu Ende brin-gen. Ein paar Szenen noch drehen. Wollt ihr mitspielen?«

»Oh. Und seit wann bist du an diesem Projekt?«

»Na ja, das sind so, warte mal, ich muss rechnen. Meine Tochter ist jetzt fünfundzwanzig. Also fünfzehn Jahre.

Bisschen länger. Ich hab damals meine Frau verlassen, und meine Tochter, da war sie zehn. Sie sind zurück nach Tiflis, damit ich meinen Film machen kann. Kunst machen und Familie, das geht nicht zusammen.«

»Dieser Film ist immer noch nicht fertig?« Sie steht vor ihm. »Du machst seit fünfzehn Jahren einen einzigen beschissenen Film?«

Er sitzt und lächelt.

Sie fängt an zu heulen.

»Schnulli! Was ist denn los?«, fragt Larry.

»Hör auf mit deinem Geschnulle!«, faucht sie Larry an und schimpft Guido aus: »Du wagst es wirklich, mich für einen Film anzufragen, der nach fünfzehn Jahren noch nicht fertig ist? Für den du deine Familie hast sitzenlassen? Ich werde selbstverständlich nicht dabei sein. Ja, ich bin Künstlerin. Ich kümmere mich um meine Projekte. Aber wenn du so tust, als ob man als Künstler kein Leben haben darf, wenn du dich, oder eher deine Kinder, dafür ausbeutest, dann ist das eine total verlogene Ablenkungsstrategie, nur weil du dich nicht traust, für deine Kunst Geld zu verlangen, oder dich hinter einer schlimmen Ausrede versteckst, weil du deinen Scheiß nicht hinkriegst. Dann soll jemand anderes daran schuld sein. Am besten die eigenen Kinder. Aber wenn man keine Familie haben kann oder sie dafür verlassen muss, dann ist die ganze Kunst ein großer Scheißhaufen!«

Sie reibt sich über die Wangen. Ihre Hände zittern. »Also, du bleibst hier. Zwei Stunden. Ich gehe kurz mit Larry tanzen, und dann komme ich zurück. Und in genau dem Moment stehst du auf und gehst. Ich werde dir mein Leben lang dankbar sein, dass du meine Kinder nach Hause gebracht hast. Aber in deiner Kunst werde ich nicht vorkommen.«

Guido lächelt nachgiebig und schlägt seine staksigen Beine übereinander.

»Komm, Larry«, sagt sie, und sie verschwinden.

Kaum fangen sie an zu schwitzen, will sie schon wieder zurück. Larry hält sie fest, hüpft mit ihr.

»Das Vorsingen!«, schreit sie. »Außerdem kann ich die Kinder doch nicht mit diesem haarigen Fake-Künstler allein lassen! Entschuldige den ganzen Irrsinn!«

»Wir müssen noch woandershin!«, schreit Larry.

Sie zieht ihn nach draußen, hängt an seinem Ohr. Wegen der Norma habe sie überhaupt erst Sängerin werden wollen. Habe die Norma als Kind im Radio gehört. Im Küchenschrank, denkt sie, da hat sie alles gelernt.

»Aber ich hab's noch nie gesungen. Aber ich wollte immer.«

»Ich nicht«, kichert Larry, holt zwei Zigaretten raus und zündet sie an. Sie wehrt ab. »Nein! Meine Stimme!«

»O nein, nervende Diva.«

Die Tür geht auf, und Musik schwappt nach draußen. Larry tanzt und raucht die zwei Zigaretten.

»Norma ist eigentlich mal geschrieben worden, weil Bellini für eine ganz bestimmte Sängerin, die der Star an dieser Oper damals war, etwas komponieren sollte, eine hochemotionale Geschichte mit Koloraturen, damit jeder davon gefesselt wird und auch jeder mitkriegt, wie hoch und gut die singen kann.«

»Siehst du, wie du!«

»Ja, genau. Haha«, sagt sie und fährt fort: »Also Norma ist eine gallische Priesterin, sie hat Kräfte, die über das Menschliche hinausgehen. Sie befiehlt Frieden mit den Römern, weil sie heimlich mit einem zusammen ist, mit Pollione, dem Feind, der ihr Land besetzt, mit dem sie auch zwei Kinder hat. Der verliebt sich aber in ihre beste Freundin und Assistentin Adalgisa und will mit ihr weggehen. Da ist Norma so verletzt und wütend, dass sie den Krieg ausruft. Damit die Götter den Galliern zum Sieg gewogen sind, verspricht sie ein Opfer. Und zwar ihre Kinder. Sie will, dass der Mann wirklich alles verliert. Sie will nur noch Rache. Schafft es dennoch nicht, die Kinder zu töten, es geht nicht, unmöglich, die Liebe zu ihren Kindern ist existentiell. Am Ende opfert sie sich selbst und geht ins Feuer. Dadurch erkennt ihr Mann das Ausmaß ihrer Liebe. Die Frau, die sich selbst aus Liebe aufopfert, hat ein Anrecht, geliebt zu werden. Tut sie das nicht, fällt sie aus der Rolle der gebenden Frau, dann hat sie kein Recht auf Liebe. Aber Norma opfert sich. Und wird mit seiner schrecklichen Liebe belohnt. Er geht ihr nach. Also auch ins Feuer.«

Larry verzieht das Gesicht. »Das ist ja furchtbar! Eigentlich müsstest du doch mal für ein ganzes Jahr wegfahren und schwimmen und dich ausschlafen, oder? Aber können wir jetzt nicht noch kurz woandershin?«

Ein Taxi, leuchtend.

»Nein, können wir nicht. Drück mir die Daumen, fürs Vorsingen, und gib mir bitte Geld!«

Larry drückt ihr murrend einen Schein in die Hand und schiebt sie auf die Rückbank.

Dann zieht sie die Tür zu. Der Taxifahrer dreht sich schnaufend nach vorn. Sie gleiten los, alter Mercedes, sie mag den Geruch von Leder und Holz.

Der Geruch im Küchenschrank.

Das Weinen ihrer Mutter rüttelte an der Tür, aber sie hatte das kleine Radio mit hineingenommen und hielt sich die knisternde Ouvertüre ans Ohr.

Das Taxi schwebt über eine gelbe Kreuzung, sie richtet sich auf, öffnet langsam ihren Mund.

Casta Diva, die Arie, in der Norma zur Mondgöttin betet, quillt ihr aus der Kehle.

AUTOMAT

Ein wummerndes Geräusch von der Straße. Dumpf, quietschend. Als ob sie der Welt beim Drehen zuhört. Oder einer Straßenbahn. Das erste Mal in diesen Tagen, seit Herbert da war, ist sie zur Ruhe gekommen. In der Nacht ist kalte Luft durch die Fensterspalte geglitten und hat alles desinfiziert, still den Schmerz vereist. Das Brodeln in ihr beruhigt sich, die Oberflächen ziehen sich glatt. Endlich lässt ihre Haut mit einem Kribbeln los, so dass die Zellen in die Untiefen des Schlafes sacken. Unter dem Kratzen wird es kühl, sie sieht Leute, die sie zu kennen glaubt, aber sie bleiben stumm. Sie sinkt weiter. Sich drehende Häuser sprudeln ihr entgegen. Unten ist es heller als erwartet. Sie hört die Kinder. »Mama! Wir haben Hunger!«

Sie steht auf einer Straße. An einer Hauswand leuchtet ein großer Automat. Eine gläserne Vitrine, mit einzelnen Fächern, in jedem Fach ein exakt gleicher weißer Teller, auf jedem Teller jeweils eine Brust. Neben jedem Teller ein Päckchen mit Messer und Gabel, auf weißen Servietten in Plastiktütchen geschweißt. Auf mittlerer Höhe rechts im Automaten der Schlitz zum Münzeinwurf und einer für die Kartenzahlung, mittig unten ein Fach zum Aufwärmen der Teller. Sie blickt auf eine Brust, die ihrer eigenen linken gleicht, der Nippel ist hart, der rosa Hof, den sie kennt, unmerklich blau umrandet. Daneben ihre rechte Brust, etwas kleiner, mit dunklem Leberfleck am Hof. Sie hat aber kein Geld dabei, wo ist ihre Tasche, sie will ihre Brüste wiederhaben, sie versteht nicht, wie die da reingekommen sind, das muss eine Verwechslung sein, es hieß doch nur, sie müsse verfügbar sein. Außerdem hat sie Hunger. Sie will ihren Körper berühren, kann aber nichts spüren. Nur ihre Hände sind voller Erde. Sie greift an die Scheibe und hinterlässt Spuren. Sie hat Hunger. Aber es gibt hier nur die unterschiedlichsten Brüste. Manche sind porzellanweiß und fest, andere wuchtige Riesen, die sich auf eine Seite wölben, darüber scheinen zierliche Knöpfchen zu blinzeln. Sauber abgeschnitten liegen sie in Soße aus Blut und Fett. Wo ist denn ihr Portemonnaie? In ihrem Rücken flattert rot-weißes Absperrband. Ein Polizist in Uniform schaut sie misstrauisch an. Sein Gesicht hat etwas von einem Hund, seine bullige Nase schnüffelt, seine Stirn liegt in Falten. Hinter ihm eine lange Schlange, immer mehr Menschen strömen heran. Der Polizist deutet mit ausgestrecktem Arm auf die Brüste und schreit sie an. Sie kann nichts hören, was hat er denn, wohin drängen diese Menschen? Jetzt kann sie ihn verstehen, ganz langsam und laut skandiert er »NATURBILDER!« Sie dreht sich zu dem Automaten, auf dessen Tellern nun Sandhügel zu sehen sind, einer ist übervoll, der Sand rinnt in die Fächer darunter, wo Kissen aus Moos liegen, ein Fach quillt über vor frischer Meeresluft, sie kann die Dichte der salzigen Luft sehen, da könnte sie wieder atmen, auf dem Teller daneben sind schwere fleischige Blüten ausgebreitet, die wuchern und Knospen treiben, der metallene Automat ächzt, ruckelt, sie hört ein Heulen, das Glas zerspringt und klirrt auf die Straße.

Sie will sich dem Polizisten zuwenden, aber er ist weg, stattdessen zappeln Daphne und Eddie vor ihr und blinkern mit ihren langen Wimpern, Augen auf, Augen zu, Augen auf, Augen zu. Sie muss lachen. Sie halten etwas in den Händen und grinsen.

»Wir haben Hunger, machst du uns ein Omelett?«
Sie dreht sich zum Kühlschrank und holt zwei Eier raus,
die riesig und schillernd sind und immer größer wer-
den. Sie schlägt sie in eine Schüssel, um sie zu verquir-
len. Gibt etwas Butter dazu, ein bisschen Bier. Wie Herbert sie gemacht hat. In der Schüssel ein glitzernd gelbes
Tanzen. Sie hört die Kinder kichern, rutschen, krabbeln
und Decken mit sich reißen. Das Omelett ist glatt in der
Pfanne, dann wölbt sich eine große Blase, sie ruft die
Kinder zum Frühstück.
»Kommt, zu Tisch!«
Die Kinder sind weg. Nicht zu sehen. Sie hört ein Schmat-
zen unter sich, überall liegen angebissene Spielsachen.
Sie schaut hinter die Sessel. Sie hört sie rufen. Die Stimmen sind woanders. Sie läuft durch die Wohnung, aber
jedes Zimmer führt in unendlich viele weitere Räume.
»Mama! Mama! Komm!«
Auf einmal riecht es verbrannt. Sie dreht sich um und
rennt in die Küche. In der Pfanne liegt eine Opern-
vorstellung und raucht. Wie auf einem Fernsehbild-
schirm sieht und hört sie in der Pfanne, wie sie selbst auf
der Bühne die Norma singt. Es rauscht, und sie sieht sich
um sich schlagen, während die Bühne in der Pfanne sich
zu drehen beginnt, wie ein Karussell. Sie starrt entsetzt
auf das Omelett, das anbrennt, aber sie kann nichts dagegen tun, bis ihre Hände nach einem Tortenheber greifen und das Opernomelett, das sich wellt und schwarz
unter dem Kratzer zerbröselt, abkratzen. Die Kinder
lachen. Sie schreit sie an.

Als sie aufwacht, ist es hell. Die Kinder toben um sie
herum, haben aus allem, was beweglich ist, eine Höhle
gebaut. Immer wieder stürzt ein Kissen ab, ein wichtiger
Baustein der Höhle reißt ein, da heulen sie auf, vor Wut

und Vergeblichkeit, immer dieser Verfall, das macht sie wahnsinnig. Sie fühlt sich schwer und todmüde. Sie klebt noch am Schlaf fest. Reibt sich die Augen. Hat das Licht nicht etwas Endgültiges?

Sie hat doch heute das Vorsingen! Wie spät ist es denn jetzt? Der Schreck zündelt ihr im Leib, sie springt auf und rennt wankend zur Küchenuhr. Kalle kläfft und schnappt nach ihren Füßen.

Sie starrt auf die Küchenuhr, fünf vor halb zehn! Um zehn hat sie den Termin. Um zehn hat sie den Termin zum Vorsingen, um zehn! Sie steht ganz still. Jeglicher Ton ist ausgeschaltet. Vielleicht ist auch sie ausgeschaltet, ihr Gehirn, alles taub. Wie konnte das, wer hat das gemacht? Natürlich, sie selbst, denkt sie, will brüllen, aber sie muss einfach nur, muss jetzt. Irgendwie muss es. Die Kinder wecken sie sonst immer vor halb sieben! Es ist noch nie vorgekommen, nicht einmal, seit die Kinder in ihrer Welt sind, dass sie nicht frühmorgens Radau machen und an ihr ziehen. Ins Badezimmer, frühstücken, spielen!

Sie hat keinen Wecker mehr gestellt seit Jahren, sie hat gar keinen, sie ist sowieso immer wach. Nur jetzt nicht? Die Kinder werfen mit Kissen um sich. Das ist unmöglich. Wenn man sich einmal etwas wünscht. Etwas braucht. Sie spürt in ihrer Stirn ein Karussell, mit einem unangenehmen Klicken schaltet es sich ein, surrt und dreht sich. Anziehen. Kinder in die Kita. Zur Oper. Socken. Unterhosen. Hosen. Pullover. Kaffee? Es ist sowieso keiner da. Wann hört das Hungern endlich auf? Sie rast durch die Wohnung. Wo ist dieser Guido, der Penner von gestern? Den hat sie vor die Tür gesetzt, als sie mit dem Taxi nach Hause kam.

Sie hält den ständigen Hunger der Kinder nicht mehr aus. Um halb zehn ist das Frühstück in der Kita auch schon vorbei, dann essen sie zu Mittag eben doppelt so viel. Sie wird die Rolle kriegen und dafür einen vollen Kühlschrank. Das Karussell dreht sich schneller. Überall bunte Lichter. Wo ist die zweite grüne Socke, Eddie wütet, wenn er verschiedene Socken anziehen soll. Warum hat sie drei Unterhosen für Daphne und keine für sich und Eddie? Sie müsste duschen. Sie müssen jetzt das Haus verlassen! Sie sprüht ein grasiges Parfum auf Hals und Nacken, ruckelt durch Pulloverärmel und krabbelt mit den Anziehsachen der Kinder in die Höhle. Eddie ist schon fertig, als sie merkt, dass Daphne sich wieder auszieht. Sie stößt mit ihrem Kopf gegen das Höhlendach und löst eine Kissenlawine aus, Daphne weint, Eddie brüllt.

»Raus! Schuhe anziehen!«

Eddie hält sich an den Kissen fest und schreit: »Wieder heil machen!« Sie zieht ihn aus dem Berg, seine Finger krallen am Reißverschluss eines Kissenbezuges, sein Fingernagel reißt ein. Sie schießt durch die Wohnung, findet hinten im Badezimmerschrank ein Pflasterblatt und Wundcreme, aber keine Schere. Sie keucht zum Küchenschrank, die Küchenschere ist weg, im Kinderzimmer liegt sie neben einer Puppe mit abgeschnittenen Haaren. Sie verarztet Eddie, aber der Finger ist vom Heulen nass, und das Pflaster hält nicht, sie wiederholt den Vorgang, pustet und schwitzt.

Daphne hat sich das Kleid über den Kopf gezogen und kreischt: »Ich will das mit den Punkten drauf!«

Sie merkt nur noch, dass sie rennt und das Punktekleid holt, weil das schneller geht als eine Diskussion.

»Schuhe anziehen! Jetzt!«

Kalle muss an die Leine. Das Seil, das sie gestern zur Leine erklärt hat, liegt zerbissen in nassen Teilen zwischen ihren Schuhen. Sie knotet die glitschigen Stücke zusammen, zieht Daphne die Schuhe an, dann Eddie. Als sie ihn auf den Arm nimmt, sieht sie, wie Daphne ihre Schuhe wieder auszieht.

»Daphne! Jetzt komm mit! Was soll das? Zieh deine Schuhe wieder an, wir müssen los!« Sie erschrickt, wie blechern ihre Stimme klingt, und setzt zu einer Stimmübung an.

Daphne weint jammernd. »Du musst bitte sagen! Das ist unhöflich ohne bitte!«

»Bitte, bitte, bitte zieh jetzt deine Schuhe an!«

Gleich zerspringt das Karussell, und ihr Schweiß wird weit durch die Stadt geschleudert, denkt sie. Sie ist ja angezogen. Sie fasst an Eddies heiße Stirn. Er ist auch komplett eingeschweißt und verschwitzt. Es fängt bestimmt gleich an zu regnen. Er hat um sich getreten, als sie ihm die Regensachen übergestülpt hat. Es stinkt nach Gummi. Eddie ist zu schwer, Kalle zerrt an der Leine, die um ihre rechte Hand gewickelt ist, und kläfft schrill. Eddie jammert: »Ich will ins Bett.« Seine Augen sind glasige Murmeln. Sobald sie ihn auf den Boden stellt, wird er niedersinken und sich hinlegen, denkt sie. Sie muss zu diesem Vorsingen. Es gibt nur diese eine Chance. Nur diesen Termin heute, hat Prassnik gesagt.

»Daphne! Was ist denn eigentlich los?« Sie schreit. Schwitzt. Sie starrt Daphne an. Dann zur Uhr. Noch ist nichts unmöglich. Wenn sie die Kinder zehn Minuten vor den Fernseher setzt, und dann kommt ein Babysitter. Aber sie kann keinen anrufen ohne Telefon. Warum hat sie diesen Filmpenner nicht gebeten, gleich heute Morgen wiederzukommen? Oder ihn eingeladen, als Babysitter auf dem Sofa zu wohnen? Jetzt ist es dafür zu spät. Sie tritt nach hinten gegen den Schrank. Ihre Kehle tut weh.

Sie kniet sich hin, mit Eddie auf dem Arm, dessen Kopf nach unten hängt, schnappt sich einen Schuh und Daphnes rechten Fuß. Sie lässt Eddie kurz hängen und drückt Daphnes Fuß in den Schuh wie bei einer steifen Puppe.

»Jetzt den anderen!«

»Mama! Wir müssen noch auf meine Schnecken warten! Die müssen doch in ihre Box!«

»Deine Schnecken? Die bleiben hier!«

»Ich kann sie doch nicht allein hierlassen! Könntest du deine Kinder alleine lassen?« Sie weint und schaut sie mit riesigen Augen an.

»Daphne, das ist doch nur ganz kurz!«

Daphne starrt sie zitternd an und stammelt: »Nein! Bitte, bitte Mama! Nicht die Schnecken allein lassen!«

»Okay, dann nimm sie mit. Packen wir sie ein! Aber ganz schnell!«

Daphnes Augen weiten sich zu unnatürlicher Größe.

»Ich hab doch gesagt, nimm sie mit! Aber bitte ganz schnell!« Sie knurrt. Kratzt sich mit einer Hand am Hals.

»Steck die blöden Schnecken in ihre Kiste und los. Wir müssen jetzt gehen! Ich hab ein wahnsinnig wichtiges Vorsingen! Pack die Schnecken ein, oder sie bleiben hier!«

»Mama! Man darf keine Gewalt machen bei Schnecken, das habe ich dir doch erklärt! Die müssen von selbst kommen! Sonst werden sie wieder langsamer! Ich hab doch so viel mit ihnen geübt!«

»Aber sie sind langsam, Daphne! Sollen wir jetzt hier so lange warten, bis die sich endlich entschieden haben, in die Box zu rutschen, und das dann übermorgen vielleicht geschafft haben? Daphne, JETZT!!«

»Das geht doch ganz schnell! Das sind Rennschnecken! Nur noch zehn Minuten!«

»In zehn Minuten hab ich mein Vorsingen! Daphne, wir lassen sie hier!«

»Du hast es mir versprochen!«

»Warum hast du deine Schuhe denn jetzt wieder aus-gezogen?«

»Da war Sand drin!«

»Dann kipp ihn halt raus!«

»Nein!«

»Warum denn nicht?«

»Du sollst das machen, Mama!«

»Daphne! Ich hab Eddie auf dem Arm! Kalle an der Leine! Wenn ich Eddie jetzt hinsetze, weint er! Kalle muss pinkeln! Kipp jetzt deine Schuhe aus und zieh sie dir an, bitte!«

»Nein!«

»Jetzt!«

»Ich will nicht, ich will nicht!«

»Wir müssen los!«

»Du bist die blödeste Mama auf der Welt, ich hasse dich!« Sie lässt die Leine los. Ihre rechte Hand fliegt in Daphnes Gesicht. Es knallt.

Ihre Augen flackern. Die Stille ist hart, unbeweglich. Daphnes Wange glüht rot. Ihre Hand puckert. Ihre Toch-ter springt hoch, schlägt zurück und kreischt.

»Arschmama! Arschmama!«

»Bin ich überhaupt nicht!«, schreit sie zurück.

Daphne trifft sie an der Nase. Eddie brüllt. Man hört es durchs ganze Haus, denkt sie und schreit: »Still! Jetzt so-fort! Eddie! Daphne! Es tut mir leid, es tut mir ganz doll leid, und ich mache das nie wieder! Aber ich bin keine Arschmama, okay! Ich will das alles schaffen, mit euch, aber ihr müsst leise sein, sonst holen die Nachbarn die Polizei! Mein Gott, mir ist so übel.«

Eddie ist schwer, sie versucht, ihn auf ihre Hüfte zu schie-ben. Er schlägt auf sie ein, sie setzt ihn auf den Boden, da brüllt er wie am Spieß.

»Aua! Arschmama! Du hast mir wehgetan!«
Das Karussell hebt ab, denkt sie, alles kippt, sie spürt
ihr Leben anbrennen. Sie will doch so unbedingt singen,
das darf ihr niemand kaputt machen. Um das alles zu
überleben, muss sie singen können, merkt sie, das ist etwas, das sie für sich braucht, lebensnotwendig. Sie kann
sich nicht immer nur um die Kinder kümmern, sie muss
diese Norma singen, sonst weiß sie nicht, was passiert, ob
sie nicht selbst noch zu Norma wird. Das Feuer kracht,
sie hört das Orchester tosen, die müssen jetzt still sein,
sonst wird sie auch noch aus der Wohnung geworfen,
ihre Chance, ihr Leben, sie hält es kurz in den Händen,
es glitscht gleich wieder weg, sie spürt schon das Ab-
rutschen, sie will nicht alles verlieren, er muss einfach
aufhören zu brüllen. Sie holt aus und schlägt ihn, einmal, zweimal, seine Wange ist so weich, und noch ein
drittes Mal.
Sie dreht sich zum Schrank. Sie weint.

Sie hatte im Studium Bühnenohrfeigen gelernt, hatte
erst nicht verstanden, warum, sie wollte doch singen,
aber es ging um die Konzentration auf den Partner, um
Koordination.
»Außerdem, man weiß nie«, sagte ihr Lehrer. Ein glatz-
köpfiger Pantomime in glänzenden Jogginghosen und
schwarzen Schläppchen. »Ein Sänger muss auf alles vorbereitet sein. Eine Ohrfeige ist das Ticket ins Jetzt, Darling.«
Man musste genau zielen, dann knallte es, und darauf
kam es auf der Bühne an, und wenn sie richtig saß, tat
sie dem Kollegen nicht einmal weh. Sie war gut geworden beim Ohrfeigen geben, auch im Ohrfeigen bekommen. Eine Zeit lang übertrieb sie es dann und verteilte
bei fast jeder Szene Ohrfeigen, das passte eigentlich im-

mer, fand sie. Lernt eine Frau einen Mann im Frisörsalon kennen, und er starrt verzückt auf ihre Lockenwickler, gibt sie ihm eine Ohrfeige, das erklärt seine weitere Verzauberung. Muss sie ihren Eltern gestehen, dass sie vom Stallknecht schwanger ist, gibt sie Papa eine Ohrfeige, bevor er ihr eine gibt. Es knallte so herrlich! In konventionellen Inszenierungen würde natürlich sie eine kriegen, das interessierte sie aber nicht. Sie hatte schon zu viele bekommen. Sie zuckte mit dem Gesicht zurück. Sie versuchte, das zu umgehen. Aber das Geben! Irgendwann ging es dann leider allen auf die Nerven, und sie bekam Ohrfeigenverbot. Das hatte sie auch lange befolgt.
Sie dreht sich um.
Sie hatte die Kinder niemals angerührt.

Daphne sitzt auf dem Boden und sieht sie mit grauem Blick an. Eddie kauert an der Tür, die Knie neben sich. Er schaut sie an aus riesigen Augen, rot geädert, als ob da Blut hineingelaufen wäre, er ist ganz weit weg, sieht sie nur an, und sie zerfällt. Langsam hebt er seine kleine, weiche Hand, seine Fingernägel haben vorn schwarze Ränder, später muss sie dringend seine Fingernägel schneiden, denkt sie. Seine kleine Hand schiebt die zu langen Haare aus dem Gesicht.
Sie hockt sich auf den Boden. Um Daphnes Schuhe Sandhügel.
Hier und auf der anderen Seite, hatte Herkules immer gesagt.
Vielleicht kann sie wieder auf die Seite der Kinder? Wenn sie ihn loslassen kann.

Die Kinder sitzen nicht mehr. Sie reißen Bücher aus dem Regal im Flur und bauen Türme. Sie springen von Turm zu Turm, Eddie versucht, Daphne zu fangen. Er kann jetzt Schießgeräusche. Daphne singt laut.

Sie kniet, die Stirn auf dem Boden, die Arme um sich geschlungen.

Sobald es ihr schlecht geht, entzündet sich aus dem Nichts ein Streit der Kinder. Dann kämpfen sie mit Hingabe und ungebremstem Einsatz, mit blitzschnell aufflammender Aggression um Recht, Ehre und Legoteile.

»Ich hasse dich. Ich wünschte, du wärst tot«, sagt Daphne dann zu Eddie.

»Und ich will, dass du stirbst«, heult Eddie daraufhin und schlägt auf alles, was Daphne gehört.

In dem Augenblick, in dem es ihr wieder gut geht, entspannen die Kinder sich sofort und fangen an zu spielen, als ob der vorherige Vulkanausbruch in einem früheren Jahrhundert stattgefunden hätte. Sie bekommt heute Arbeit, versucht sie sich zu sagen. Sie wird die Kinder füttern, heiße Brühe pusten und sie ihnen vorsichtig in die Mäulchen löffeln. Sie wird ihnen zusehen und zuhören. Die Dunkelheit hat einen hellen Fleck.

Sie dreht sich um.

»Daphne, Eddie, ich bitte euch um Entschuldigung. Es tut mir sehr, sehr leid. Es wird nie wieder vorkommen. Aber ich habe heute einen extrem wichtigen Termin, und wir müssen genau in diesem Moment gehen.«

Die beiden nicken kurz, aber Daphne ist gerade mit ihren Schnecken beim Schneckenarzt, den Eddie spielt. Sie hören nicht mehr zu. Daphne hebt nur schnell den Kopf, sagt: »Wir bleiben hier.«

Ihr Herz rast, krallt sich in die Zeit, drängt. Sie schaut die Kinder an und sagt: »Wenn ihr jetzt kommt und mein Vorsingen klappt, dann kriegt jeder von mir ein riesiges Kuscheltier. So ein großes.« Sie streckt die Arme auseinander, bis zwischen ihren Händen eine Entfernung ist, die Eddies Körperlänge entspricht.

Der Schalter ist umgelegt. Reißverschlüsse schnurren.

VORSINGEN

Der Zuschauerraum der Probebühne ist voll, als sie sich verschwitzt und schwindelig vor Aufregung durch die schwere Tür schiebt. Aus den Reihen, die sich nach oben ziehen, dringt Unruhe. Sie hat den Eindruck, gemustert zu werden, sie fragt sich, was man von außen sehen kann und ob die alle denken, wegen der mussten wir früher herkommen, die hat doch seit Prag nichts mehr gemacht, die Norma kann die sowieso nicht singen. In der ersten Reihe sieht Prassnik genauso fehl am Platz aus wie auf der Premiere, er wirkt wie sein eigener Assistent, tippt in sein Handy und stellt ihr, fast ohne aufzusehen, Simon Kamp vor, den Regisseur mit rosa Halstuch, der sie kaum anschaut und sich bemüht, die junge Dramaturgin in Schwarz zum Lachen zu bringen, während er eine Thermoskanne aus seinem Bergrucksack kramt. Vielleicht erklärt er ihr gerade, wen genau er sich für die Norma vorstellt und wen auf gar keinen Fall. Daneben der spanische Dirigent, der nichts sagt, nur ihre Hand schüttelt, ihr zunickt, ohne sein Gesicht zu bewegen. Sie überlegt, ob sie sagen soll, dass sie schon Aufnahmen von ihm gehört hat, aber sie sagt nichts. Sie merkt, wie sie sich verstecken möchte. Die trockene Luft zwingt sie trotz ihrer Aufregung zu gähnen, sie dreht sich schnell zur Seite und lässt es zu, sie weiß, dass das Gähnen sie öffnet und ihrem Atem Raum verschafft. Sie konzentriert sich auf diesen Vorgang, versucht, die Luft noch tiefer in sich hineinzulassen und erneut zu gähnen, dadurch laufen ihr Tränen über die Wange, die sie schnell wegwischt.

Alle Stühle sind besetzt. Sie steht mit ihrem Mantel im Arm am Bühnenrand. Niemand guckt, der Korrepetitor hängt in sich zusammengesunken auf seinem Hocker. Sie legt den Mantel auf den Boden neben das Stativ eines großen Scheinwerfers, der nicht eingeschaltet ist.

Das Raumlicht flackert, aber keiner scheint zu reagieren, auch sie beachtet man nicht. Das Gähnen ist ein ständiger Reflex geworden, den sie nicht mehr unterdrücken kann. Sie presst die Hand vor den Mund.

Den Handrücken auf den zusammengekniffenen Mund gepresst, so hat ihre Mutter früher immer in der vorletzten Reihe gesessen, beim quälenden monatlichen Musikschulvorspielen, kerzengerade, natürlich ganz außen, damit sie jederzeit rausrennen konnte, wenn es ihr zu lange dauerte.

Die zusammengeschnürten Sonntage. Die Mutter, aus Mangel an notwendigen Terminen haltlos in dem leeren Tag, versuchte ihre durch den überschüssigen Raum entfesselte Verzweiflung mit einem Korsett an Pflichten zu bändigen. Dieses Korsett wurde vor dem Frühstück schon von einem ungeduldig gegen ihre Zimmertür rammelnden Staubsauger festgezurrt. Sie könne doch nicht den Tag verschlafen, der Tag habe längst Guten Morgen gesagt, schon vor Stunden, sagte die Mutter beim Frühstück um zehn, was sie unzumutbar spät fand, bis dahin sei sie schon fast verhungert und demzufolge unterzuckert und fahrig, zu viele Zigaretten auf nüchternen Magen vertrage sie nicht, aber das interessiere die Tochter ja nicht, Hauptsache, sie könne ewig im Bett herumlungern, ohne etwas Sinnvolles zu tun. Aber schon vor dem ersten Bissen war die Mutter beleidigt wieder aus dem Zimmer gerannt, ihr Heulen, das immer als Waffe eingesetzt wurde, schoss durch die Türen und verhinderte jede normale Unterhaltung. Der Vater hatte ein-

mal gesagt, das mit den Launen der Mutter sei wie Fahr-
radfahren durch starken Regen. »Da kann man nichts
machen. Einfach weiterstrampeln, irgendwann hört es
auf. Es ist, wie es ist.«

Zum Vorspielen kamen sie immer zu spät, die Mutter
musste ihre Gekränktheit erst noch wegatmen, und das
brauchte seine Zeit. Dann zog sie die Tochter an der Jacke
durch den Saal, der groß war, irgendwas Kirchliches, und
zischte: »Bitte beeil dich, hier darf man ja nicht rauchen.
Siehst du nicht, dass ich jetzt schon zittere?«

Sie setzten sich. Mitten im nächsten Stück, das von
einem anderen Schüler vorgetragen wurde, sagte sie viel
zu laut: »Ich verstehe nicht, warum man hier so lange
warten muss. Ich kann nicht mehr. Jetzt geh mal vor und
sing endlich.«

Sie wurde rot und flüsterte ihrer Mutter zu: »Die anderen
spielen halt auch. Und die schwereren Stücke kommen
weiter hinten. Du willst doch immer, dass ich vorsinge!«

»Ja, aber das muss doch nicht so lange dauern. Wir müssen noch ins Schwimmbad!«

»Und wenn wir ausnahmsweise mal nicht ins Schwimmbad gehen?«

»Doch! Ich muss schwimmen! Die Luft ist so schlimm
hier! Beeil dich einfach, mach mal hin, ich kann nicht
mehr!«

Köpfe wandten sich um. Eigentlich war die Luft nur so
schlimm, weil die Haarfarbe der Mutter, die ihre wenigen
Härchen jeden Sonntag mit schwarzer Farbe quälte, so
stank.

Sie wurde aufgerufen. Stolperte mit einzelnen Noten-
blättern in der Hand auf die Bühne und stellte sich
neben das Klavier. Unterm Kleid trug sie ihren roten
Badeanzug. Sie sah zur Mutter. Die saß angestrengt, die
Hand vor dem Mund. Sie konnte sie zittern sehen. Die

Hand formte aus zwei Fingern die Zigarettenforderung, fuchtelte vorwurfsvoll und mit jeder weiteren Strophe fassungsloser vor ihrem Gesicht. Ihre Brust krampfte sich zusammen, sie bekam keine Luft, ihre Stimme wurde dünn. Sie brach ab.

Die Mutter ging raus.

In der warmen Umkleide zog sie sich hektisch aus und fauchte die Tochter an, als sie nackt vor ihr stand: »Unmöglich. Das war lächerlich. Ich hab dich kaum gehört. Du hast dich nicht richtig angestrengt. Ich kann doch meine Zeit nicht mit dir vertrödeln.«

Busen und Arme hingen lang und dürr an der Mutter herab, dunkles Garn schlängelte sich von der Scham auf die Beine. Sie zerrte einen vor Abgewetztheit fast durchsichtigen roten Badeanzug darüber, der das Knäuel in der Mitte plattdrückte, das an den Seiten aber herausschielte. Sie wollte ihre Hose an den Bügel mit dem Netz hängen, die Socken rechts und links daneben, die Unterhose und das Unterhemd gefaltet hineinlegen, damit sie im Netz schaukeln könnten. Die Mutter wartete neben ihr, trat mit einem Bein aufs andere, nun mach doch mal, schneller, verschluckte sich, riss ihr die Sachen weg, stopfte sie in den Schrank, alles durcheinander, und knallte ihn zu.

»Warum dauert das alles so lange? Das ist doch Zeitverschwendung!«

Sie klatschte mit zusammengekniffenen Lippen ins kalte Schwimmerbecken, um jetzt noch genau vierzig Bahnen zu schaffen. Die Tochter blieb am Rand stehen. Sobald alle Köpfe auf die andere Seite gerollt waren, sprang sie hinein, und die Spritzer stoben. Dann wieder zum Rand, hochstemmen, rausklettern, Anlauf, Krach, Spritz, die Fläche brach auf. Die kalten Füße auf den harten Steinen, spritzen, strampeln, stemmen, bis die Köpfe wieder anrollten. Sie mochte nicht zwischen Köpfen und fuchtelnden Armen sein, die ihr immer, wenn sie den Mund aufriss, um nach Luft zu schnappen, Wellen hineinschleuderten. Nur wenn die Mutter in der Nähe war, musste sie richtiges Schwimmen vortäuschen. Heimlich spähte sie zur langgeschwungenen Rutsche. Der Ort ihrer Sehnsucht.

Die Mutter schluchzte kurz, so sehr von der Faulheit ihrer Tochter verletzt.

»Meinst du, mir macht das Spaß? Natürlich nicht. Aber da muss man sich eben zusammenreißen. Things have to be done. Du musst endlich lernen, deinen Schweinehund zu überwinden.«

Langsam begann etwas Fremdes um sie herumzuwachsen. Eine Haut, die nichts mit ihr zu tun hatte. Den anderen zum Wohlgefallen. Die Hülle zog sich jeden Tag ein Stück enger um sie. Sie merkte nicht, wie diese Hülle zu ihrer Haut wurde.

Im Opernstudium hatte ihre Professorin Birthe Rittmann-Lequoc, ehemals Opernstar, sie ständig herumkommandiert: »Schnubbelchen! Steh gefälligst gerade! Spannung in den Unterleib und atmen!« Rittmann-Lequoc hat sich kokett ihren gebleichten Kurzhaarschnitt verwuschelt, den Kopf schief gehalten und mit gleichen Teilen Eiseskälte und angestrengter Laszivität zu ihren Kommilitonen gesäuselt: »Also aus dem Arsch singen und mit den Titten über die Bühne wackeln so wie Schnuckelchen hier, das reicht nur für die Provinz.«

Dabei war sie es gewesen, die sie gezwungen hatte, eine Arie in Unterhose zu singen. »Nur so kann man sehen, wo etwas im Körper nicht stimmt. Stimme ist Körper. Und wenn da was festsitzt, der nackte Körper offenbart das sofort. Wir müssen frei sein. Und nur frei ist der Körper schön. Ich will eure nackten Stimmen!«, rief die Professorin, in großen Schritten den Proberaum besetzend, die weiten Hosenbeine schwangen nach.

In der Garderobe war es noch lustig gewesen. Auf der Bühne dann kalt. Sie hatten nicht damit gerechnet, dass die arme Lehrerin sich nach nackten Jungs sehnte und sich nicht anders zu helfen wusste, als sie im Unterricht zum Ausziehen zu zwingen. »Die Mädchen können was anbehalten«, rief sie durch die geöffnete Garderobentür, während sich alle kichernd entkleideten. Aber innerhalb der Klasse wurde diese Ungerechtigkeit sofort als undemokratisch abgelehnt. Außerdem hatte sich bis dahin schon so viel Angst angestaut, dass es allen wie eine Mutprobe erschien, bei der Sache mitzumachen. Als Erste wollte eine Kommilitonin auf die Bühne, die einen runden Bauch und einen aufregenden Alt hatte. Die Brüste pendelten schwer, guter Resonanzraum, dachte sie beim Zuschauen. Die Kommilitonin stand breit in der Mitte der Bühne, der Po eine riesige Rundung in Kinderunterhose. Den hätte sie gern berührt, um das reine Stöhnen zu hören, das unter all ihrem Singen wohnte.

»Ja, da weiß man doch, warum Kleidung erfunden wurde«, sagte die Professorin, als sie als Zweite die Bühne betrat. »Nein, bitte, bleib stehen, da müssen wir durch. O Gott, jetzt guckt sie auch noch gequält. Gehört das zum Lied? Kann sie nicht einfach gerade stehen, ins Becken atmen und denken? Du musst die Arie denken, die Töne denken, sonst glänzen die nicht. Schaut euch mal den Sebastian an. Wenn der auf der Bühne steht und schön ist und alles richtig macht, dann bin ich inspiriert. Mach's doch mal wie der Sebastian, Schnulli. Denk's doch mal.«

Warum waren sie damals nicht mit Ei- und Mettbrötchen auf die Rittmann-Lequoc losgegangen? Haben sie sie nicht zerkratzt und rausgeschmissen?

Sie steht am Klavier. Sie merkt, wie sie sich verkrampft. Sie muss tiefer atmen. Der Korrepetitor seufzt und schaut lange in seine leere Kaffeetasse.

Sie versteht nicht, warum es nicht endlich losgeht, es sind doch alle früher gekommen, worauf wartet man denn noch? Sie sieht, wie der Intendant und die Dramaturgin, die ganz vorn sitzen, sich von beiden Seiten vor den Regisseur beugen und über das Fallschirmspringen reden, das so befreiend sei. Man sehe die Dinge plötzlich aus einer völlig neuen Perspektive. Ohne Fallschirmspringen sei ihr Beruf mittlerweile undenkbar, sagt die Dramaturgin. Die Zusammenhänge und die Übersicht. Der Intendant nickt ernsthaft. Sie atmet weiter und überlegt, ob er weiß, warum er die Norma eigentlich macht. Das Publikum, die Kritiker, die Künstler, vor allem aber die Politik zerrten an ihm, sagt er der Dramaturgin. Und dann komme der Senat angehoppelt und streiche Millionen.

»In mir hoppeln acht Gin Tonic, das ist viel schlimmer«, murmelt der Korrepetitor in seinen Bart. Sie schaut ihn an: »Wie bitte?«

Er schüttelt vorsichtig den Kopf. Zieht einzeln an seinen Fingern. Sie sieht Eddie vor sich, seine weichen Finger, die langen dreckigen Fingernägel, wie er sich die Haare aus dem Gesicht schiebt. Sie stellt sich gerade hin, konzentriert sich auf ihre Stimmbänder. Sie wird die Norma singen. Eine Frau, die ihre Kinder töten will, immerhin für ein paar Stunden. Weil sie sie nicht mehr erträgt? Aus Rache, was ist denn Rache, wenn man damit das Wichtigste in seinem Leben zerstört? Oder will sie sich eigentlich von Anfang an selbst töten, wie sie es am Ende auch tut? Hat sie ihren Todeswunsch anfangs auf die Kinder projiziert? Vielleicht erträgt sie sich selbst nicht mehr. Nennt es dann Opfer. Wäre sie selbst dazu imstande?, fragt sie sich.

»Alle fertiggepinkelt?«, hört sie einen Assistenten mit blonden Locken trällern, er grinst in die Runde und schließt die Tür. Es geht also los.

»Bleib ruhig, du darfst nichts machen!«, schrillt die flache Stimme der zurückweichenden Fallschirmdramaturgin.

Irgendwo in sich hat sie doch eine Haltung. Zu dem, was mit ihr passiert ist. Und zu dem, was sie gemacht hat.

Eine Wespe surrt dem Intendanten vor dem Gesicht herum.

»Wespen umschwirrn dich. Wie Frauen um das Licht«, singt der blonde Assistent, der mit Leporello in der Hand auf den Intendanten zu wedelt, die Wespe steigt höher.

»Mein schöner Leporello! Der ist Kunst und kein Mordwerkzeug!«, quiekt die Dramaturgin, rückwärts auf die Bühne fliehend.

Prassnik hält beide Hände vors Gesicht.

Wenn sie mal an ihre eigene Meinung ran käme.

Die Wespe entscheidet sich für die Bühne und schwirrt dem Kaffeebecher auf dem Klavier entgegen, da ergreift sie der Schlag des Spielzeitheftes. Der Kaffeebecher kippt um, da war doch noch was drin, der Korrepetitor springt auf und begutachtet entsetzt den Kaffeefleck auf seinem Klavier. Sie denkt an das große Feuer, wie heiß es ihr entgegenschlägt, immer mehr, sieht ihre Mutter im durchgewetzten Badeanzug, »Things have to be done«, und sie wischt die Kaffeepfütze mit ihrem Ärmel weg. Die Dramaturgin jammert triumphierend in Richtung Assistent: »Und siehe da. Dein Karma ist schon wieder geschrumpft.«

Der Regisseur hat den dampfenden Tee zwischen seinen gespreizten Fingern. Seine Wangen in Flammen, denkt sie sich. Er richtet sich auf und schaut sie an. Was will er denn, das bringt sie raus, sie muss sich konzentrieren, braucht Bilder zum Singen und offenen Raum in ihrem Körper. Er dreht sich auf seinem Stuhl, bis er alle Blicke hat. »Gut. Das war ja schon ein sehr existentieller Anfang. Danke, dass ihr früher gekommen seid, aber jetzt bitte ich um Ruhe. Wir haben heute wirklich kein leichtes Programm, es geht in letzter Runde um unsere Norma, und wir werden einige wunderbare Damen hören. Bon voyage.«

Das Licht im Saal geht aus, und die Bühne wird hell. Endlich, denkt sie und fühlt die absolute Leere, sie füllt sich mit Luft, hört den Korrepetitor schnaufen und beginnt.

Prassnik fängt an zu klatschen, der Regisseur steht mit seinem Tee auf, die Dramaturgin klemmt sich den Leporello unter den Arm, der Dirigent schaut sie regungslos an.

Sie trottet durch staubige Gänge. Verschiedene Latexmasken hängen vor dem Maskenraum, daneben Perücken. Der Bühnenausgang leuchtet verheißungsvoll hinter einer Glastür, die sich langsam öffnet. Sie bleibt unschlüssig im Neonlicht stehen.

Der Pförtner schaut sie an. Noch zwei Schrittchen auf dem grauen Teppich. Sie legt ihre Hand auf den speckigen Eisengriff der schweren Eingangstür, dreht sich zum Pförtner und murmelt »Tschüss.«

Die Tür fliegt ihr entgegen, eine breite Sängerin watschelt herein, eine Mähne knistert ihr ins Gesicht, sie weicht zurück, stößt hinter sich an ein schwarzes Brett, wo Besetzungszettel hängen, die andere schmettert dem Pförtner ein lautes »Buon giorno« ins Kabuff und geht weiter. Sie starrt auf die Zettel, fünf Produktionen gleichzeitig, das oberste der Umweltblätter flattert im Luftzug, NORMA steht da drauf. Alle Rollen sind besetzt, nur hinter Norma ein weißes Loch.

Sie wühlt in ihrer Tasche, greift einen stumpfen Bleistift und kritzelt in fetten Buchstaben »ARSCHMAMA« hinter Norma.

Das Telefon klingelt, der Pförtner brummt. Ihre Hand zieht an der Ausgangstür.

»Nich' so flink«, dröhnt der Pförtner. Sie lässt den Griff los.

Eine ausgebildete, ausgereifte Opernstimme, mit Whiskey und Zigaretten gegerbt.

»Ja«, sagt sie.

»Was? Kann ich nich' verstehen«, singt er.

»Was ist denn?«, brüllt sie. »Soll ich noch mal zurück?«

»Sie soll'n heut Abend um zwanzig Uhr in den ...«, er zeigt einen bekritzelten Zettel, »... in den Diener kommen. Kenn' Se? Der Martin Prassnik, also, der erwartet Sie dort.«

»Ja? Warum?«

»Ist das Ihr Hund da draußen?«

»Ja. Warum?«

»Der Prassnik will sich mit Ihnen über die Norma unterhalten.«

»Ich komme«, sagt sie und schaut ihn an. O Gott, Kalle. Sie hört ihn draußen jaulen.

BABYSITTER

Guido ist leichter zu erreichen als Larry. Sie sieht ihn bester Laune in seinem Pennerkreis vor dem Rewe sitzen, da, wo das Gras die Steinplatten auseinanderdrückt. Er schwenkt sein Weinglas und herrscht seine Zuhörer an: »Jajajaa, also sprach Zarathustra! Ach, wie soll ich mein Licht hinüberretten, dass es mir nicht ersticke in dieser Traurigkeit?«

Neben ihm öffnet ein langhaariges Männchen zischend eine Bierdose. Guido stellt fest: »Seine Jünger aber hörten ihm kaum zu. Zarathustra fuhr fort: Das Herz der Erde ist von Gold. Warum schrie denn das Gespenst, es ist die Zeit, es ist die höchste Zeit! Wozu ist denn höchste Zeit?« Sie weiß genau, wozu es ihre höchste Zeit ist, denkt sie. Jetzt muss passieren, was sie sich so gewünscht hat, sie muss die Norma singen, damit sie nicht platzt, irgendwo im Singen dieser Rolle ist etwas für sie versteckt, eine Art Schlüssel, denkt sie, womit sie selbst über ihr Leben bestimmen kann. Aus der Wohnung wird sie dann auch nicht fliegen. Vielleicht will sie einfach singen. Und wozu würde der Intendant sich sonst mit ihr treffen wollen? Oder will er ihr freundlich absagen? Ihr fällt ein, was sie alles kaufen und machen will, einen riesigen Vorratsschrank mit Essen füllen, jeden Morgen Kaffee trinken, Schlittschuhe für die Kinder kaufen, ja, wenn es klappt, fahren sie nach der Premiere in den Urlaub, nicht nach Mallorca, nein, sie werden eine richtige Reise machen, im Boot durch den Wald schippern und überall, wo sie wollen, Eis essen. Vor allem will sie vor einem Termin wie diesem nicht irgendeinem Idioten hinterherrennen müssen, sondern sich in Ruhe hinsetzen und überlegen, was sie dem Intendanten sagt.

Guido entdeckt sie und winkt, damit sie näher kommt. Weiter deklamierend zieht er sie an sich, gierig die Runde beäugend, damit bloß niemand verpasst, wie seine Hand ihren Rücken berührt und er sie viel zu lange an sich drückt. Sie entwindet sich, lächelt schamhaft. Professionelles Vortäuschen von Mädchenhaftigkeit. Das ist ihr zu nah, sein Geruch, Tabak und altes Leder, vielleicht auch Dreck, etwas wie Schlafsack und Straße, das ist der Geruch, vor dem sie immer Angst hatte, aber sie will noch was von ihm. Ob er gleich auf ihre Kinder aufpassen könne?

Guido überhört sie, reißt seine Arme in die Luft, die Zuschauer klatschen. »Das ist Schnulli!«, stellt er sie seinem Hofstaat vor.

Sie will etwas sagen, aber das passt nicht hierher, Nietzsche ist gestorben.

Ein gerupftes Hühnchen grölt, er könne ihr einen Job besorgen, sie könne sich echt bewegen, Körper krass in Schuss, als Tänzerin gebe es Kohle ohne Ende, 400 aufwärts, sie solle sich bei seinem Kumpel melden, er komme gleich auf den Namen des Clubs, das sei richtig edel, sie könne da sofort anfangen.

Die Stimmung ist erwacht, alle reden durcheinander, erleichtert, dass der Vortrag, der keinen interessiert hat, so schnell unterbrochen wurde. Endlich ein neues Gesicht in der Wüste des Nachmittages. Guido singt ein folkloristisches Lied, dessen Refrain überraschenderweise nur aus »Schnulli, Schnulli, Schnulli« besteht.

Am liebsten würde sie aufstehen und ihm eine Liste mit allem, was sie hasst, an den Kopf knallen. Und dann weggehen.

»Gib dich dem Augenblick hin!«, jauchzt er.

Sie tastet die juckende Haut auf den Händen ab und stellt fest, dass ihm jegliches Verständnis für die Enge ihres Zeitplans fehlt. »Wie soll ich mich denn dem Augenblick hingeben? Ich brauche genau jetzt jemanden, der auf meine Kinder aufpasst, ich kann sie nicht allein lassen!«

Die Penner haben nichts gehört und singen nun auch das Schnulli-Lied. Guido streichelt Kalle. »Vergiss deine spießigen Termine, setz dich zu mir! Unbedingt und bedingungslos! Hier ist roter Wein, Wein wie mein Blut, ich werde die ganze Nacht für dich singen, du meine Künstlerin! Nur die Kunst darf unsere Herrin sein. Und dieser Wein ist Kunst! Dein Blut ist Kunst!«

Seine Inspiration geht mit ihm durch, denkt sie.

Ich brauche diese Rolle. Verstehst du das? Ich muss die singen. Ich weiß nicht, was sonst mit mir passiert, ich hab Angst, dass mein Leben mir ganz entgleitet und ich dann hier bei euch lande, ich weiß einfach, dass ich das muss, okay? Akzeptier das einfach. Das sagt sie nicht, stattdessen sagt sie: »Ich muss um acht den Intendanten treffen.«

»Gesindel!«, stöhnt er und jammert. »Deine Schönheit hebt uns empor, wir müssen nicht dieses Volk ertragen! Immer Termine, dieses Kleinbürgerkorsett!«

Ihr ist übel. Von Kunst faseln und vielleicht sogar gute Ideen haben, aber dann wird nichts draus, denkt sie, wie schlimm. Sie kann ja schlecht die Kinder hierherbringen, die ganze Nacht billigen Rotwein und Gequatsche, während sie in der Oper brennt. Also zwingt sie sich nah an sein Ohr und fleht ihn an, er möge sie retten, bevor sie zerbreche, ihre künstlerische Seele bedürfe seiner Hilfe, nur er allein könne den Hunger nach Kunst verstehen. Wie es sie ekelt. Aber was tut man nicht alles für einen

Babysitter, denkt sie. Er flüstert zurück, ob sie ihm Tabak und Blättchen kaufen könne?

Als sie ja sagt, steht er auf und verabschiedet sich knapp von seiner Gefolgschaft. Er werde ihr natürlich jederzeit helfen, er als Künstler kenne den Schaffensdrang, wisse, dass sich ein solches Bedürfnis nicht aufschieben lasse.

»Genau«, nickt sie schnell. »Ich geh kurz rein.« Sie deutet auf den Supermarkt.

Drinnen taumelt sie zwischen den riesigen vollgestopften Regalen umher. Hoch schweben Neonleuchten. Wo sind die Kameras? Sie hat kein Geld. In den letzten Monaten hat sie weder Miete noch Kita bezahlt. Die Angst, gleich aufzufliegen, stößt sich unten im Bauch ab und rast dann quer durch die Brust. Ihr ist schwindelig, sie muss sich abstützen, festhalten, anlehnen, nur kurz, denkt sie und prallt gegen ein Regal mit Tomatendosen, die scheppernd um ihre Füße kreiseln. Ein Verkäufer räumt zusammen. Er gibt sich Mühe, höflich zu sein. Sie kniet, will mithelfen, aber er schiebt sie weg. Er mache das schon. Ob sie noch etwas brauche?

Sie nimmt eine Dose Tomaten und Spaghetti, schiebt sie in ihre weiten Ärmel, die Kinder müssen essen. Ihr eigener Hunger hangelt sich die Gurgel hoch. Der Kopf schmeckt Eisen. Die Kinder sind schon eine Weile allein zu Hause. Sie schleicht zur Kasse, starrt auf Mülltüten, Haushaltshandschuhe und Kaugummis. Die Spaghetti knacken an ihren Gelenken. Sie sieht den Tabak, der oberhalb der Kasse in einen Gitterautomaten gesperrt ist. Wegen Leuten wie ihr.

Die Riesenmöpseverkäuferin, wie Herbert sie heimlich genannt hatte, betritt die Kasse, schaut sie an, sie lächelt und nickt Richtung Gitter, die Verkäuferin gibt ihr Tabak und Blättchen raus. Sie kennen sich schon lange. Die war schon immer hier. Und die Verkäuferin kennt sie vermutlich noch viel besser als umgekehrt. Sie hat in letzter Zeit schon ein paarmal nicht so genau hingeschaut, wenn sie mit ihren schweren Manteltaschen an der Kasse stand. Ihr Leben blättert sich an dieser Kasse auf. Sie hat hier mit Herbert gestanden und sich kaum aufrecht halten können vor Lachen. Und dann bezahlte sie irgendwann schwanger und schließlich mit Baby auf dem Arm, immer floss Geld aus ihren Händen oder aus einer ihrer vielen Karten, nie hatte sie selbst am ewigen Vorhandensein des Geldes gezweifelt, nie die eigene Armut für möglich gehalten, sie hatte Arbeit, bekam Gagen, und danach gab ihr das angesammelte Geld noch lange das Gefühl, ihr könne nichts passieren, und selbst wenn das Haben schwand, wuchs es von irgendwoher unsichtbar nach. Warum hat sie nicht einfach welches in eine mexikanische Schatulle getan? Für den Fall, dass sie mal kein Engagement hat und Herbert sich von einer zweiten oder dritten Sonne blenden lässt? Aber warum denn zweifeln, für einen Soloabend zahlte man ihr plötzlich mehr als davor für einen ganzen Monat. Doch irgendwann bekam sie Rollen nicht, obwohl sie die Partien besser sang als die Kolleginnen.

Sie sei auch mit zwei Kindern allein, erzählte ihr die Verkäuferin, als sie mit den Kindern im Arm irgendwann nach der Trennung an der Kasse stand, fassungslos, weil sie nicht bezahlen konnte. »Wird schon wieder, was? Das ist ja immer besser so, wie es kommt. Versteht man aber erst später. Die Kinder sind ja das Wichtigste, was?«

Die Kinder pressen sich eng an sie, als sie das Abendessen kocht, Eddie halb auf der Hüfte, halb auf dem Arm, Daphne neben ihr auf einem Stuhl, sie darf die Tomaten aus der Dose in den Topf kippen, Eddie schimpft, er wollte das auch machen, Salz reinstreuen ist nicht das

Gleiche. Nach dem Essen bugsiert sie die beiden hoch konzentriert ins Bett, die Kinder dürfen die Lunte nicht riechen, der kleinste Zwischenfall oder auch nur der Anflug einer Ahnung von ihrem späteren Weggehen würde die Gefügigkeit und damit den Zeitplan sofort sprengen. Es braucht innerlich militärisch klarste Handlungen und äußerlich die mütterlichste Sanftheit, denkt sie und quetscht sich aus der Tür an Guido vorbei, der genüsslich mit dem Weinglas in der Hand seine Selbstgedrehte schmaucht und ihr, während sie mit dem Hund die Treppe herunterpoltert, von oben hinterherruft: »Man kann alles schaffen, nur nicht alles gleichzeitig!«

Sie sitzt in der S-Bahn. Sie ist gerannt, sie schnauft, sie schwitzt, die Haut unter ihrem Rollkragen brennt. Sie kratzt sich am Unterarm und rupft ein Stück Haut ab. Darunter eine frische rosa Schicht. Wenn die Luft sie berührt, brennt es.

DIENER

Erst als sie beim Diener ankommt, fällt ihr auf, dass sie viel zu spät ist. Herbert hatte immer gesagt, es ist eben so, wie es ist. Wenn jemand anderes besser ist oder die jemand anderen besser finden, dann ist das eben so. Dann singst du eben nicht, zu Hause ist es auch schön. Aber was, sagt sie sich, wenn die Regentschaft der anderen jetzt vorbei wäre? Sie will kein Nein akzeptieren. Sie weiß nicht, was sie machen soll, wenn er ihr absagt, sie hat keinen Plan B. Sie fühlt die Angst in sich hochsteigen. Wenn sie dann richtig fällt? Wenn das nach Herbert nur der Anfang war? Aber sie darf sich nichts anmerken lassen, auf keinen Fall, sie muss sich unbedingt so verhalten, als bekäme sie jeden Tag große Rollen angeboten.

Sie öffnet die Tür. Buletten, Rauch, Stimmengewirr. Im hinteren Raum sitzt Martin Prassnik und tippt auf seinem Telefon. Wie ein Hamster, denkt sie, rennen seine Fingerchen auf dem Display. Sie bleibt an der Bar stehen, weiß nicht, was sie sagen soll, und stellt sich gleichzeitig vor, dass sie diesen Moment noch ewig erinnern wird, versucht, ihn auszukosten. Gleich trifft sie den Intendanten, der ihr das Angebot machen wird. Genau das muss sie denken, dann hat sie es geschafft. Sie schielt wieder zu Prassnik. Er sieht aus, als verkaufe er Immobilien, ist das ein gutes Zeichen? Oder ein schlechtes? Sein kurzer Bart leuchtet rötlich, seine runden Wangen auch, die Lederjacke sieht nach Flughafenshop aus, das Hemd ist gebügelt und die Jeans zu eng. Die hagere Kellnerin fragt, was sie trinken möchte, sie bestellt einen Kaffee. Und einen kleinen Wodka. Zur Feier des Tages, denkt sie. Der Kaffee ist bitter, und der Wodka schmeckt nach Tankstelle, sie lächelt, das ist ein gutes Zeichen.

Sie tritt an Prassniks Tisch.

Er schaut auf, nickt, guckt irritiert zu Kalle, der ihn beschnuppert, stellt umständlich seinen Fuß auf die andere Seite des Tischbeines und tippt weiter. »Freut mich sehr, dass Sie kommen konnten. Entschuldigen Sie, ich bin gleich bei Ihnen.«

»Kein Problem.« Sie ist erleichtert, vielleicht hat er ihr Zuspätkommen nicht mal bemerkt. Sie zieht den Mantel aus. Er schaut noch mal hoch, dann zurück auf sein Telefon, zwischendurch ein hektischer Seitenblick zu Kalle. Der setzt sich hin.

»Verzeihen Sie bitte. Ist wichtig. Und bei uns beiden ja auch. Wir müssen uns unterhalten. Jetzt ist leider etwas Dringendes dazwischengekommen. Es tut mir sehr leid, aber ich muss schon wieder weg.«

»Ja.«

Sie schwitzt. Was hat er gesagt? Es ist so laut hier, denkt sie. Soll sie nachfragen? Sie setzt sich, schlägt die Beine übereinander, starrt ihn an. Hat sie sich das eingebildet? Er hat sie doch hierherbestellt? Und jetzt ist ihre Chance schon vorbei? Sie muss ihn umstimmen.

»Was kann ich euch bringen?« Die Kellnerin steht neben dem Tisch. Er glotzt die Kellnerin an. »Nein, danke«, sagt er.

»Noch überlegen? Auch gut.« Sie wendet sich zum Gehen. Geht er jetzt wirklich?, fragt sie sich. Es sieht nach Absprung aus.

Unter ihrem Rollkragenpullover rinnen Ströme, vom Hals in den BH, über den Bauch und an die Schenkel, dort sammelt sich alles. Es juckt. Sie versucht, sich nicht zu berühren. Und reibt dann doch die Stelle am Hals, verstohlen den Bauch und die Oberschenkel. Sie löst ihre Beine, setzt sich um und knallt dabei heftig mit dem Fuß gegen das Tischbein.

»Ah!« Prassnik zuckt zusammen.

»Oh, nein, das wollte ich nicht, Entschuldigung. Entschuldigen Sie bitte!«

Das war nicht das Tischbein, denkt sie.

Er sieht sie aufmerksam an.

»Können Sie das noch mal machen?«, fragt er.

Sie starrt ihn an. Soll sie sich noch mal entschuldigen?

»Entschuldigung!«, sagt sie schnell.

»Nein!«, schnauft er. Sein Kopf ist rot.

Er winkt der Kellnerin, die am Nebentisch ist.

»Ich hätte gern ein großes Bier, ein gezapftes.«

»Anderes haben wir auch nicht.«

»Sag ich ja«, sagt er und schaut auf den Boden. Er nimmt sein Telefon und schaltet es aus.

Warum hat er bestellt?, überlegt sie. Muss er auf einmal doch nicht gehen? Sie schwitzt. Sagt rasch: »Ich nehme auch eins, bitte.«

Sie will ihre Stirn abwischen. Aber seine Hand liegt labberig auf ihrer. »Missverständnis«, sagt er.

»Was?«, sagt sie langsam. Was ist hier ein Missverständnis? Er soll bloß seine Hand wegnehmen. Sie liegt genau auf einer offenen Hautstelle. Es puckert. Sie möchte brüllen. Sie hält es nicht mehr aus, reißt ihre Hand weg, der Schmerz sticht glühend.

»Au, verdammt!«, schimpft sie wütend. Sie pustet auf die wunde Stelle. Die Kellnerin stellt das Bier auf den Tisch. Sie muss diese Situation hier unbedingt wieder Richtung Arbeit lenken, denkt sie, deswegen ist sie doch hier.

»Hat es Ihnen gefallen, das Vorsingen?«, fragt sie, bemüht sich um einen geschäftlichen Ton, wie konnte das passieren, sie hat ihn eben getreten und dann beschimpft.

»Also, wie Sie mich fanden? Ich fand es nämlich gut. Darf ich die Norma jetzt singen?« Das war plump, denkt sie, dann, nein, das war direkt. Sie lächelt ihn an. »Entschuldigung«, sagt sie, »ich meine, Prost«, stößt geschäftsmäßig an sein Glas und nimmt einen großen Schluck Bier.

Kalle kläfft und zerrt unterm Tisch.

»Kalle, aus!«, faucht sie. Er drückt sich gegen ihre Beine. »Halt jetzt bitte die Klappe. Sofort. Entschuldigung, ich kenne diesen Hund eigentlich noch gar nicht, sitz! Ach, geh weg da.« Sie schiebt Kalle hart zur Seite. Dabei knallt ihr Bein wieder genau gegen das Tischbein, nein, bitte nein, denkt sie, das ist ja das Prassnikbein! Sie versucht, ihren Fuß sofort wegzuziehen, es ist so eng unter dem Tisch, da fleht er plötzlich mit gepresster Stimme: »Bitte! Tu es noch mal!«

Kalles Leine in einer Hand, winkt sie mit der anderen ab: »Entschuldigung, Entschuldigen Sie bitte! Es war ein Versehen! Ich wollte das bestimmt nicht! Es wird nicht wieder passieren!«

Aber seine gequetschte Stimme winselt: »Doch! Herrin!«, und auf einmal läuft ein borstiges Nagetier ihren Schenkel entlang, ihre Haut juckt wie verrückt.

»Au! Was ist das?« Sie schreit auf, rutscht nach hinten, schlägt dabei panisch gegen ihr Bein, das soll weg, was ist das, denkt sie. Es ist seine Hand, warum hat er da seine Hand und schaut verängstigt? Und warum kneift er beharrlich in ihr Bein?

»Bitte! Herrin!«

»Was soll das? Aufhören!« Sie fährt ihn wütend an. Es sticht mit glühenden Nadeln an ihrem Bein. Im gleichen Moment, in dem seine Fingerspitzen die empfindlichste Stelle ihres Schenkels drangsalieren, tritt sie ihm, so fest sie kann, gegen das Schienbein.

»Jetzt reicht es, ich will das nicht!« Sie funkelt ihn an.

»Weiter!«, stöhnt er.

Sie tritt noch fester zu, und er lächelt selig.

Der spinnt ja vollkommen, denkt sie. Krallt sich seine Hand und verdreht sie. Beugt sich nach vorn und herrscht ihn an: »Noch einen Mucks, und ich trete Ihnen in Ihre lauwarmen Eier, dass Sie wünschen, Sie hätten nie welche gehabt.«

»O ja, bitte!«

»Haben Sie nicht verstanden? Noch einen Mucks!«, droht sie ihm.

Er senkt den Kopf und bettelt von unten. »Bitte benutze mich. Ich tu alles, was Ihr von mir verlangt, Herrin.«

Sie hat das Gefühl, sich auf etwas sehr Wackligem gerade halten zu müssen. Sie steht auf diesem Brett, das im Zirkus auf mehreren Tonnen übereinander balanciert, und ganz oben soll sie entspannt auf einem Bein stehen und sich lächelnd die Fußnägel lackieren.

Sie verdreht sein Handgelenk noch weiter. »Was hast du genommen?«, fragt sie und schnauzt: »Spinnst du, oder spinne ich?« Sie schluckt, es fühlt sich an, als ob in ihrer Luftröhre ein trockener Grashalm steckt. Vorboten der Panik, denkt sie. Und vorhin dachte sie noch, sie käme vielleicht langsam auf einen grünen Zweig, aber schon rutscht alles wieder weg.

Prassnik hechelt, in seinen Mundwinkeln kleben Spuckeblasen. Sie kann ihn kaum verstehen, weil er flüstert: »Das mag dir absurd erscheinen, und ich hab mich noch nie getraut, aber als du mich eben getreten hast, da wusste ich, du bist die Richtige.«

»Ich will dich nicht heiraten. Ich will die Rolle!«

Er tippt gegen ihr Bein. Sie tritt zu. Er lächelt unterwürfig. »Du bist meine Gebieterin. Ich bin dein Diener.«

Sie sieht sich um, steht auf. Jetzt kapiert sie. Ihr Hirn ist endgültig übergekocht. Sie fängt an zu weinen.

»Weine nicht, meine Herrin, weine nicht. Sei mir nicht böse! Ich will dir dienen! Ich bin dein Sklave.«

Sie starrt ihn an. Sein Mund bewegt sich wirklich. Er lächelt ängstlich zu ihr hoch.

»Bist du so ein SM-Heini?« Wie redet Sie bloß? Das ist Martin Prassnik, der Intendant, und sie will die Norma singen! »Sadomaso?«, fragt sie zögernd.

»Wie gesagt«, antwortet er, streicht sich über das Gesicht, scheint den Moment auszudehnen, »ich hab so was vorher natürlich noch nie gemacht. Es ist aber mein geheimer, nun ja, das ist also ein langgehegter Wunsch. Ich hab gelesen, dass man seine Gebieterin finden muss, und dass man sie erkennt, wenn man sie trifft. Und als du mich getreten hast, viermal sogar, oh, welche Lust, als du mich gestraft hast mit deiner Hand und deinen Worten, da spürte ich zum ersten Mal seit langer, langer Zeit, dass ich lebe. Und ich, also ich weiß, ich bin nichts, aber ich ...«

Er fängt fast an zu weinen. Was redet er da? Sie hat alles stehen und liegen lassen und ist hierhergerannt, um auf die Bühne zu kommen, sie braucht die innere Blase, die sich beim Singen schützend um sie schließt, in der sie ganz bei sich ist. Sie will ihn noch mal treten, viel fester. Er stottert, genießt es aber sichtlich. »Ich bin eigentlich, ich bin nicht der Mann, für den du mich hältst, souverän und erfolgreich, ich bin klein, ich bin impotent, und ich bin böse, ich brauche Strafe, sonst kann ich keine Erektion bekommen, aber zum Glück gibt es Euch, meine Gebieterin.« Er wimmert. »Ich flehe Euch an, fangt endlich an, peitscht mich aus!«

Ihre Hand kribbelt, fliegt über den Tisch. Klatscht an seine Wange. Der Knall ist laut. Sie hört ihn nachhallen. Sie will ihm ins Gesicht schlagen, dass sein Kopf donnert.

Sonst bleibt alles so verschwommen, wie es gerade ist, nicht greifbar. Sie braucht etwas, um sich in ihr eigenes Leben zu transportieren, sie versteht nicht, irgendetwas wird hier verlangt, etwas Entscheidendes, sie spürt, sie ist kurz davor, aus der Untätigkeit und Verschwommenheit auszubrechen. Wenn sie doch nur klar sehen könnte! Sie kann ihn doch nicht einfach nur anstarren.

Zu ihrer Verwunderung hört sie ihre Stimme in der Stille des Lokals: »Noch zwei große Biere und zwei Wodka bitte.«

Prassniks Gewimmer geht ihr auf die Nerven, jetzt hält er sich auch noch die Wange, sie fährt ihn, bedrohlicher als beabsichtigt, an: »Halt einfach die Klappe. Ich finde das ziemlich abartig gerade.«

Sein Hundeblick.

»Ich bin nicht zum Spaß hier, sondern geschäftlich. Ich will die Rolle haben.«

»Ihr bekommt alles, Herrin, alles, was Ihr wünscht.«

Sie schaut ihn streng an. »Die Norma«, sagt sie.

»Gebieterin, Ihr sollt die Norma singen. Könnt Ihr mich ankacken?« Das Brett auf den rollenden Tonnen kippt, die ganze Wackelkonstruktion fliegt plötzlich in die Luft, und sie wirbelt quer durch den Raum. Sie ist wütend. Das ist die pure Wut, die gleich zerplatzt. Das läuft doch alles ganz falsch! Sie will die Rolle, aber doch nicht so. Wirkt sie wie eine, mit der man alles machen kann? Und auf einmal sieht sie sich auf der Bühne, sieht sich in zwei mal zwölf Metern Seide, die ihr die Luft abschnüren, da ist sie, die Panik, sie greift mit beiden Händen nach ihr, sie allein im Scheinwerferlicht, das Feuer, die Norma, wenn sie versagt, dann bleibt sie in der Unterwasserhöhle hängen, kommt da nicht mehr raus, dann wird sie eine vom Rewe-Kreis. Sie möchte Prassnik zusammenschlagen und dann die Rolle singen, aber vielleicht ist sie gar nicht die Frau, die sie sein möchte, von der sie dachte, dass sie die im Kern auch ist, genau jetzt traut sie sich nämlich nicht, sondern hört sich knurren: »Mein Hund kackt dich an. Und singt dabei die Norma.«

Seine Augen leuchten.

Sie fühlt nichts mehr, was hat sie gerade gemacht? Sie erinnert sich an die Ohrfeige. Schon wieder eine. Hat sie sich gerettet? Am liebsten würde sie sich verstecken, einen Moment nur, für den Rest ihres Lebens. Hat sie ihm nicht ihre Forderung diktiert? So nicht, nicht mit ihr, das hat sie klargestellt. Sie lässt sich nicht benutzen. Sie benutzt selbst. Ihre Haut brennt, sie will ihn schlagen und treten. Es soll aus ihr fließen.

»Ich werde dich treten. Ich werde dich quälen, bis du den Mond nicht mehr siehst, und du sollst den Dreck, den mein Köter macht, vom Boden lecken.«

Er wird blass und zieht sein Telefon wieder aus der Tasche. So schnell ist der Hamster noch nie auf seinem Rädchen gelaufen.

Sie trinkt Wodka und Bier, was solls, und auf einmal sind sie nicht mehr allein am Tisch.

»Hallo, ich bin Simon.« Der Regisseur vom Morgen setzt sich neben sie und scheint sich zu freuen. Beim Vorsingen hat er gelangweilt oder arrogant an seinem rosa Schal gezogen. Seine Enden sollten wohl in perfekter Symmetrie hängen. Eine runde Frau in einer mit Urwald bedruckten Samtwolke quetscht sich auf ihrer anderen Seite zwischen Stuhl und Tischplatte, dabei klirren Ketten. Die Schlingpflanzen nähern sich ihren juckenden Händen, die sich zusammenballen.

»Guten Abend«, keucht die Urwaldfrau, »freut mich sehr, dass wir jetzt endlich unsere Norma haben, herzlichen Glückwunsch. Ich bin die kaufmännische Direktorin.

Sagen Sie einfach Frau Direktor zu mir. Normalerweise hört bei Geld die Freundschaft auf, bei mir fängt sie da erst an. Wenn's irgendwelche Probleme gibt, kommen Sie zu mir, jederzeit, ich bin immer in meinem Büro.«

Alle lachen. Sie schaut sich um. Was ist denn los? Hat sie sich verkauft? Sie spürt, wie ihr Herz rast. Sie hat die Welt geändert. Aber was bedeutet das für sie?

Frau Direktor schaut noch einmal drohend in die Runde und erklärt dann: »Ich habe Ihre Verträge dabei.« Was soll da drinstehen?

Ringe funkeln auf der karierten Tischdecke, wo jetzt ein Stapel Papier liegt, nach Druckertinte duftend. Sie atmet tief ein. Berührt mit zitternden Fingern das oberste Blatt. Es ist noch warm.

Ein Mann mit langen Locken in einem Anzug mit Einstecktuch gibt ihr die Hand, lächelt süffisant und sagt: »Der Anwalt vom Marti. Er macht quasi nichts ohne mich. Entschuldigen Sie bitte, dass wir zu spät gekommen sind, wir mussten noch eine Menge vorbereiten. Das war zwar schon nach Ihrem Auftritt heute früh beschlossene Sache, hab ich gehört, aber jetzt mussten wir die Verträge ja noch mal ändern. Ah, da ist er auch. Wie heißt denn der Hund?«

»Kalle«, sagt sie irritiert, warum fragt er, hat der Hund was gemacht? Kalle liegt ganz ruhig unterm Tisch, der Anwalt nickt, nimmt einen Füller aus seinem Hemd, schreibt etwas in die Verträge und reicht ihr beides.

»Alles, wie wir es besprochen haben.« Prassnik lächelt unterwürfig und sagt schnell: »Es wird alles zu Ihrer vollsten Zufriedenheit sein.« Die Direktorin unterbricht Prassnik: »Jedenfalls geht es um die Rolle der Norma in Simons Inszenierung. Die Oper wird bei uns an der Staatsoper gespielt, aber die Premiere und die ersten Vorstellungen sind in New York an der Met. In der nächsten

Spielzeit kommt sie dann hierher, und ein paar Gastspiele sind auch geplant. Die Gage ...«, sie reibt die Kette zwischen ihren Fingern, die an ihrem Hals liegen, »du hast keine Agentur mehr, stimmt's? Und der Hund?« Sie lacht. »Ich hab einfach die Gage von deinem letzten Engagement rausgesucht, hab in Prag angerufen, also, das ist ja jetzt schon etwas her, aber die waren sehr kooperativ. Das ist doch in deinem Sinne?« »Ja, natürlich. Dann schau ich mir das an.« Sie nickt professionell. Spürt den Füller in ihrer Hand. Sie hatte die Rolle also schon? Das hat nichts mit dem zu tun, was Prassnik von ihr will? Wieder ist alles verschwommen. Sie kann ihre Bankverbindung erkennen. Sie ist unruhig. Da steht Norma. Was ist, wenn sie versagt? Traut sie sich? Wie kann sie das schaffen, ist ihre Stimme gut genug? Und was macht sie mit den Kindern? Sie atmet laut aus. Vor dem nächsten Wodka unterschreibt sie. Sie trinkt und steht auf.

»Entschuldigt bitte, ich muss los, ich muss zu meinen Kindern. Freut mich, dass wir uns kennenlernen konnten!« Sie schüttelt Hände. Sie weiß, dass sie jetzt die Kinder vorschiebt, wie sie sie immer vorschiebt, wenn sie selbst nicht weiterweiß. Warum kann sie sich so schlecht um sich selbst kümmern, warum beschäftigt sie sich genau dann, wenn es brenzlig wird, mit den Kindern? Die im Moment friedlich schlafen. Vor ihren Augen flimmert es.

Prassnik wendet sich zum Gehen.

»Ich freu mich auf die Arbeit mit Ihnen«, sagt auf einmal Simon, der Regisseur, der noch gar nicht gesprochen hat. Er steht jetzt dicht neben ihr. Sein Schal baumelt asymmetrisch an seinem Hals. »Mir hat das sehr gefallen, was Sie heute gemacht haben. Sie waren nicht so perfekt. Dafür verletzlich. Und komisch. Das ist berührend. Eine Seltenheit bei Sängerinnen. Es gibt übrigens fast nichts Schlimmeres als Sängerinnen.«

»Oh, danke. Immerhin will Kalle bleiben. Das ist der Hund.« Sie deutet auf Kalle.

»Aber ich wollte lieber Sie. Ich bin wohl eher der Katzentyp.«

Er grinst sie an. Sie grinst auch, fühlt, wie sie warm wird, als ob sie ewig in einem nassen Badeanzug rumgestanden hätte und auf einmal kommt die Sonne raus. Sie will sich auf einen heißen Felsen legen und aufwärmen.

»Aber ich muss froh sein, dass ich das überhaupt machen darf«, sagt Simon. »Ich kann mich leider nicht beschweren, dass so über meinen Kopf hinweg entschieden wird.« Er kommt näher und raunt in ihr Ohr. »Für meine letzte Inszenierung bin ich komplett verrissen worden. Das war eine solche Katastrophe! Ich dachte, ich darf nie wieder irgendwo arbeiten!«

»Was war denn die Katastrophe?«

»Der Freischütz. Mit echten Jägern.«

»Oh. Das klingt aber gut! Haben die denn geschossen?«

Er nickt. Er ist nah. Das Lokal hat sich gefüllt. Sie fragt weiter: »Mit echten Tieren? Im Publikum?«

Er lacht. Sie spürt sein Lachen auf ihrem Hals. Sie will das noch mal. Er lacht weiter. »Vielleicht können Tiere unsere Geschichten viel besser erzählen.«

Prassnik ist aufgestanden und versucht, sich zwischen Simon und sie zu drängeln. Er wirkt nervös. »Sie müssen doch noch nicht gehen? Sehr gut. Dann können wir noch!«

Sie sieht ihn gereizt an. Sie hatte ihn tatsächlich kurz vergessen. Sie will nicht. Was ist nur passiert? Er nickt ihr verschwörerisch zu.

»Ich habe alles organisiert«, sagt er stolz. »Es läuft genau wie verabredet!«

Die kaufmännische Direktorin und der Anwalt kämpfen sich zur Tür, drehen sich noch mal um, die Direktorin ruft: »Wie gesagt, wenn Sie noch was brauchen, sagen Sie Bescheid. Also, wir hatten so was ja noch nie.« Simon lacht wieder. Er sieht aus wie ein Junge vom Schulhof, der das erste Mal blaumacht, ein bisschen ist sie ihm nicht geheuer, aber er scheint etwas an ihr zu bewundern. »Das war deine Idee, oder?«, fragt er leise in ihr Ohr, während Prassnik versucht, noch etwas zu bestellen. »Was denn?«, fragt sie. Was haben die denn alle, ist es so ungewöhnlich, dass sie besetzt wurde? Hat die Direktorin deswegen gesagt, dass sie so was noch nie hatten? Weil sie in Prag versagt hat und es jetzt tatsächlich noch mal versucht? »Na, dass du den Hund singen lässt? Und alle sind sofort darauf eingegangen! Finden das originell und stehen ja eh unter dem Druck, dass sie mal wieder vorkommen müssen, in der Kunst oder der Presse, was weiß ich. Oder war das wirklich *seine* Idee?« Er zeigt auf Prassnik. Sie greift nach dem Vertrag. Sie sieht ihre Unterschrift. Sie sieht die Rolle: Norma. Es ist doch alles gut, sie wird das schaffen. Sie blättert weiter. Aber auf der nächsten Seite steht ein falscher Name! Da steht KALLE! Ihr Name taucht nur als Hundebetreuerin auf. Schlagartig das Gefühl eines Unfalls. Sie hat das Steuer rumgerissen und ist auf eine falsche Abfahrt geraten. Sie ist angekommen, aber am falschen Ziel. Sie hat die Norma fast gehabt, es war doch beim Vorsingen schon entschieden, und dann ist sie auf dem Weg verunglückt. Wie konnte das passieren? Wegen dem, was sie Prassnik ins Gesicht geschleudert hat? Das mit Kalle und dem Ankacken? Das ist doch absurd! Sie muss hier weg. Das ist ein Fehler, sie selbst muss die Norma singen. Und jetzt soll sie Hundebetreuerin sein? Warum hat sie nicht aufgepasst, was sie unterschreibt? Sie weiß nur, wer daran schuld ist. Sie wird sich an Prassnik rächen, wird ihn erniedrigen – und dann muss er den Vertrag ändern.

Sie wird von einer Gruppe, die rausdrängt, dicht an Simons Schulter gedrückt. Sie atmet ein. Da geht es in den Wald, denkt sie. Sie will dort hinein. Verschwinden. Den ganzen Tag am Fluss hocken und Makramee-Schmuck spinnen. Am Abend dann tief hinein, in den Wald, dort ein Feuer machen. Um sie herum das süße Harz der Bäume.

Er sieht sie belustigt an. »Das war doch deine Idee, oder?«, fragt er wieder.

»Nein! Das war ein Missverständnis. Wirklich, das hat er schon vorher gesagt! Es ist alles so erbärmlich. Dieser blöde Köter! Wenn ich das nur nie gesagt hätte!«

Er lacht laut und nimmt sie in den Arm. »Du bist ein bisschen verrückt, kann das sein? Du hast dir die Norma auf einmal nicht mehr zugetraut und den armen Hund vorgeschoben!«

»Nein! Ich bin nicht verrückt! Und ich will die Norma singen! Ich bin nicht feige! Ich will nichts mehr auf der Welt als die Norma!«, sie schreit fast. »Das nimmt man doch nicht ernst! Das war nur eine Trotzreaktion.« Sie deutet mit dem Kopf zu Prassnik, dem die Kellnerin gerade ein neues großes Bier in die Hand drückt.

»Du kiffst bestimmt nicht, oder?«, fragt er leise in ihr Ohr, so dass es kitzelt. »Ich hab was sehr Gutes dabei. Selbst angebaute Hecke, das ist gerade mein Hauptprojekt.«

»Nein! Ich will nicht. Und bitte spuck mir nicht ins Ohr.«

»Kommst du mit raus, wenn ich kiffe?«

Mit einem Blick auf Prassnik sagt sie: »Na gut.«

Sie werden gegeneinandergeschoben, als sie zwischen den vielen um die Tische stehenden Menschen durch das Lokal gehen. Draußen schaut Simon sich um und zündet sich einen kleinen Joint an. Er inhaliert und atmet zufrieden aus.

»Dass du überhaupt einen Hund hast.«

»Ja. Den hab ich aus dem Müll gezogen! Hätt ich ihn mal dringelassen. Als ob ich nicht genug zu tun hätte.«

Er lacht laut und schaut sie lange an. »Nein, das war eine gute Idee mit der Norma. Die ist ja auch so ein Tier. Manchmal denke ich, wir haben alle Sehnsucht danach, ein Tier zu sein.« Sie unterbricht ihn und fragt: »Aber deine Zauberflöte in Paris ging doch auch ohne Tier, oder? Ich wollte die unbedingt sehen, vor zwei Jahren. Die muss unglaublich gut gewesen sein.«

»Ja, das war schön. In genau dem Sommer hatte ich die beste Aprikosenernte, seit ich den Garten hab. Demnach schneide ich die Bäume inzwischen richtig. Wir hatten mehr als einen ganzen Kubikmeter Aprikosen. So saftig. Ich hab von der Zauberflöte also nicht so viel mitbekommen.« Er zieht noch mal an seinem Joint, löscht ihn und packt ihn sorgfältig in eine kleine Brotbox.

»Komm, lass uns noch einen trinken«, sagt er und zieht sie mit nach drinnen an die Bar. Er bestellt noch zwei große Biere.

Wie kann er so ruhig sein? Oder ignorant? Sie will alles kurz und klein schlagen! Warum reagiert er nicht auf das Problem?

Sie sagt: »Ich geh kurz pinkeln«, aber er hält sie fest.»Nein, nicht aufs Klo, mach dir keine Sorgen. Das wird gut mit Kalle, das funktioniert, also für mich macht das Sinn.«

An der anderen Seite der Theke sieht sie Prassnik er ist den Tränen nahe, beobachtet sie eifersüchtig. Er rückt näher, sein Bier schwappt über, sie sieht den Fleck auf seinem Ärmel, der sich ausbreitet. Aber es macht keinen Sinn, dass mir wieder alles entgleitet, will sie Simon sagen, beiden sagen, schreien, wir müssen das ändern, ich übernehme Verantwortung, ich trau mich, ich kann das diesmal! Das sagt sie nicht zu Simon, stattdessen sagt sie: »Küss mich.« Sie ist so wütend auf Prassnik, der leise wimmert, auf sich, auf Simon auch. Der schaut verwundert zu Prassnik und sagt ganz ernst: »Wenn du so weitermachst, küsse ich dich wirklich noch, das wird aber nicht passieren.« Er sieht sie streng an und hält ihr Gesicht fest.

Seine Arme sind nicht ihre Rettung, das ist klar, nur weil er nach Wald riecht und sie von ihnen umschlossen ist, ändert sich der Vertrag und Kalles Besetzung nicht. Aber irgendeine Elektrizität in ihrem Körper drängt sie näher an ihn heran. Auf der Stelle, sagt sie sich. Aber nein, entgegnet sie sich, dieses Gefühl ist kein Gefühl, sondern eine Ablenkung. Sie bleibt still. Schiebt ihn langsam von sich weg. Er sieht sie aufmerksam an.

Sie drückt ihm Kalles Leine in die Hand, dreht sich um und geht in Richtung Klo. Kalle sieht ihr hinterher. Direkt vor den Klos hinter einer stehenden Gruppe holt Prassnik sie ein. »O meine Gebieterin. Ich habe Strafe verdient.«

»Lass mich in Ruhe. Ekliges Gesäusel.«

»Aber Herrin.«

Sie drückt ihn gegen die Wand. »Ich zerquetsch gleich deine Eier, wenn du nicht die Klappe hältst! Ich trinke hier noch mein Bier, und du gehst jetzt los und lässt mich mit Simon allein. Keine Widerrede.« Sie zieht ihn am Ohr nach unten. Inzwischen hat sie ungeheure Lust, ihn zu quälen. Sie hat keine Ahnung, was eine Herrin alles macht, aber anscheinend kann sie nichts falsch machen. Er lässt sich vor ihr auf die Knie fallen.

Sie befiehlt: »Wir treffen uns in einer Stunde in der Oper.«

Sein Gesicht ist rot. »Nein! Die Oper wird rausgehalten. Bitte! Das ist zu gefährlich! O Herrin!« Er winselt.

Es setzt eine Ohrfeige.

»Weg von meinen Beinen!«

Er ist begeistert.

»Wir gehen in den Fundus, und da suchen wir mir was zum Anziehen. Hab leider gerade nichts Passendes dabei. Den Kerker werden wir dann auch noch finden.«

»O meine Herrin. Ich erwarte dich.«

Sie betritt die Toilette. ein langer, schmaler Raum, zwei Kabinen, ein bemalter Spiegel. Sie erkennt sich nicht wieder. Sie glüht. Jetzt hat sogar ihr Gesicht die brennenden roten Stellen. Die Hände mit Rissen sind zu Schleifpapier geworden. Sie betritt eine Kabine, der Klodeckel ist zu dreckig zum Hinsetzen, sie zieht ihren Rock hoch und die Unterhose zur Seite und versucht, nichts zu berühren. Sie hört die Tür aufgehen, Absätze klappern.

Zwei Frauen reden. Eine piepsige Stimme sagt: »Ah, endlich weg, der hört einfach niemals auf zu reden. Wieso sagt der alles immer fünfzigmal hintereinander?«

Eine heisere Stimme antwortet: »Na, weil wir so was Kompliziertes sonst nicht verstehen. Das ist ihm klar.«

Sie lachen. Gehen in die Kabine.

»Dauert das lange bei dir, los, ich muss auch!«

»Ja, anderthalb Liter dauert halt.«

»Du schaffst doch keine anderthalb Liter!«

»Natürlich, nach der Sieben-Stunden-OP heute kam ich nicht mehr aufs Klo, bin hergedüst, Püppi, und dann gleich ein Bier, das sind sicher anderthalb.«

»Weißt du, dass mir auf einmal überall komische einzelne Haare wachsen, schau mal, sogar hier, bitte, was mach ich denn mit denen? Die werden immer länger!«

»Die stellst du alle in einem Umkreis von zwei Kilometern um dein Haus, einzeln gerahmt, das ist dann dein Schutzwall.«

»Gegen was?«

»Gegen blöde Gefühle.«

»Endlich eine Nacht kinderfrei!«

»Weißt du noch, als Ada quer durch die Galerie gerannt ist, hinter dir her zum Klo, und ganz laut gebrüllt hat: Mama, du darfst ficken, aber nicht koksen?!«

»O ja, o Gott! Bei meiner eigenen Vernissage! Höllenhaft!« Sie wäscht sich die Hände.

Sie hat die Frauen vergessen.

Sie wird Simon und Prassnik sagen, dass sie selbst die Norma singt.

Simon steht über Kalle gebeugt und streichelt ihn, der auf dem Rücken liegt und ihm zufrieden seinen Bauch entgegenstreckt.

»Eigentlich ganz süß, dein Hund, gefällt mir immer besser. Dein Hund ist Norma. Du singst dann einfach das nächste Mal.« Er sieht sie an. Von unten. Das ist aber trotzdem ein sehr anderer Blick als der von Prassnik oder von Kalle. Simon sieht sie an wie ein Raubtier. »Ich geh mir mal die Hände waschen.« Er steht auf.

Als er hochkommt, kann sie ihm nicht ausweichen. Sie merkt, wie seine Hand ihr langsam eine Haarsträhne aus dem Gesicht streicht. Ihre Wange berührt, zur Schläfe hoch. Sie hält ihn fest. Greift in seine Haare und zieht ihn an sich. Seine Lippen. Sie will seine Zunge. Verschlingen. Ein gieriges Wesen in ihr fordert Verschmelzung.

»Nein«, sagte er. »Das machen wir nicht.«

»Wegen der Arbeit?«, fragt sie.

»Nein. Ich hab Familie. Eine Frau und zwei Kinder.«

»Ich hab auch zwei Kinder«, sagt sie.

»Und meine Frau ist wieder schwanger.«

»Ja«, flüstert sie und lässt ihn los. Sie nickt. Sie wollte sich doch nur kurz festhalten. Sie möchte weg. Wieder auf die Straße.

Sie zerrt den Mantel vom Stuhl und Kalle vom Boden.
Simon hält sie fest.

»Kopf hoch«, sagt er.

»Sonst passt er nicht in die Schlinge«, antwortet sie
trocken.

KERKER

Eine andere Welt. Still und kühl. Sie bohrt die Hände tief in die Manteltaschen und zieht die Schultern hoch. Der Gehweg ist breit und leer. Sie weicht Kalle aus, der aufgeregt schnüffelt, sieht zurück zum Lokal, die Tür öffnet sich, zwei Frauen stolpern auf die Straße.

Die eine sagt: »Das war er! Mein ehemaliger Chef in der Charité! Zu dem ich gesagt hab, dass das Fruchtwasser grün ist, und der meinte dann allen Ernstes zu meinem Kollegen, auch Arzt im Praktikum: Können Sie mal gucken, ob das Fruchtwasser wirklich grün ist? Ich hätte dem dermaßen eine reinhauen können. Aber gehen wir lieber zum Jacek! Ist doch um die Ecke!«

Die andere legt ihr den Arm um die Schulter und zieht sie in Richtung S-Bahn-Bogen.

Sie hört Simons Stimme. Frau und Kinder. Sie beißt sich auf die Lippe und geht los, das Kopfsteinpflaster glänzt, ihre Stimme fliegt darüber, als sie Kalle ruft, überschlägt und verheddert sich, wird zu: »Frau und Kinder, Frau und Kinder.«

Sie sieht Simons Lippen. Seine Hände um die Thermoskanne. Den Ku'damm runter. Frau und Kinder, es werden immer mehr, die Gedächtniskirche glüht lila, Tauentzien. Frau und viele Kinder, die ihr ununterbrochen aus dem Rock purzeln, während sie lächelnd in einen Kohlrabi beißt, die gesunde Frau, im Tiergarten klettern sie alle auf die Bäume, weiß leuchten ihre Windeln durchs Dunkel, aber Simons Frau pfeift, und die Kinder hoppeln zurück unter ihren Rock, über den sie zufrieden streicht.

»Ich mach das gern!«, ruft sie, während sich die Kinder von neuem aus ihr verteilen.

Sie kriegt diese Bilder nicht aus dem Kopf, sie pfeift auch, aber ihr Köter bleibt stehen, schnuppert, schon wieder, und legt sich genüsslich auf den Boden. Sie schleift ihn weiter, bis er sich schwerfällig erhebt, um an einem Baum zu schnüffeln. An der Oper angekommen, hat sie siebenundsiebzigtausend Kinder gezählt.

Der Bühneneingang ist leer, zum Glück macht der Pförtner wohl gerade eine Runde, sie sieht wieder die Masken im Flur, warum ist hier keiner, ein komisches Surren aus der Heizung, aber auf der Bühne singt Rigoletto. Sie betritt den Opernfundus. Staunt nach oben. Präzise geordnet wuchern die Schätze an den Stangen vor ihr, über ihr, um sie herum, vier Etagen hoch, mit Eisenleitern zu erreichen, bestimmt acht Meter in den Himmel. Rote Kleider, gelbe Kleider, grün, blau, schwarz, weiß, grau, sie hängen wie Perlen an den Stangen, Mäntel, Stiefel, ein Labyrinth aus Tüll, Leder und Seide.

Eine Ahnung der Vergangenheit dieses Hauses erfasst sie und die Lust, diese ungeheuren Welten zu bewohnen. Ein anderes Mal, denkt sie, diesmal wird sie nicht diesen Anruf kriegen, hallo, passt es gerade? Es tut uns sehr leid, aber wir haben eine Alternative gefunden, die für uns passender ist, Sie können sich nun wieder anderen Projekten widmen, Sie haben doch Kinder, nicht wahr, das ist aber schön, dann haben Sie endlich wieder mehr Zeit für die. Diesmal wird sie keine Fehler machen, sondern sich ihre Rolle nehmen. Sie greift hastig in die Mitte einer schwarz behängten Kleiderstange. Hartes Leder einer Korsage zwischen ihren Fingern, die weiter nach einer dunklen Hose fassen und an kühl schillernde Stiefel aus Lackleder, die sich bis an ihren Schritt hochrecken werden. Sie schnappt sich noch einen Trenchcoat von der Herrenseite, wo sie zwischen Gewehren auch eine Peitsche aus der Don-Giovanni-Inszenierung findet, wie ein Klebeband am Griff verrät. Von oben schielt eine Maske aus schwarzem Latex auf sie herab, so eine ähnliche wie die im Flur, vielleicht beschützt die, denkt sie, bindet die Hundeleine an der Leiter fest und klettert hoch.

Von oben sieht sie Prassnik hinter einem Paravent mit gemalten Palmen und Affen an der Wand lehnen. Bewegt er sich? Wiegt er sich etwa mit geschlossenen Augen?
Sie steigt herab und versucht, sich anzuschleichen, was in quietschendem Lack nicht einfach ist, und hört schiefes Gesumse.
Sie muss an die Frau im Hotel Hedwig denken. »Mutti, haste gut gemacht.« Hoffentlich schlafen die Kinder. Hoffentlich ist Guido noch da.
»Jetzt aber hopphopp ins Bett«, rutscht es ihr raus. »Du sollst dich ausziehen. Jetzt!«
Er starrt sie begeistert an und folgt.
Sie lächelt unter der Maske. »Du gehst hinter mir her. Ja, dann halt in Unterhose.«
Er schaut entsetzt auf die Tür, auf der Bühne kommt Rigoletto zum Ende, natürlich könnte da jemand über den Flur kreuzen. Daran hatte sie nicht gedacht, merkt sie, aber wenn sich jetzt alle wieder umziehen, das dauert. Jedes Problem, alles, was passiert, in die Arie mitnehmen, alles zulassen, nichts wegdrücken, sonst kann man nicht singen, hatte sie von einer älteren Kollegin gelernt. Also gehört das jetzt schon dazu, entscheidet sie. Seit wann gehört alles in ihrem Leben schon zur Norma?
Leise hört sie Kalles Pfoten an ihrer Seite, das Klacken ihrer Stiefel, dahinter Prassniks Schleichen. Eine Tür klappert, Prassnik huscht eng an sie heran. Schritte kom-

men näher, er zupft panisch an ihrem Mantel, in seinen Augen stocken Tränen, fast lässt sie ihn unter dem Mantel verschwinden, aber die Schritte ebben wieder ab. Sie erreichen die Treppen und steigen tief hinein in den schwülen Bauch der Oper.

Der Keller ihrer Oma. Feucht, kalt, unten wurde gewaschen, Pullover, Unterhosen und Gesichter. Das Wasser wurde über einem Feuer erhitzt. Der Geruch von Verbranntem. Sie kann sich an kaum etwas aus ihrer eigenen Kindheit erinnern. Es ist ein schützender Nebel, oder vielleicht ein Zellkokon, um ihr Gehirn gewachsen, an all den Stellen, wo kleine Erinnerungen knospen. Ab und zu wurde eine Stelle nicht ganz abgedeckt. Ein Geruch dringt ein.

Die Erinnerungsknospe erwacht bei austretendem Brandgeruch.

Unter einem ausgestopften Leopardenkopf, der mittig an einer dunklen Wand hängt, deutet sie auf den Boden. »Hinknien!«, schnauzt sie und spürt einen Schauder, als sie ihn betrachtet. Wie folgsam er auf dem dreckigen Boden kniet und gespannt auf den nächsten Befehl wartet. Ist diese Hingabe ein Sichabgeben? Oder lustvolles Aufgeben? Sie geht zur Wand und drückt Kalles Po auf den Boden. Dreht sich um und tritt in Richtung Prassnik, es scheppert. Eiskalter Schmerz erfasst sie, aus dem rechten Schienbein schießen metallische Strahlen ihren Rücken hoch, sie schreit und stößt mit dem anderen Fuß gegen den Eisentisch, der auf Schienbeinhöhe im Dunkel kauert und sich von ihren Tritten unberührt zeigt. Sie dreht sich weg und reibt ihr Schienbein. Sie beißt sich in die Hand, um nicht zu weinen.

»Sitz!«, schimpft sie zu Kalle, und: »Leck meine Stiefel!«, herrscht sie Prassnik an. Er beginnt wirklich, ihre Stiefel abzuschlabbern, seine Zunge schnalzt auf dem Leder. Sie tritt ihm ins Gesicht, er hält sich die Hände davor und stöhnt. Sie merkt, dass sie keine Ahnung hat, wie man das macht. Sind das nicht feste Strukturen? Er hat Gebieterin gesagt und Sklave, aber was sind ihre Baumwollfelder? Unterdrückung und Demütigung. Das kennt sie.

»Und lutsch gefälligst meinen Absatz, los, mach mal!«, wirft sie ihm zu, und er strengt sich an, den Absatz ihres linken Stiefels in den Mund zu kriegen. Dabei drückt er ihren Fuß nach oben, was neuen kalten Schmerz in ihr ausschüttet. Sie tritt ihn so fest, dass er nach hinten kippt. Er jault.

»Zieh deine dreckige Unterhose aus!«

Er rupft an seiner Unterhose, die ist nass, das hatte sie nicht gesehen, ihr wird schlecht.

Sie brüllt noch mal: »Lutsch meinen Absatz!«

Er lutscht jetzt den Absatz des rechten Stiefels und stöhnt.

Sie faucht: »Wirst du das Gestöhne wohl lassen!«, und hebt die Peitsche. Der Hund lässt sich auf ihrem linken Fuß nieder. Er schnauft und schaut sie an. Seine Wärme engt sie ein. Prassnik wird langsamer und guckt ihn eifersüchtig an. Sie holt aus und peitscht auf Prassnik ein, immer wieder, mehr, er grunzt.

»Du kleines Stück Dreck«, knurrt sie ihn an. Sie muss weitermachen, das über ihn kippen, was in ihr gärt, weil es nicht zu verdauen ist. »Du widerlicher, dummer Idiot, ich mach dich fertig.«

Er nickt eifrig. Sie reißt einen Streifen von einem Laken ab, das auf dem Boden liegt, fesselt ihn und drischt los. Die Peitsche knallt. Er windet seine Hände aus dem Band und wichst, eine kleine Maschine, die in schnellem Takt rauf- und runterbollert.

Kalle starrt ihn an und bellt empört. Sie befiehlt: »Fass!« Der Hund reagiert nur, indem er kläfft. Die Lautstärke zerrt an ihren Nerven. Sie schreit Prassnik an: »Hände weg! Wichsen verboten!«

Ihre Stiefel sind zu eng, die Haut brennt, sie kratzt sich. Das ist das Fegefeuer, hier wird sie also gereinigt. Für die Hölle. Oder sie reinigt sich selbst. Sie tritt ihn wieder. Fest mit den spitzen Stiefeln, die sie drücken, diesmal trifft sie seine Eier. Er stöhnt. Sie schreit: »Ich hab gesagt, kein Wichsen, kein Stöhnen! Du hast keine Rechte, du bist der Sklave! Zeig deinen Po!«

Sofort streckt er ihr seinen käsigen Po entgegen, der schlaff herunterhängt, aber Prassnik hat sich stabil positioniert, stolz auf seine Unterwürfigkeit. Auch Kalle gibt nicht auf, umrundet ihn jetzt knurrend.

»Eins nach dem anderen. Bleib so«, sagt sie streng zu Prassnik. »Erst mal Kalle.«

Ein Griff an Kalles Genick, sie presst ihn zu Boden, er winselt, sie schleift ihn in eine Ecke. Sie muss jetzt Ruhe in dieses Gewackel bringen, die Hölle kratzt unter der Haut. Prassnik schluchzt.

»Immer kommt Kalle zuerst! Immer der! Ich hasse den Hund! Lass mich an der Leine gehen, ich will dein Hund sein!«

Aus einer vollgemüllten Kiste ragt ein Lockenstab. Sie zieht ihn raus, nähert sich Prassnik, berührt seinen Po.

»Nein!«, schreit er, »nicht da hinein!«

»Genau da hinein. Das nächste Mal kriegst du einen Maulkorb.« Sie spuckt ihm auf den Po und rammt den Lockenstab rein. »Und wenn du noch mal an dir rumfummelst, mach ich den Strom an.«

Sie fickt ihn mit dem Lockenstab. Tiefer. Härter. Oh, welch köstliche Macht, denkt sie. Aha, na gut, so ist das also. Wenn der nur nicht so quieken würde. Sein Nacken glitzert, sein Gesicht ist ein roter Ballon. Da reinstechen, alles soll platzen. Sie greift nach der Fessel, schlingt sie um seinen Hals und zieht zu. Er röchelt. Sie spürt eine Welle nach ihr greifen, sie hinüberziehen. Die andere Seite, warm ist die Macht, sie reitet den roten Schalter. Sie denkt an den roten Knopf in Eddies Raumschiff und hört seine Stimme.

»Mama! Ich will meine richtige Mama! Nicht die falsche! Meine richtige Mama ist immer bei mir!«

Sie will nach Hause, Guido ablösen. Sie zieht den Lockenstab aus Prassniks Arsch.

Er kniet und wimmert: »O Herrin, ich bin schuldig!«

»Ich weiß«, erwidert sie beiläufig, Kalle streckt sich und pinkelt. Prassnik trinkt.

Sie ruft nach Kalle und geht. An der Treppe bleibt sie stehen. »Du brauchst das nicht machen, reicht doch jetzt. Das ist nur ein Spiel«, sagt sie.

Prassnik schlürft wimmernd weiter.

»Ist gut jetzt! Hör auf! Was ist denn?«

Er breitet sich auf dem Boden aus und erklärt tränenüberströmt: »O meine Gebieterin. Ich lebe nur, um dir zu dienen. Benutze mich. Ich kann nur glücklich sein, wenn du es bist. Ich will vor deiner Haustür schlafen. Lass mich dein echter Hund sein.« Er schielt eifersüchtig zu Kalle.

»Ich hab gesagt, jetzt reicht's! Du gehst ab nach Hause ins Bett, und ich will nichts mehr von dir hören. Nur eine Sache noch. Ich brauch Zigaretten, und wir holen Geld.«

»O Göttin, meine Gebieterin, lass mich dir dienen! Ich zahle dir jeden Preis der Welt, aber verlass mich nicht! Nicht für immer! Ich kann überhaupt nichts mehr! Ich konnte noch nie was. Außer dir zu dienen!«

»Es reicht, Schluss! Gibt's hier noch einen anderen Ausgang?«

Sie steigt mit Kalle aus dem Taxi und zündet sich eine Zigarette an. Jetzt kann sie sich endlich auch mal am Dreck der Straße beteiligen, denkt sie, als sie auf den Boden ascht. Fühlt die festen Scheine in ihrer Manteltasche. Morgen kann sie Kaffee kaufen. Die Luft ist feucht.

Vielleicht könnte sie Prassnik im Haushalt als Sklave einsetzen? »Wirst du wohl die Bügelperlen vom Boden sammeln, du Nichts? Bezieh die Betten frisch und wasch den Kindern die verlausten Haare! Was, du niedriges Stück, hast noch nicht gestaubsaugt und nicht mal das Bad geputzt?«

Das wäre wahrscheinlich zu viel des Glücks für ihn. Er würde auf der Stelle kollabieren.

DIE DICKE

An den ersten Probentagen ruckelt es, sie übersieht Pufferzeiten und Guidos Launen. Nichts klappt, sie ist außer Atem, möchte am dritten Tag hinschmeißen. Vor Anstrengung sind ihre Schultern hochgezogen. In ihrem Kopf pikst die Liste, die sie erledigen muss, damit alles funktioniert. Sie hat den Eindruck, eine Hülle aus kratzigem Papier zu sein, die von einem ratternden Aufziehmotor angetrieben wird. Sobald der Motor sich bewegt, überdrehen ihre Organe und wringen sie aus. Nur weil sie im Kopf besorgt Termine herumschiebt. Trotz der ersten Proben bleibt sie verschlossen. Als ob sie nur zuschauen würde. Oder sie kann nichts in sich aufnehmen, weil sie in Gedanken damit beschäftigt ist, ob sie alles schafft. Und dann sieht sie die weinenden Gesichter der Kinder vor sich, was, Mama muss am Abend schon wieder in die Oper? Aber da war sie doch schon gestern?

Aber ab der zweiten Woche gleicht sich, wenn sie Glück hat, der Rhythmus mancher Tage an und beginnt, sie zu tragen, und erstaunlicherweise beruhigt sie das. Sie hat im Außen etwas zu tun, es ist nicht egal, ob sie sich morgens mehr als Leggins und T-Shirt anzieht oder nicht, außerdem hat sie in sich keinen Raum mehr für Gefühle, was wiederum Zeit spart.

Sie spürt sich nur, wenn sie ganz leer ist und nichts anderes sie aufhält als das, was während der Probe stattfindet, eigentlich nur kurze Momente, die aufleuchten, wenn das Orchester in sich stimmt. Wenn sie vergisst, dass Kalle Norma singt und sie nur dabei ist, um ihn zu animieren. Die Momente häufen sich. Nachmittags nach der Probe, wenn sie in der S-Bahn sitzt, verschwimmt, wer sie ist, und ihr Körper bewegt sich wie der einer anderen Person, fast als wäre sie ein Gelenk der Bahn, Gedanken hat sie keine, die Müdigkeit blockiert jedes innere Zuordnen und Verknüpfen. Aber sobald sie wach und bei den Kindern ist, die Wünsche äußern, die das Weiterrattern des Tages behindern, vor dem Losgehen noch einmal Uno spielen oder einen zweiten Kakao haben wollen, bevor sie morgens in die Kita und auf die Probe muss, verhärtet sich ihr Panzer wieder schmerzhaft.

Oft geht sie spätabends nach der Probe mit Simon eine Pizza essen oder manchmal in den Opernkeller zu Prassnik, zerrt sich das Dominakostüm vom Leib und stülpt die Mutterrüstung über. Zu Hause kratzt Guido nämlich schon an der Tür. Keine Termine mehr, bitte, nuschelt er. Nicht jeden Abend Kinder und Zähneputzen, er komme nicht mehr. Zwei Wochen Proben seien genug, und die seien inzwischen dreimal um.
Sie gähnt und rutscht am Küchenschrank nach unten.
»Na gut. Dann nehm ich halt auch einen Wein.«
Guido bewegt sich nicht.
Wenn sie die Kinder nach der Tagesprobe aus der Kita holt, gehen sie jetzt einkaufen, jeden Abend drei Flaschen Rotwein, damit Guido wiederkommt.
»Was morgen ist, kann ich doch jetzt nicht sagen, Schnulli. Das ist mir zu kleinbürgerlich, ich bitte dich. Deine ganzen Termine sind ein Gefängnis für mich. Ein Künstler muss frei sein.«
»Na ja, wir müssen die Oper doch erst erarbeiten.«
»Arbeit ist hässlich! Ich erschaffe! Mit brennendem Herzen!«
»Aber wir müssen doch verabreden, wer wann mit bren-

nendem Herzen über die Bühne rennt! Sonst brennt die ganze Oper!«

Guido lacht. Zwischen riesigen Zähnen klaffen schwarze Löcher. Er säuselt mit seinem Singsang: »Ja! Die ganze Oper soll brennen! Machst du das für mich, bitte! Dann passiert endlich mal was!«

Sie knallt ihr Glas auf den Boden. »Wie du es dir eingerichtet hast in deiner gemütlichen Ecke als verkannter Künstler!« Sie kratzt sich um den Mund, sie möchte ihr ganzes Gesicht abreißen. »Am liebsten würdest du vermutlich mit deiner Rewe-Gruppe da hocken bleiben und noch mal siebzehn Jahre von diesem Film reden, den du niemals fertig kriegst.«

»Ich habe aber doch geschrieben, Anträge, ich reiche ein, ändere, ich suche und treffe und rede, das ist Arbeit und hat nichts mit meinem Schaffen zu tun!«

»Ja! Und ich will an der Norma arbeiten!«

Am Vormittag kniet sie wieder mit Leckerlis wedelnd vor Kalle, um seine Intonation zu verfeinern. Schon bei den Klavierproben jault er mit, was sie ihm vorsingt, sie üben ununterbrochen. Sie bewegt ihre Hände zur Musik, mit den Händen sein Maul formend, das Handmaul weit aufgerissen, wenn er laut singen soll, und hoch über den Kopf gestreckt, wenn der Ton hoch sein soll. Er passt sein Fiepen an und bekommt Leckerlis. Nach der Probe für Normas erste große Arie mit Adalgisa kneift sie ihren Mund zusammen. Was hat sie denn erwartet, sie ist die Gefangene ihrer eigenen Dummheit, alles an ihr stinkt nach Hundezeugs, Hundekekse rieseln aus ihrer Hose, krümeln trocken zwischen ihren Fingern, die Kacktüten knistern bei jeder Bewegung in der Hosentasche.

Auf einmal steht Simon direkt hinter ihr. Sie bewegt sich nicht, er ist ganz nah. Sie dreht ihren Kopf und schaut ihn an, da beugt er sich vor. Seine Wärme an ihrer Schulter, die sich langsam nach hinten lehnt. Die Stimmen der anderen sind weit weg, sie schauen sich an. Sie wendet ihm ihren Körper zu. Um seine Pupillen Sprenkel, die an ihr ziehen. Sie stellt sich vor, im Sommer neben ihm im Wald zu liegen. Nein, was soll das, das darf sie nicht denken, kein Waldgeruch neben ihm, keine Küsse, er hat Frau und Kinder. Sie versucht, an etwas anderes zu denken, sie probiert, an Gras zu denken, eine Wiese, nur sie und die Kinder. Das ist auch viel heller.

»Was ist denn mit dir?«, fragt er.

Sie fühlt sich ertappt, knurrt und hockt sich neben Kalle auf den Boden, greift in ihre Haare, will sich beschützen, sich die Anziehung zu ihm aus dem Kopf zerren. Sich in etwas anderes verwandeln. Aber in was nur?

Über ihr erklärt seine Stimme, dass man diese Szene sowieso besser streichen solle, wer brauche schon einen Streit zwischen zwei eifersüchtigen Frauen nach einem Betrug, jedenfalls habe er keine Lust, das zu inszenieren, aber eigentlich verstehe er nicht mal, warum er Opern mache, er fände die Rolle eines Regisseurs nur noch albern und sehe einfach keinen Sinn mehr in diesem Betrieb.

Er will also auch kein Regisseur sein, ein Thema, bei dem man sich hätte treffen können.

Er möchte lieber mit seinen Freunden Musik machen, sagt er, und Singspiele in Schulen. Mit Kindern. Seinen Kindern.

An die er immerhin zu denken scheint.

Am Abend sitzen Kalle, die Hundemutti und der Regisseur, der keiner mehr sein will, im Nabucco. Das ist eine erbärmlich schlechte Touristenpizzeria, findet sie, aber da sie direkt neben dem Bühnenausgang gelegen ist, geht sie mit Simon dorthin, weil sie fürchtet, dass er nicht mitkommt, müsste man erst noch woandershin. Sie will bei ihm sein, und es ärgert sie, dass ihn die Norma nicht interessiert, endlich hat sie wieder einen Fuß in der Tür, sie will singen, und den Regisseur interessiert seine Arbeit nicht? Außerdem hat sie Hunger. Sie haben schon Pizza Salami, Calzone, Napoli, Quattro Stagioni bestellt. Alle schlecht. Am Nebentisch sitzen zwei ältere Frauen, die sich gegenseitig bestätigen, ja, genau, stimmt, ja, so geht mir das auch, aber die absolute Leere im Kopf haben, die eine mit gelangweiltem Unterton und die andere mit Verzweiflung. Sie versucht, nicht hinzuhören. Das hat nichts mit ihr zu tun, denkt sie. Aber welche von den beiden wird sie später denn eher? Nein, nichts mit ihr zu tun. Nur weil die nicht mit einem Mann rumhocken. Nur weil sie nicht selbst singt, muss sie nicht so. Nein. Sie denkt an die Leere in sich und ihre Angst davor. Wenn sie selbst singt, dann wird sie nicht leer sein. Wie kann sie Simon dazu bringen, sie die Norma doch selbst singen zu lassen? Oder wenigstens das schlechte Gefühl, das sie bei ihrer Arbeit beschleicht, aufzulösen?

»Wie war bei der Zauberflöte denn die Arbeit mit der Bartholomé?«

Das führt natürlich nirgendwohin, merkt sie, klar.

»Sängerinnen sind wirklich das Schlimmste!«

Leise sagt sie: »Ich bin aber auch eine Sängerin.«

Simon lacht und beißt in die Pizza.

»Aber du bist wenigstens nicht so schrecklich ehrgeizig, oder?«

Sie weiß nicht, wie sie reagieren soll. Die Pizza ist zu trocken. »Deswegen rettet uns der Hund auf der Bühne. Ich will das sowieso nicht mehr länger machen, was interessiert mich die Norma. Meinst du, irgendjemand würde verstehen, dass sie in Erwägung zieht, ihre Kinder umzubringen?«

Sie antwortet, sie habe ihre streitenden Kinder am Wochenende fast in einen Käfig gesperrt, und fragt ihn nach seinen Kindern. Sie weiß, der Beweis, ob jemand sich kümmert, ist, wenn er zugibt, dass es auch mal anstrengend ist. Wenn ein Mann zum Stichwort Kinder schmettert: »Oh, so süß, so toll, wir haben drei Kinder, die sind Engel«, dann gibt es auf Nachfrage mindestens eine Vollzeitkinderfrau. Und am besten ist: »Meine Frau ist zu Hause und macht das. Sie macht das wunderbar.« Simon grinst. »Ich freu mich auf die Endproben, weil ich dann kinderfrei hab.«

Er hat mehr als die Hälfte der Zeit zu Hause verbracht, mit den Kindern und dem Haushalt, damit seine Frau arbeiten konnte. Sie merkt, dass das die paradoxe Nähe zu ihm verschärft, dass sie ihn ja genau deswegen gut findet, weshalb sie ihn nicht küssen kann. Wenn sie beide etwas zulassen würden und sich verlieben, setzt seine Frau ihn vor die Tür, sobald das weitergeht, und dann hätte die nächste Familie ihren Vater verloren. Das kann man ja nicht wollen, wenn man sich mag, oder?

Er schaut sie an und sagt: »Hör auf, dich kleinzumachen. Du musst mal kapieren, dass du eine phantastische Sängerin bist. Und ich finde Sängerinnen wirklich grauenhaft. Immer dieses Einsingen und das Zimperliche in der Arbeit. Nein, nein, also, nicht hinsetzen, geht nicht, ich muss doch singen, auf keinen Fall, die Situation ist egal, Hauptsache das C stimmt. Ich meine, das ist doch nicht zu ertragen. Aber was du bist und willst, ist alles richtig. Wenn der Hund nicht so gut ins Konzept meiner Arbeit passen würde, ja dann! Aber so ist es die einzige Art, wie ich diese Oper machen kann. Sonst wärst du die beste Norma. Meine Norma. Schau mich an.«

Sie kann ihn aber nicht ansehen. Sagt heimlich »Ich bin aber meine Norma« in sich hinein. Trinkt schnell den Rotwein, konzentriert sich auf den Geschmack auf den Lippen, der Zunge, im Gaumen. Frucht, Säure, Wärme,

Holz. »Nicht so schnell!«, sagt Simon. Er schaut sie fragend an, bis sie sich verschluckt. Sie muss lachen, obwohl alles für sie verloren ist. Keine Norma und nicht mal Waldgeruch, sie muss hier raus. Er klopft ihr von gegenüber auf die Schulter, zwischen ihnen der Tisch, nicht mal echtes Holz, denkt sie. Am nächsten Abend gehen sie wieder hin.

Die letzten zwei Probenwochen für die Norma sollen in New York stattfinden. Ihr Hund hat also Premiere an der Met. Kriegt er Blumen? Was macht sie nur mit den Kindern? Sie kommt nach Hause und deckt zähneputzend die Kinder zu. Die Kinder, meine Kinder, denkt sie. Die kann sie doch nicht hierlassen. Die müssen mit. Sie weiß nicht, wie das gehen soll. Wie die anderen Leute das schaffen. Irgendwie geht bei denen immer alles. Die anderen Leute sind unter Umständen aber auch keine alleinerziehenden Opernsängerinnen. Keine Opernhundbetreuerinnen.

Die Hundegage ist nicht mal miserabel, denkt sie. Aber wenn man ein langes Jahr tief ins Minus hineingehaust hat, erfordert der Aufstieg auf die helle Seite des Geldes auch ziemlich viel Kraft. Die Schulden schubsen sie nachts aus dem Schlaf. Sie setzt sich mit Bettdecke an den Schreibtisch und rechnet. Die Inkassobriefe haben mit großen Stapeln jeden spontanen Zugriff aufs Geld untersagt. Wie soll sie mit zwei Kindern allein in New York arbeiten? Ein Kindermädchen, ein zweites Hotelzimmer und das entsprechende Essen kann sie nicht bezahlen. Sie rechnet weiter.

Kann sie absagen? Kann man Norma an der Met absagen?

Man kann nämlich leider nicht nach New York. Man hat Kinder.

Oder man nimmt Guido mit. Guido will kein Geld, Guido will nur Tabak. Er isst auch nichts, nur heimlich Schokolade, die er klaut, damit es heimlich bleibt. Er findet Essen unästhetisch. Verdauung unfein. Aber Guido ziert sich. Keine Mühe, kein Amerika, kein Mainstream, erst als sie ihm schließlich verspricht, danach in seinem Film zu singen, sagt er zu. Sie bucht Tickets. Ein Extrazimmer für sich würde Guido sowieso nicht annehmen, sie schlägt es auch nur vor, weil sie weiß, dass sein Stolz es nicht zulassen würde. »Niemals, das Zimmer ist nur für die Diva.«

»Die Diva ist Kalle«, antwortet sie.

Er schüttelt den Kopf. »Ich werde selbstverständlich auch in New York auf der Straße schlafen. Ich wohne nicht, ich lebe! Für die Kunst! Wir Künstler müssen zusammenhalten!«

»Wieso Künstler«, schimpft sie gereizt. »Du bist Penner und Babysitter, und ich bin Hundebetreuerin! Kindermädchen und Hundefrau müssen sich eben ein Zimmer teilen.«

Als sie endlich im Flugzeug sitzen, todesmutig, denkt sie, hat sie jede Hoffnung, selbst die Norma zu singen, aufgegeben. Was macht sie denn hier? Was soll das alles? Ihr Leben zerbröselt in ihren und den Hosentaschen ihrer Kinder, denkt sie, da funktioniert sie ja wenigstens noch. Alles andere, Katastrophe. Eigenes Leben, nicht geschafft. In Bruchteilen von Sekunden hat sie falsche Entscheidungen getroffen, die zu diesem unerträglichen Sirren in ihrer Brust führen. Sie wird weitermachen, Geld verdienen, bis die Unruhe sie irgendwann sprengt, sie kann nur versuchen, das noch ein bisschen aufzuschieben.

Eddie tritt nach vorne gegen die Rückenlehne vor sich. Sie schaut ihn an, er sieht müde aus, überdreht, sein Gesicht ist ganz zerknautscht vor Anstrengung, und sie merkt, dass er gerade erst angefangen hat, sie fürchtet jeden weiteren seiner Tritte. Ihre Wirbelsäule krampft sich zusammen. Sie sagt so leise und bestimmt, wie sie kann: »Eddie, das stört. Du musst das lassen, jetzt sofort, das tut dem vor dir weh.«

Daphne schläft, Guido sowieso, der schnarcht, seitdem sie im Flugzeug Platz genommen haben, und sie selbst ist so erschöpft, dass die Nerven ihr rechtes Auge flattern lassen. Wieder ein Tritt.

»Eddie, kannst du das bitte endlich lassen!«

So kann kein Mensch schlafen. Die Frau vor ihm dreht sich um. Ihr Pagenkopf ist gewohnt, das jeweilige Gegenüber ununterbrochen nach Fehlern abzusuchen, denkt sie, während die Frau sie anherrscht. Sie habe nichts gegen Kinder, aber die gehörten nicht ins Flugzeug.

Eddie riecht mögliche Ablehnung und reagiert sofort: »Die sollen alle weg!«

Sie würde gerne anmerken, dass er das aus dem Kindergarten hat, aber die Frau tippt konzentriert in ihr Handy. Eddie tritt erneut gegen die Rückenlehne.

Sie schimpft mit letzter Kraft: »Du hörst genau jetzt auf damit!«

Sie schiebt ihm den Schokoladenkuchen hin, der noch vom Essen übrig ist, und sagt dem Kopf vor ihr, wobei sie versucht, möglichst leidend zu klingen: »Eddie hört auf, wenn er fertig ist. Er hat bedauerlicherweise Asperger. Normalerweise bewegt er sich nie. Schön, dass er mal wach ist.«

»Ah«, säuselt die Frau verständnisvoll. »Ja, natürlich. Das tut mir leid.«

Eddie versetzt dem Pagenkopf einen Schlag. »Eddie, jetzt ist Schlafenszeit!« Sie fühlt sich heiser und hilflos, sie muss sich doch konzentrieren, direkt nach dem Flug wird es in der Oper losgehen. Wenn sie nur eine Minute hätte, das Zerspringen in ihr muss aufhören, nur eine Minute Ruhe, einmal nur.

»Darf ihr Sohn Tictacs haben?« Der Kopf dreht sich langsam zu Eddie um.

»Warum denn nicht«, sagt sie.

Sie denkt an die Schlaftablette, die sie noch in ihrer Tasche hat, sie wollte nach dem Flug ausgeruht sein, direkt nach der Ankunft ist doch schon die Bühnenbegehung. In der Metropolitan Opera, diesmal darf sie keine Fehler machen, nicht mit den Lidern flattern und Ausgänge verwechseln, auch als Hundebetreuerin muss man sich Mühe geben. Wenn sie Eddie ein Stückchen davon gäbe? Nein, das geht auf keinen Fall, man weiß nicht, wie das bei Kindern wirkt. Der nächste Tritt naht, denkt sie, sie muss was tun, sie braucht eine Minute, das Kratzen ist in ihrem Kopf angekommen, sie sieht aus dem Fenster in das Blau, unerschöpflich, denkt sie, da ist es still, da könnte sie hinein, um zu schweben. Sie zerbröselt die Tablette in ihrer Tasche.

Der Kleine schaut auf die fremde Hand.

Die Frau sagt mit Märchenstimme: »Die musst du schlucken, dann wächst dir im Bauch ein ganzer Tictac-Baum, und du hast jeden Tag so viele Tictacs, wie du willst!«

Und nimm die hier auch noch, die ist besonders gut, und jetzt sei mal still, ich kann nicht mehr, denkt sie. Sie sagt nichts.

Er greift gierig in die Hand vor sich und nimmt sich die Tictacs, dann schnappt er plötzlich die Vierteltablette aus ihrer Hand und noch zwei weitere kleine Tablettenkrümel.

»Halt, stopp, gib her!« Sie zieht an seiner Faust, die er zusammenballt und jetzt von ihr wegreißt.

»Fang mich doch, du Eierloch, fang mich doch!«
Er stopft sich alles in den Mund und schluckt es runter,
sie reißt die Augen auf. Sie sieht, wie er Apfelsaft hinter-
herkippt und mit neuem Elan gegen die Lehne vor sich
trommelt. Sie will ihn an sich ziehen, aber die Panik
klebt ihren Körper an den Sitz. Wenig später ebbt sein
Gestrampel ambitionslos ab. Er sackt in sich zusammen
und rülpst.
Langsam dreht sich der Kopf nach hinten und belehrt:
»Na, was hab ich gesagt, Kinder sollen schlafen und nicht
fliegen. Wie ich schon sagte.«
»Ja«, sagt sie.
Man hört sie nicht. Ihre Hände zittern.

Endlich sitzen sie im Taxi, die Kinder umklammern ihre
Hände und staunen über die immer vollständiger auf-
tauchende Skyline New Yorks, deren Sichtbarkeit sogar
Guido aufblühen lässt, das war also kein Traum, es gibt
diese Stadt, also gibt es auch seine Träume, und die Er-
füllung seiner Wünsche ist unter Umständen so wahrscheinlich wie diese Skyline wahrhaftig. Er redet von
allen Filmen, die er bewundert, die aus genau den Farben
bestehen, mit denen hier die Straßen bemalt sind, dann
verliert er sich in einem Vortrag über die *factory*, natürlich, denkt sie, das musste ja kommen. Die einzige Art,
Kunst zu erschaffen, sei, in der Gemeinschaft Kunst zu
gebären.
Der Taxifahrer lächelt sie freundlich an und unterbricht
Guidos Begeisterung, indem er das Radio lauter stellt.
Sie hört Iggy Pops Stimme:

> So messed up I want you here
> And in my room I want you here
> And now we're gonna be face-to-face

And I'll lay right down in my favorite place
Now I wanna be your dog
Now I wanna be your dog
Now I wanna be your dog
(C'mon) (I wanna be your dog, you know it)

Sie schaut aus dem Fenster auf die für sie unbeschriebenen Straßen und stellt sich unwillkürlich vor, dass sie ein neues Leben anfängt, ein ganz neues. Sie könnte andere Leute kennen, andere Spielplätze und richtige Regisseure, die sogar Sänger singen lassen. Sie fahren durch die Stadt und sie freut sich, hier zu sein.

»She never stumbles, she's got no place to fall«, murmelt sie, muss an ihren Lieblingssong von Bob Dylan denken, sie hat auch zu wenig Platz, um zu fallen, als sie im Hotelzimmer zwischen Bett und Schreibtisch eingequetscht versucht, sich umzuziehen, solange Guido nicht aufschauen kann, weil Daphne und Eddie ihn auf dem Bett gefangen genommen haben. Vielleicht geht es gut, denkt sie, vielleicht habe ich Glück und kann alles zusammen haben, Arbeit und Kinder. Alles zusammen, denkt sie, außer der Liebe natürlich.

Sie steht mit Kalle und Simon auf der Bühne, sie schauen ehrfürchtig in den Zuschauerraum, goldene Ränge bis zum Horizont, sie schiebt diese Größe leise mit ein paar Tönen weg, wie das hier klingt, das zieht sie in den Moment, Kalle stimmt mit ein. Sie stehen breitbeinig nebeneinander und singen. Die Unruhefäden in ihrer Brust beginnen sich zu entwirren, sie singt, ist endlich da, breitet sich aus. Simon wirft ihr einen Blick zu, lächelt, da durchzuckt es sie, sie kann nicht anders, sie dreht sich um und rennt in ihre Garderobe, erst kurz vor dem

Wandspiegel bleibt sie stehen, starrt in ihre Augen, ihre roten Augen, will diesen dummen Kopf ins Glas hineinschlagen. Sie hätte alles haben können, hätte die Norma selbst singen können und sich dann einfach Simon nehmen, ein einziges Mal skrupellos sein, machen, was sie, nur sie allein will, sie kann doch nicht immer nur dienen, dem Wohl der anderen, dank ihr hat Simon sogar ein singendes Tier auf der Bühne, wie schön, alle haben, was sie wollen, nur sie überdreht gerade, explodiert bald und wird verpuffen.

Im Hotel schnarchen der Penner und das Gemüse quer übers Bett verteilt. Ihr Tag scheint gut verlaufen zu sein, sie entdeckt Nahrungsspuren um ihre Münder, klebrige Reste auf der weichen Haut, wie sehr möchte sie alle Abenteuer mit ihnen teilen, aber die Kinder sehen doch ganz erfüllt aus. Sie legt sich vorsichtig zwischen Daphne und Eddie, neben Eddie auf dem Holzrand schläft Guido.

Am nächsten Tag gehen die Proben weiter, der Dirigent hackt gnadenlos durch, das Orchester spielt immer dasselbe, jede Lampe und jede einzelne Stimmung ist exakt eingerichtet, die Inspizientin hat die Zeichen gelernt, gespeichert, jetzt rattert alles weiter.
Simon scheint nach innen zu weinen, so furchtbar findet er es, nichts mehr verändern zu können. Morgens vor der Probe schlurft er in ihre Garderobe und trinkt Wodka aus ihrem Zahnputzglas. Sie hat einen Kühlschrank in der Garderobe, da ist Mineralwasser drin, Hundefutter und Wodka. Genau genommen ist es Kalles Garderobe. Als sie gefragt wurde, was er alles bräuchte, Näpfe zum Fressen und Trinken? vielleicht ein Hundebett?, hat sie gesagt: »Entschuldigung, Kalle ist es gewohnt, auf einer

Chaiselongue zu schlafen.« Also steht da eine Chaiselongue.

Kalle liegt wie immer auf dem Boden und sie auf der Chaiselongue, wo kein Kind ihr ein Bein ins Gesicht schlägt. Simons langer Rücken krümmt sich auf dem Hocker vor ihrem Schminktisch. Im Zahnputzbecher schaukelt zwei Finger hoch der Wodka, Simon lässt ihn sich langsam in den Mund tropfen, er nickt mit dicken Backen, zufrieden, weil der Wodka in seine Poren dringt. »Bin ja nicht so oft allein. Ohne die ganze Bagage. Ist aber eigentlich nicht so blöd. Oder?«

»Tut mir leid. Ist grad nicht gut. Bin gestresst!«, sagt sie. Sie hyperventiliert, was passiert, wenn sie das einfach nicht mehr aushält, danebenzustehen, immer im Schatten, Träume sind eben nur Träume, das Leben ist was anderes, things have to be done, hört sie ihre Mutter sagen, rupft Simon den Becher aus der Hand und kippt den Flascheninhalt hinein. Sie erstarrt, als ihre Finger sich berühren.

Er lächelt sie an. »Weil der Köter nicht mehr jaulen will?« Er krault Kalle am Bauch und lacht. »Du weißt gar nicht, wie gut du bist. Wenn du das für Kalle singst, das ist unglaublich, das ist nicht nur Klang, das ist so, dass man etwas erlebt, als ob wir alle gemeinsam einen neuen Ort betreten würden. Irgendwie scheint dein Inneres mit deiner Stimme verbunden zu sein, mit dem, was du sonst irgendwo verbirgst. Und der Kalle singt das halt nach. Oder er sitzt eben da und riecht an seinem Po.« Er lacht wieder. Beugt sich zu ihr und sagt: »Ist doch auch alles nicht so wichtig, oder? Früher war mir die Oper natürlich das Wichtigste. Und dann auch noch an so einem Haus! Das war immer mein Traum. Deiner sicher auch. Obwohl, nee, du hast wahrscheinlich grad mal bis Prag geträumt ...« Er lacht jetzt sehr laut.

Sie hört die ununterbrochenen Sirenen dieser Stadt, die ihr etwas einbläuen, sie kreischen, honey, es geht nur um dich, mach, dass du Luft kriegst, das hier ist lebensnotwendig für dich, änder, änder was, änder alles, warum kannst du das nicht? Sie schüttelt den Kopf und sagt: »Nein! Ich hab mir das immer so sehr gewünscht. Aber irgendwann hab ich mich nicht mehr getraut zu wünschen.«

Er schaut sie an. Sie zieht sich den Pullover über den Kopf, atmet in die Wolle, er riecht noch nach zu Hause, sie merkt, dass sie Angst hat, in ganz unterschiedlichen, feinen Schattierungen, und möchte sich verkriechen. Was soll sie tun? Mit dem Hund und mit Simon, dessen Blick sie doch spürt, der sie gleichzeitig beruhigt und aufregt? Sie drückt sich den kratzigen Pullover fest aufs Gesicht und betet unhörbar in ihn hinein: »Das Verliebtsein ist eine dicke Dame, die plötzlich in mir drinhockt. Sie ist sehr dick und findet alles herrlich. Sie sagt: Ist doch alles gut, jetzt bin ich ja hier! Warum allein ins Bett gehen, so ein Blödsinn! Warum nicht selbst singen? Du kannst das, sagt sie, los jetzt.«

Simon nickt und sagt: »Ich find dich gar nicht so dick.« Sie sitzt auf der Kante der Chaiselongue, ihr Kopf ist hoch erhoben. Wie beschreibt man Zärtlichkeit, denkt sie. Und was ist denn Liebe? Sie spürt ihn in sich. Kurz. Was ist das in ihr, das sich so gut anfühlt? Irgendetwas wächst und beginnt, sich mitzuteilen, sehr langsam, und das ist niemand anderes, das ist etwas von ihr.

Eine Ansage knattert durch die Lautsprecher, die Inspizientin bittet alle Beteiligten an der Norma auf die Bühne, gleich beginne die Generalprobe. Sie steht schnell auf. Sie pellt sich ein Stück Haut vom Arm, kratzt sich am Bauch und denkt, sie muss weg. Jetzt sind sie in der schönsten Oper der Welt, und der Hund kackt ab, dafür wird man sie lynchen. Sie wird niemals mehr irgendeinen Atemzug in einer Oper machen dürfen, da kann auch Prassnik nichts mehr tun. Sie hört das Geräusch ihrer kratzenden Hand. Kalle leckt die hinabregnenden Hautfetzen auf. »Hau ab, Kalle, ich will nicht mehr! Jetzt leckst du mir hier scheinheilig die Stiefel und später lässt du mich auflaufen! Wenn man geahnt hätte, dass du ein so dermaßen unmusikalischer Hund bist! Lass mich doch einfach in Ruhe!«

Simon hält ihren Arm fest. »Egal, was passiert, du brauchst keine Angst zu haben. Die Norma ist ja nur eine verletzte Frau.«

Sie versteinert. Er redet weiter. »Komm, wir machen jetzt einfach eine gemütliche Probe und halten uns an alle Verabredungen, und dann gehen wir endlich aus. Das ist, was ich brauche. Wer weiß, wann wir wieder in New York sind.«

Er redet wie mit einem Kind, denkt sie, jedes Wort betont er einzeln, dabei hüpfen seine Finger auf ihrem Arm: »Das. Hier. Ist. Nicht. Wichtig.«

»Doch, ist ja wohl wichtig!«, zischt sie und zieht ihren Arm weg. »Deswegen bin ich ja hier und lasse meine Kinder bei dem Penner im Hotel. Die Norma ist mir sehr wichtig, so, wie du es nicht verstehen kannst in deiner sanft gebetteten Situation. Es geht auch nicht um einen kiffenden Aprikosenzüchter. Diese Frau stürzt aus ihrem normalen Leben in einen Zustand, mit dem sie kein bisschen umgehen kann. Der Zustand sagt ihr, dass ihre Kinder, die sie immer verstecken muss, stören, dass es besser wäre, wenn sie nicht da wären. Dass sie sich am besten selbst töten sollte, sich opfern, ein Opfer, das alle begrüßen würden. Sie ist keine dumme Tante, sie ist eine erwachsene, handlungsfähige Frau. Erst durch ihren

Tod wird sie geliebt. So war das immer vorgesehen für die Frauen, immer erst das Opfer. Und sie will das nicht mehr!«

Sie pfeift nach Kalle und zwingt sich zur Bühne.

Kalle passt es aber grade nicht. Er singt nicht mehr. Sie kauert vor ihm auf der Bühne, die ganzen Hosentaschen voller Leckerli, die er zwar anschmachtet, bei seinen Einsätzen aber schweigend verschmäht. Sie singt für ihn, schwarz gekleidet, im Dunkeln, sie schwitzt und reißt wüst ihre Hände hoch, um ihn mit Zeichen zu bombardieren, während er genüsslich seine Eier leckt.

Drei Tage vor der Premiere haben sich schon alle vom singenden Hund verabschiedet. Als ob sie darauf hingearbeitet hätten, sind sie stolz auf diese Installation mit Hund, der macht, was er will, während von irgendwoher eine Frauenstimme kommt. Die Dramaturgin ist begeistert, so etwas hat noch nie jemand gemacht, ihr schiefer Blick ist klar auf die Kunstszene gerichtet, sie erzählt jedem, das sei schon lange ihr Konzept gewesen. Simon ist das egal, ihm ist scheinbar alles egal, er fährt mit seinem Klapprad durch die Werkstätten der Met und danach durch ganz Manhattan, sogar die Hotelflure muss er nicht mehr entlanglaufen, das kommt ihm alles sehr entgegen. Er macht Urlaub von seiner Familie, während er von ihr redet. Still grinsend steht er in Besprechungen neben der Met-Direktion, und sobald er sich umdreht, baut er alle in sein ständig weiterlaufendes Witzeprogramm ein.

Sie sitzt in ihrer Garderobe, denkt, sie sollte etwas essen, aber sie kann nicht, wie kann sie diesen Zustand ändern? Sie sieht die Kinder nicht, sieht New York nicht und bleibt außerhalb ihres Lebens. Sogar die Hülle, die sie umgibt, sieht sie jetzt von außen.

LEOPARDENHAUT

Sie holt den Ton von weit aus dem Raum. Nicht ihr Körper, sondern die riesige Kuppel, die sie umgibt, ist ihr
Resonanzraum. Es geht nur um Öffnung, das weiß sie
doch. Wenn sie die nur zulassen könnte.

Schon beim Aufwärmen ist Kalle schwer und müde, und
während der Generalprobe schläft er friedlich auf dem
Rücken liegend an der Rampe. Sie singt, lockt und rüt-
telt ihn, bis er knurrend aufsteht. Er scheint zu torkeln
und kippt rückwärts in den Orchestergraben. Sein Jaulen
kommt aus der Tiefe zwischen den Bratschen. Der Dirigent, von Anfang an gegen Kalles Besetzung, fängt an
zu schreien, unverständliches spanisches Wurfgeschoss,
denkt sie, die sich vor Schreck nicht bewegen kann. Sein
Assistent hebt Kalle während des Fortissimos wieder zu
ihr auf die Bühne, er trottet zur Bühnenmitte, dreht sich
wackelig um und knickt ein.

Stumm trinkt sie mit Simon Kalles Kühlschrank leer. Sie
kann nichts sagen, sie fühlt auch nichts. Die Unmöglich-
keit, weit nach Mitternacht auf der 5th Avenue Zigaretten
zu kaufen, treibt sie auf Simons Klapprad durch die ge-
frorenen Straßen bis in sein Hotel. Kalle galoppiert müde
hinterher. Simons Zimmer ist groß, beige-bordeaux,
dem ist nicht zu entkommen, denkt sie auf einem Sessel. Simon sitzt auf der Bettkante und fummelt an den
Knoten der Wanderschuhe, ohne die sie ihn noch nie gesehen hat. Sie teilt die Minibar auf. »So. Für jeden einen
Wodka und einen Champagner, ich nehm noch Rum, du
kriegst das Bier.«

»Das ist total unfair!«, findet Simon. »Ich will auch Rum.
Dann kommt der Rum eben ins Bier und jeder kriegt ein
Glas davon. Das trinkt man auf Barbados auch so.«
Kalle kommt zu ihr und hechelt sie warm an. Er riecht
nach Dosenfutter und Erdnussflips.
»In der Hochzeitsnacht«, fügt Simon hinzu.
Er beugt sich mit Lesebrille über seinen Computer, sein
Gesicht schimmert silbern.
»Dann muss Kalle das trinken«, sagt sie und steht auf,
sie merkt, wie sie bedürftig wird, wo ist Schutz, gibt es
denn keine Arme, in die sie sich stürzen kann? Von innen
kommen die Tränen, sie will jetzt nicht anfangen zu heulen, sie will auch nicht gerettet werden, obwohl sie danach tastet, mit dem Drink danach sucht, wie lange ist
sie eigentlich schon auf der Suche nach Rettung? Vollkommen egal, ob er das kann oder nicht, dieses Gefühl
soll weg.
Kreolische Musik setzt ein. Simon kriecht mit dem
Stecker unter den Schreibtisch. Sie zwingt sich, aufzustehen. Ist das nicht schon wieder eine falsche Abfahrt?
Diese Rettung kennt sie, die will sie nicht. Sie dreht sich
um und geht ins Badezimmer, zieht sich die Hose runter
und pinkelt. Bestimmt ein Liter, denkt sie und legt den
Kopf auf die Knie. Sie hört Simon im Zimmer singen.
Seine Stimme wabert, als ob er sich bewegen würde.
Kalle fängt an zu jaulen, singt mit. Also kann er noch,
wenn er will. Das Chaos ist dort, sie ist hier. Sie ist alles,
was sie noch hat. Wo fängt sie an?
Langsam schiebt sie sich Mittel- und Zeigefinger ihrer
rechten Hand zwischen ihre Schamlippen. Die linke
Hand berührt ihre Klitoris. Die rechten zwei Finger tief
hinein und hinaus, sie wechselt die Hände, mit rechts
kann sie besser reiben, nicht zu fest, aber schnell. Sie will
sofort kommen, sie konnte in letzter Minute ihre Ver-

lorenheit in ein Verlangen umwandeln, das unerträglich wird, sie braucht Busen, der Gedanke an Busen lässt sie schneller kommen. Und sie kann ihre Möse riechen, sie steckt in Gedanken ihr Gesicht in ihre Möse, das geht. Sie zieht ihren Pulli hoch, sie muss wenigstens ihre Nippel sehen. Sie drückt sich nach hinten, reibt schneller, ihr Unterarm schmerzt.

Sie versucht, leiser zu reiben, die Tür wackelt, das irritiert sie, wie fragil ist das alles hier.

Trotzdem steigt ihre Lust, sie wechselt wieder die Hände, ein Finger tief im Mösenmund, einer gleitet zum Arsch, die andere Hand an der Klitoris.

Jetzt ist es so stark, etwas so Schönes, dass sie den Orgasmus rauszögern will.

»Was?«, fragt Simon von draußen. »Hast du was gesagt?«

Sie muss leiser sein. Mit dem Ellenbogen drückt sie die Spülung. Ihr Finger tief im Po. Der andere vorn hinein. Hellrot. Sie stellt sich ihre Möse vor und wie sie selbst versucht, hineinzuschwimmen. Die Vulva ist glitschig, irre eng, alles angeschwollen. Sie schiebt den Kopf ein Stück hinein. Eine brutale Lust erfasst sie, sie selbst ist jetzt klitzeklein und ihre Möse riesig und glänzend und sie verschlingend, sie wälzt sich mit ihrem ganzen Körper in die Schamlippen, sie ist nackt, ihre nach oben ausgestreckten Hände streicheln ihren Kitzler, dann versucht sie, sich langsam ganz und gar hineinzudrücken, rutscht aber wieder ab. Sie saugt sich mit aller Kraft tiefer, dann schlittert sie nach innen, jetzt ist sie mit dem ganzen Körper drinnen. Sie lässt ihre Beine in der Vulva tanzen, ihre Zunge schleckt die Höhle aus, rot, weich und nass, die Wände schlucken sie, schleudern sie zurück, sie zuckt.

Sie kommt. Ihr Stöhnen.

Simon tanzt mit einem schaumig dunklen Glas in der Hand herein.

»Was?«, fragt er, bleibt stehen, als er sie mit gespreizten Beinen auf dem Klo sitzen sieht.

Er starrt sie an. Atmet stöhnend aus.

Sein Glas scheppert und schäumt über, als er es abstellt. Sich vor sie kniet. Sie schiebt ihn weg. Seine Brille fällt auf den Boden.

Es darf nicht, es kann nicht sein, es würde schlimm werden, und schlimm hatte sie genug, ihre Kinder auch, sie hat die beiden schon wegen Herberts blöder Liebesgeschichte angeknackst, und jetzt noch mehr Chaos? Davon will sie doch weg.

Wenn sie jetzt mit ihm schläft, wird er ihr danach sicher erzählen, dass es mit seiner Frau eigentlich noch nie so war wie mit ihr. Dass seine Frau ihn auch ansonsten nicht so richtig, nicht so wie sie. Sie seien nur noch wegen der Kinder. Wenn sie den Satz von ihm hören würde: Wir sind eigentlich nur noch wegen der Kinder zusammen. Ja, dann trennt euch doch! Aber ohne dass vorher jemand anderes kommen muss, dem ihr den Schlamassel unterjubeln könnt. Trennt euch doch einfach mal so! Oder bleibt zusammen!

Simon streichelt ihre Schläfe, küsst sie langsam. Sie spürt, wenn sie jetzt diesen einen Fluchtfaden loslässt, dann legt ihr Schiff ab. Und sie wüsste nicht, wo es hintreibt. Ins wilde Wasser. Nein, sie hört auf, daran zu denken, wildes Wasser ist schon auch, was sie will, aber sie kann keinen Schlamassel mehr ertragen. Sich verlieben, dann ein Wir-kriegen-das-schon-irgendwie-Hin, zwei Tage im Bett bleiben und Champagner trinken. Aber wenn der ganze Salat übermorgen nach Berlin kommt, wird es tragisch, Hölle ohne Ende.

Sie denkt an Daphne und Eddie. Und an sich. In frischem Gras liegen. Sie riecht das Gras. Sie will nicht mehr heulen. Sie heult aber schon. Sie muss genau jetzt aussteigen, um nicht in diesen Mann und seine Probleme hineingezogen zu werden. Will ihn nicht halb ausgezogen an ihrem Küchentisch weinen sehen. Sie hält sich an den grünen Halmen fest, dann schiebt sie sich hoch.

»Frau und Kinder«, sagt sie und zieht ihre Unterhose hoch.

Er hebt seine Brille auf. Er lacht und sagt: »Ich hab mir immer vorgestellt, du wärst eine schöne, weiche Katze, wenn du nackt bist. Und jetzt bist du ganz kratzig und zerfetzt! Du hast ja 'ne Leopardenhaut!« Er bekommt kaum Luft, sein Lachen bäumt sich auf und rinnt nass die Wangen hinunter, den Hals hinab. Dann folgt ein quälend hohes Kichern, das ihn in diesen Jungen vom Pausenhof verwandelt, der um die Raucher schlich, ohne zu rauchen, und auf jeden einredete, der nicht zusah, dass er wegkam. Er machte sich über alle lustig, die anders waren, verspottete sie verächtlich in Grund und Boden. Er selbst war verpickelt und schmächtig, seine Stimme kippte, wenn er viel zu laut über die anderen herzog. Simon zieht an einem Hautfetzen. »Du siehst aus wie ein Leopard! Ein zerschossener Leopard! Das Gefleckte ist alles rohes Fleisch! Was ist denn mit dir los?«

Er hört auf zu lachen und will sie küssen.

»Mein zarter Leopard.«

Sie wischt sich die Tränen aus den Augen, schnäuzt sich mit Klopapier die Nase. Dann lacht sie und sagt: »Na und? Wahrscheinlich häute ich mich gerade. Mich erkennt dann niemand wieder.« Sie schlägt wütend mit dem Kopf nach hinten, die Klospülung geht los, unter ihr rauscht der Wasserfall.

Sie steht auf.

Einfach weitermachen, denkt sie, nur nach vorn. Je schneller sie von ihm weg ist, desto besser. Jetzt bloß nichts hier im Zimmer vergessen, was ihr irgendwie wich-

tig ist, denkt sie, das kriegt sie niemals wieder. Ach was.
Völlig egal. Schuhe, Mantel, Kalle, los.
Er will aufstehen, sagt was von Bleiben, endlich, das wäre
doch schon lange klar gewesen, mit ihnen beiden, es gehe
hier nur um sie beide, sein Gesicht ist rot, er hält sie fest.
Sie reißt sich los, er greift nach ihr, sie weicht aus, ist an
der Tür, zieht sie auf.
»Wieso uns? Eine Ablenkung, warum? Ich will aber keine
Ablenkung. Was ist mit dir, und was mit mir? Geht's uns
was an? Ich glaube nicht. Ich geh nach Hause.«
Und rumms ist sie raus aus der Tür.
Sie steht im Aufzug. Das transatlantische Gefühl von
Traurigkeit. Wie fühlt es sich an? Wenn sie sich das nicht
immer wieder gewünscht hätte. Mit ihm einschlafen und
aufwachen. Wenn sie einfach nichts mehr fühlen würde.
Atmen. E-Knopf drücken. Atmen. Kalle japst und wieselt
mit der Leine um sie herum, bis sie gefesselt ist, dann
zieht er sein Leinenpaket quer durchs leere Foyer auf die
Straße. Sie dreht sich, und spürt, Scheiße, zu schnell ge-
dreht, alles zu schnell.

Die Madison Avenue liegt leer und morgengrau, nein,
denkt sie, sogar die Madison Avenue ist heute so erbärmlich wie sie selbst. Die ganze Ungeduld wird sich aus den
Möglichkeiten der Nacht schälen, die wuselnden Menschen am Rande der breiten Avenuen, Täschchen an Ellenbogen und Telefone in tippenden Händen, werden
alles einnehmen, sich in die gelb schwirrenden Taxis
werfen und in blinkenden Geschäften ihre Kreditkarten
surren lassen, anstatt sich einfach nur zu küssen. Es
muss viel eingekauft werden heute, das merkt die halb-
tote Nacht und vermischt sich verstohlen mit dem Grau.
Es hilft aber nichts, der Tag reift heran, unaufhaltsam in
Rosa und Orange.

Kalle zerrt sie auf den zurechtgemachten Mittelstreifen und pinkelt an den einzigen Baum. Als ob er sie gerufen hätte, biegen zwei Hunde um die Ecke und traben über die Straße auf Kalle zu. Ein fuchsfarbener Jagdhund und ein kleiner, der sie an einen kurzbeinigen Türsteher erinnert. Kalle knurrt und bellt, begeistert, ängstlich. Er versucht, mit ihnen zu hüpfen, trotz seiner Leine, die jede Bewegung abschneidet. Ihre Hand hält die Leine, sie selbst ist das nicht, denkt sie, es gibt sie vielleicht gar nicht mehr, die Leopardenhaut hat sich verselbstständigt, sie hat mit dem hier nichts zu tun. Was würde sie selbst denn wollen, wenn es sie noch gäbe? Sie öffnet den Haken der Leine. »Lieber Kalle, dann lauf mal. Deine Veronika.« Kalle galoppiert zu den Hunden, die sich beschnüffeln, hinten, vorn, hinten, und sofort einen Kreis bilden. Sie hopsen, bis erst der Große, dann der Türsteher und schließlich Kalle, ohne sich noch einmal umzudrehen, mit fliegenden Sprüngen loswetzen.

Soll sie hinterher? Die Hunde haben die Straße schon überquert und sind weit weg. Sie stiert auf den leeren Beton, wankend, plötzlich ohne Gegengewicht und Aufgabe an der Leine. Aber Kalle fehlt ihr nicht, sie traut sich, jetzt so allein zu sein, wie es nur geht, möchte sich nicht mehr von ihrer Einsamkeit ablenken lassen. Aushalten. Ein Müllauto dröhnt langsam von der Hochhausseite auf sie zu.

Downtown, ihre Richtung. Und die von Kalle, wahrscheinlich liegt er schon mit schiefem Kopf vorm Hotel, wenn sie ankommt. Ein Schwung frisch geschlüpfter Taxis gleitet vorbei. Das ist doch die Upper East Side? Oder sind sie in den Central Park gerannt?

Sie hat sich von Simon losgerissen, und auf einmal ist die dicke Dame weg und hat ihr gutes Essen mitgenommen. Und da, wo die vorher gehockt hat, ist jetzt ein mieses, kaltes Loch. Aber aus diesem Loch, denkt sie, wird heute Abend Norma ins Licht treten und singen, egal, was Kalle macht.

Die ersten Sonnenstrahlen spähen zwischen den langen Häusern hindurch, wollen nach ihr greifen, aber sie friert und bewegt sich immer schneller, bis sie rennt, und die Straße vor ihr leuchtet.

Schnaufend fängt sie an zu singen:

Sonne, weinest jeden Abend
Dir die schönen Augen rot,
Wenn im Meeresspiegel badend
Dich erreicht der frühe Tod;

Doch erstehst in alter Pracht,
Glorie der düstren Welt,
Du am Morgen neu erwacht,
Wie ein stolzer Siegesheld.

Ach, wie sollte ich da klagen,
Wie, mein Herz, so schwer dich sehn,
Muss die Sonne selbst verzagen,
Muss die Sonne untergehn?

Und gebieret Tod nur Leben,
Geben Schmerzen Wonne nur:
O wie dank ich, dass gegeben
Solche Schmerzen mir Natur!

Vollkommen außer Atem eilt sie durch den Park, in dem zwischen den Hügeln noch dunkle Wolken der Nacht ruhen.

Sie bleibt stehen. Der Straßenlärm ist weit weg, der Park liegt still. Neben ihr wölbt sich eine Wiese, darauf eine

Trauerweide, dahinter Gebüsch. Das ist eine gute Höhle, hört sie Daphne sagen. Ja, denkt sie. An dieser Stelle sind die Büsche tief. Und sie erinnert, dass sie eben einen leeren Schlafsack gesehen hat. Und Pappe.

In ihrem Kopf kriecht ein Gedanke an Land, der sich nicht mehr in die Wellen zurückwerfen lässt.

Erstens: Sie will schlafen. Unbedingt, sie ist ein Wrack, aber eben hat sie einen Zipfel von etwas gespürt, was sie nicht mehr loslassen will, und dazu muss sie in sich eintauchen. Zweitens: Das Hotelzimmer ist rappelvoll, Kinder und Guido stapeln sich im Bett, wachen bald auf und werden sie in Beschlag nehmen, hüpfen, piksen, alle Mittel anwenden, um ihre Aufmerksamkeit zu erbeuten. Drittens: Sie könnte genau hier ihren Schlaf bekommen. Guido hat ihr doch alles erklärt. Sie muss sich verstecken, wärmen, vergessen, hingeben.

Sie zieht ihre Schuhe aus. Die Morgensonne legt sich golden auf den Schlafsack. Die Pappe stinkt eigentlich kaum, wenn man sich auf alle anderen Gerüche konzentriert. Vor allem riecht es nach Moos. Der Geruch von frischem Moos.

»Arschmama schläft«, flüstert sie.

Eddie lacht und schreit: »Ich werde dich büssen!«

Daphnes gerötetes Gesicht über ihr. »Mama! Meine liebste, schönste Mama!«

Ein Schneeball kracht ihr ins Gesicht, sie reibt sich die Augen, ihre Fingerspitzen sind gefroren. Guido schüttelt die Trauerweide, er trägt eine Weihnachtsmannmütze und lacht, während Eddie ihn jagt.

»Oh, ein Schneewittchen!«, ruft Guido begeistert. »Gutes Bett!«, nickt er anerkennend.

»Bin ich wach?«, lächelt sie zu Daphne, hustet, staunt, richtet sich auf.

Die Kinder ziehen sie quer durch den Park, Guido rubbelt sie warm und singt *Fly Me to the Moon*.

»Hör auf, ich werde den ganzen Abend einen Ohrwurm haben! Du klingst wie ein russischer Entertainer aus vergangenen Jahrzehnten!«

»Ich sehe jung aus, ich weiß!«, strahlt er und entdeckt die Eisbahn.

Die Kinder jubeln. »Mit Mama und Guido eislaufen!«

Sie überlegt, wie spät es wohl ist, irgendwann muss sie in die Oper, die Schlange verspricht langes Warten, Daphne erzählt von einem Drachen, der sie übers Eis ziehen wird, Eddie möchte seiner Mama seine neusten Schätze zeigen, vierundvierzig dreckige Kronkorken in einer Tüte. Guido dreht Zigaretten für drei Frauen hinter ihnen, denen er gleich Rollen in seinem Film verspricht, er brauche echte Menschen, unbedingt. Sie denkt darüber nach, was er mit echten Menschen meint und ob sie selbst eigentlich echt ist.

Als sie ins Hotel kommen, ist es drei Uhr und Kalle nicht da. Sie duscht, findet keine sauberen Sachen, alles stinkt, sie wedelt ihre Unterwäsche durch die Luft, denkt an Meeresbrise und bestellt wie ferngesteuert Essen. Um fünf muss sie mit Kalle in der Oper sein. Wie hat sie nur, wie konnte sie. Kalle freilassen. Wo ihn suchen, jetzt noch? Dachte sie wirklich, er käme ins Hotel? Kalle ist der Star der Met, muss der nicht da sein? Aber ist Kalles Existenz in New York nicht aus ihr geboren? Wer singt, wenn nicht sie? Nein, er hockt sicher längst in der Garderobe und lässt sich massieren.

Die Sonne blutet in der spiegelnden Fassade des Lincoln Center, als sie die Tür des Bühneneingangs aufreißt. Der Pförtner hat Kalle nicht gesehen. Ihr Magen zuckt. Was soll das, die werden sie umbringen oder verklagen. Es ist zehn vor fünf. Um sieben beginnt die Oper. Sie rennt in die Garderobe. Dort wartet die Garderobiere Maude, die für ihren schwarzen Anzug zuständig ist. Kalles Champagner sei kalt, sagt Maude und lächelt, als sie durch die Tür stürmt.

»Where is he?«, bellt sie.

»Who?«, fragt Maude erstaunt.

»Kalle.«

Sie presst das Gesicht in die Arme. Sie stürmt zur Bühne, wo sich um sechs Dirigent, Chor und Solisten treffen sollen. Der Regieassistent Antoine umarmt sie.

»That was stunning yesterday, Kalle is unbelievable«, raunt er. Er riecht nach Knoblauch und Rasierschaum.

»I hope he's well today?«

»I think so«, sagt sie, ihre Stimme klingt wie Papier.

»Hm.«

Sie schaut auf ihre Schuhe, ein Fetzen Moos hängt in den Schnürsenkeln. Ihre Augen flackern durch den Raum, sie rennt nicht weg, sie bleibt stehen und sagt: »He ran away, early this morning, quite happy, with two new friends.«

Antoine starrt sie an. »Where's he now?«

»I don't know.«

Wie groß er seine Augen aufreißen kann, denkt sie und hört sich weitersprechen: »I just don't know. He's not here actually.«

Warum sagt er nichts?

»He ran away on Madison and has been gone since then.«

Antoine steht unbeweglich. Er sieht aus wie aus Wachs.

»Did you call the cops?«, fragt er auf einmal leise. Seine Stimme ist nach oben weggerutscht.

Sie schüttelt langsam den Kopf.

»Call the police, call Simon, Prassnik and Chess«, befiehlt er dem zweiten Assistenten.

Chess, der Intendant der Met, der gerade in Hongkong

Gespräche über ein Gastspiel der Norma geführt hat, wird sich bedanken. Sie muss dringend Prassnik sprechen, vor allen anderen, vielleicht kann er was für sie tun. Und natürlich Simon.

Sie steht auf der Bühne, und auf einmal löst sich alles um sie herum auf. Die vier Ränge strahlen. Sie spürt das Gold hinter den Lidern. Ihr Puls vibriert in ihrem Gesicht. Sie muss in den Küchenschrank, will sich, geborgen zwischen Nudeln und Tomatendosen, zusammenkrümmen. Draußen fliegen die Messer, aber hier ist sie im Tresor, hier ist es sicher, das ist ihr Zuhause, da gehört sie hin. Sie spürt die Enge, wohlig, weil sie an diesen Zustand gewöhnt ist, die Knie am Kinn, kaum Luft, das Geheule ist gebannt, die Luft auch, sie atmet flach, wird müde.

Sie bleibt hier drin, im Schrank, sonst kippt die Mutter ihr einen Eimer Entschuldigungsliebe über den Kopf, zähflüssiger, stinkender Schleim ist ihre Liebe, der, wenn er einem beim Atmen aus Versehen in Mund und Nase tropft, alles zukleistert. Sie war im Schrank hocken geblieben, den Brief von ihrer Mutter in der Hand, einen Zettel, der mit großen Buchstaben bekritzelt war, damit sie als Erstklässlerin es auch lesen konnte: »AN MEINE TOCHTER. DU BIST MEIN MÖRDER.«

Sie kannte ihre Briefe. Wenn sie bei der Arbeit war, hinterließ sie Zeichen, man konnte der Mutter nicht entkommen: eine Sonne, dazu »ICHLIEBEDICHICHLIEBEDICHICHLIEBEDICH«. Oder: »DU MUSST SOFORT KLAVIER ÜBEN, ÜBERWINDE DICH.« Oder: ein durchgestrichenes Herz mit »ICH BIN SO ENTTÄUSCHT VON DIR.«

Der stille Vater, immer geduldig, aufopfernd, und dann leise stachelnde Vorwürfe. Haarige piksende Dinger, die sich mit Widerhaken unter die Haut klammern. Höhnisch kalte Behauptung intellektueller Überlegenheit. Er hatte ihr eigentlich nur eines beigebracht: den rechten Winkel zwischen Handrücken und den Fingerknochen, die sich zur Faust ballen, der Daumen verwahrend darüber. Wenn sie angegriffen würde.

Sie hörte vor dem Schrank die Mutter rasen: »Zum Geld verdienen bin ich euch gut genug, aber ihr werdet schon sehen, ich will nur noch sterben, und bald hab ich es auch geschafft. Dann werdet ihr auf der Straße sitzen, ihr könnt ja nichts, außer nehmen.«

Um sie herum laute Stimmen. Sie wird von der Bühne gezogen. Sie werden sie vielleicht festnehmen, auf jeden Fall verklagen, aber was können die ihr denn? Sie hat ihn doch nur von der Leine gelöst. Sie darf das keinem erzählen, sie muss sagen, dass er sich losgerissen hat. Brüllt doch alle, denkt sie, ich bin hier sicher. Wenn sie nach Hause zurückgeschickt wird, muss sie sich vermutlich einen anderen Job suchen, aber sie werden schon durchkommen. Sie können auch in einer kleineren Wohnung leben. Und singen kann sie auch, wenn sie allein ist.

Antoine führt sie in die Maske, um ihre Augen wird es gleißend hell. Sein Knoblauchgeruch drückt sie auf einen Maskenstuhl, aber Chess zieht sie wieder hoch. »Nein, Simon hat gesagt, sie soll so bleiben, wie sie ist. Sie ist der Köter, hat er gesagt.«

Sie dreht sich um. »What's up? What do you want? Geht's euch irgendwas an? Nein! Lasst mich in Ruhe. Lasst mich endlich alle allein.« Sie will raus. Wegrennen. Schnell zurück in den Schrank.

Chess hält sie fest. »No time for that shit, baby. You've got to sing. We're starting in thirty.«

Maude fuhrwerkt mit einem Schwamm in ihrem Gesicht. »Honey. Just calm down, you'll make it. It's gonna be beautiful.«

»Was denn? Was ist schön, was soll man schaffen? What do you want me to do? Kalle is gone, ihr seid ja irre, let me go! My job is done.«

Sie überlegt sich, mit Guido und den Kindern abzuhauen, sie werden in einer Höhle wohnen, nein, irgendeinen Küchenschrank wird sie schon auftreiben, sie gehen nach Mexiko, sie müssen nur heute Abend noch einen Bus kriegen. Sie fängt an, um sich zu schlagen. Chess drückt ihre Arme hinter dem Rücken zusammen. Maude hält ihr Gesicht fest, und die ältere Maskenbildnerin, die Joy oder so heißt, aber alles widerwillig macht, schon Kalle seufzend gebürstet hat, pudert ihr Gesicht. Der weiche Pinsel kitzelt, er stinkt nach Hund, sie dreht sich weg, die Borsten berühren ihre Augen. Joy malt schwer atmend einen Lidstrich, es kratzt ihr im wunden Gesicht, Joy dreht ihren Kopf für das andere Auge wieder zu sich, sie öffnet es, in dem Moment, wo sie Prassniks Angstschweiß riecht, steht er vor ihr. Joy schiebt ihn weg, aber er klammert sich an ihr fest, Joy drückt ihn zur Seite und macht weiter, bis er versucht, sich schräg hinter der Maskenbildnerin in ihr Sichtfeld zu schieben, sie dabei beschwörend anschaut und sagt: »Die können Kalle nicht finden. Simon sagt, dass Ihr die Einzige seid, die einspringen kann. Das war doch schon immer meine Meinung, Herrin! Simon wird die Vorstellung auf keinen Fall absagen, er besteht darauf, dass Ihr das singt. Ihr sollt Euch nicht umziehen und nicht in die Maske. No makeup! Maybe just powder? Er hat gesagt, wenn du ganz du selbst wärst, dann wärst du ein Hund, oder nein, er sagte was von einem Leopard, aber ich versteh das nicht, ich bin doch dein Hund, also, Gebieterin! Er möchte, dass Ihr, also du, Entschuldigung, also dass du nackt bist, das

hat er gesagt, und dass man nur die Fetzen deiner ab-
gerissenen Haut braun pudert, dann sähest du aus wie
eine Leopardin. Aber du müsstest entscheiden, ob du
das willst. Herrin, Ihr, du hast in den Proben ja auch immer für Kalle gesungen, du kannst das. Besser als dieser
Hund.« Sie richtet sich auf und sagt: »Jetzt reicht's. Runter vom Stuhl.« Sie wendet sich an Joy: »I need water to
clean this up. No make-up, please.« Dann dreht sie sich
zu Chess: »Okay, I will be your dog. Please join your wife,
take your seats and enjoy.« Zu Maude sagt sie: »I think I
need your help in my dressing room.« Sie schaut Prassnik an und schnauzt: »Wirst du wohl im Zuschauerraum
deine Sünden absitzen? Na los, wird's bald? Zur Strafe
darfst du heute nicht knien!«
Sie presst sich den heißen Waschlappen, den Joy ihr
reicht, aufs Gesicht. Sie fühlt sich schwindelig, ihr Gesicht schmerzt, sie kommt zu sich.
Die Reisetasche liegt oben auf dem Schrank in Kalles
Garderobe. Sie dreht das Zahlenschloss. Maude zerrt an
den Schnüren. Sie flicht sich einen Zopf und zieht die
Maske über.

NORMA

Sie kennt die Bühne und ihre Einsätze. Wochenlang ist sie im Verborgenen herumgeschlichen und hat durchs Dunkel gesungen. Aber als sie in der Gasse steht, denkt sie kurz, dass sie gar nichts mehr weiß. Ist das ihr Einsatz? Oder war der schon? Sie hat gelernt, wie schnell man einen Fehler macht, und der ist nicht immer zu ändern. Sie muss auf die Bühne, ihr wird wieder schwindelig, sie meint, das Surren der Scheinwerfer zu riechen, es wird warm.

Wie ferngesteuert spaziert sie ins gleißende Hell der Scheinwerfer, reißt den Mund auf, Licht flutet in sie hinein und ihre Stimme aus ihr heraus, blüht auf und verteilt sich, denkt sie, füllt den Raum. Warum ist es so leicht? Ist es wirklich so mühelos? Genau das wollte sie immer, und jetzt ist es so, einfach da, sie versteht es nicht, aber es gibt kein Zurück, also geht sie weiter vor.

Die Kollegen weichen entsetzt zurück. Sie hatten sich in den letzten Wochen mühsam an den erst jaulenden, dann schnarchenden Hund gewöhnt, sich mit der Abnormität irgendwann arrangiert. Die dadurch uneingeschränkte Sicht auf die Strahlkraft der eigenen Kunst war nicht von der Hand zu weisen, fand der französische Startenor Thierry, der den Pollione gibt. Die gefeierte russische Sopranistin Irina, die Adalgisa singt, schon zum dritten Mal übrigens und jedes Mal besser, wie sie unermüdlich erzählt, genoss das Monopol, die einzige Frau auf der Bühne zu sein, die Schattenfrau vom Hund zählte ja nicht. Normas Vater wird von einem Bassisten aus der

Schweiz gesungen, der den Unterschied zwischen Sängerin und Hund bis zur Premiere vielleicht nicht bemerkt hat, er redet generell nicht über die Oper betreffende Dinge, andere Sänger schaut er schon lange nicht mehr an.

Der Chor wird von einer jungen Choreographin vereinnahmt, die Simons erwünschte Rentnergymnastik umsetzt. Mit grauen Jogginganzügen und lila Perücken versuchen die Sänger im Halbkreis bei Kniebeugen und Polonaisen ihre Würde zu retten. Sie hatten sich eine Technik erarbeitet, Kalle beim Blick zum Dirigenten im Augenwinkel zu behalten, ohne dabei die Stimme auf dem Weg in den dritten Rang zu verlieren.

Allen wurde vor der Vorstellung mitgeteilt, dass sie nun auf der Bühne statt wie sonst unauffällig in der Dunkelheit singen wird. Im Schwarz spüren sie bereits Normas Schritte, gar nicht mehr unauffällig, dann brennen die Scheinwerfer, und auf einmal thront die Priesterin mit Maske, in Korsage und langen Stiefeln vor ihnen. Die Vorstellung gerät aus den Fugen, Pollione verpasst seinen Einsatz, krächzt, springt vor Schreck in der Arie an eine falsche Stelle, wodurch Adalgisa viel zu früh beginnt. Der Dirigent kann sie nicht mehr zusammenhalten, will wiederholen, jetzt ist aber der Chor schon aufgetreten und setzt mitten im anarchischen Tumult ein. Sie spürt Simons Grinsen, knallt mit der Peitsche und zieht das Chaos mit emporgerissenen Armen in eine Fermate, bis es Zwischenapplaus donnert und sie sich zusammenraufen können. Sie singen weiter, gemeinsam.

In der Pause sitzt sie allein in der Garderobe. Ihr ist heiß, sie fühlt sich, als würde sie zerplatzen, in alle Richtungen, während sie versucht, ihre Ränder zu spüren. Sie ist übervoll, alles fliegt aus ihr heraus, trotzdem ist ihr, als würde sich in Zeitlupe innen und außen mischen. Ihr fällt eine Szene ein, von der ihr Simon erzählt hat. Früher als Regieassistent wurde er jeden Abend vom Technischen Direktor des Freiburger Dreispartenhauses gefragt: »Isch heut was passiert?« Worauf er jeden Abend den Kopf geschüttelt habe. Und der Technische Direktor beteuerte jedes Mal: »Des Allerwichtigschste isch, dass nix passiert.«

Ja, denkt sie, jetzt passiert was.

Sie steht auf und geht zum Fenster, sie sieht hinaus. Unter ihr im Spinnennetz des gemusterten Lincoln Square tigert ein telefonierender Mann in wehendem Mantel, am Springbrunnen führt ein Feuerzeug ein paar versprengte Raucher zusammen, auf der anderen Seite knutschen zwei Teenager. Da. Hinter ihnen sitzt ein Hund, der wie Kalle aussieht, und schaut zu ihr hoch. Das ist er doch! Sie öffnet das Fenster und wirft ihm durch die Kälte einen Kuss hinunter, er steht auf, wedelt und dreht sich um, die zwei anderen Hunde schließen sich ihm im Halbdunkel an, sie traben davon.

Sie regelt den Lautsprecher höher. Stimmengewirr rauscht aus dem Zuschauerraum. Ausverkauft. Ihre Norma. Es ist, als ob sie sich erst im Licht traut, hinzusehen, was sich unter ihrem Schorf entzündet hat.

Es klopft, langsam öffnet sich die Tür, und während ein riesiger Strauß roter Rosen hineinschwebt, erscheinen Guidos begeistert aufgerissene Augen. Dann verschwinden Kopf und Blumen, bis nach Rascheln und Gewisper auf einmal Daphne und Eddie jubelnd in die Garderobe stürmen. Sie wollen jetzt und für immer zu Mama halten, sagen sie.

»Wir sind für dich und Kalle! Schläft er immer noch?«, fragt Daphne und klettert auf den Schminktisch. Eddie weicht ihr aus und plärrt: »Mama, warum siehst du so gruselig aus?«

»Wir unterstützen dich!«, erklärt Guido gönnerhaft. Er wirft die Blumen auf die Chaiselongue und öffnet den Kühlschrank. »Ahhh, russischer Wodka!« Er trinkt.

»Bitte, könnt ihr wieder gehen?«, fragt sie und dreht sich um, Daphne und Eddie bemalen sich und den Spiegel mit ihrem Lippenstift, warum ist alles wieder so voll? Mit ihr passiert gerade etwas, sie steht auf einer Schneide, sie kann sich nicht von etwas lösen, während sie in dem anderen Leben die Kinder festhalten muss, sie muss etwas erleben, und das muss sie alleine machen. »Los! Raus mit euch! Ich möchte erst mal meine Premiere singen!«

»Was soll das denn?«, fragt Guido gekränkt. »Mann, also echt! Wir sind extra hergekommen.«

Es klopft. Sie ruft: »No! I need a minute!«

Eddie erklärt: »Meine richtige Mama schickt mich nie weg!«

Der Lautsprecher bittet sie zur Bühne.

Es pocht lauter, sie ruft: »Coming!«, und die Tür öffnet sich einen Spalt.

»It's me!« Chess schiebt seinen Kopf durch den Türspalt. »Darling, your singing is magic. I hope you like the flowers I ordered for you!« Er stellt sich Guido vor, Guido ist beleidigt, sagt streng, die Blumen seien aber von ihm, da schleicht Maude mit weißen Rosen rein, von Chess, erklärt sie flüsternd. Sie schaut sich um und huscht wieder raus. Guido hält ihnen vier Gläser Wodka hin, die Durchsage knattert: »Last call!« Guido fragt Chess, ob er nicht in seinem Film mitspielen wolle. Sie schiebt den Wodka weg, Guido sagt, sie müsse aber, sonst bringe das Unglück, sie sagt, sie zu stressen, das bringe Unglück. Guido lächelt großzügig und stößt mit Chess an, der sich stöhnend auf der Chaiselongue ausstreckt. Maude schleppt Blumenvasen und versucht, ein paar von den Rosen, auf denen Chess liegt, zu retten.

»Raus!«, befiehlt sie und schaut Guido demonstrativ an, der den Kopf schüttelt und erklärt: »Ich bleibe in New York. Die Menschen hier haben Herzen ohne deutsche Hemmungen. Sie lieben Filme. Ich muss da sein, wo meine Kunst sich ohne Angst entfaltet. Das ist sehr guter Wodka.«

Chess freut sich und sagt, sie müssten das alles nachher unbedingt besprechen. »I'm deeply in love with people fighting for their art!« Er springt hoch und umarmt sie: »You're a fighter anyway.«

Sie nimmt Daphne in die Arme. »Ihr müsst Guido hier bewachen. Oder ihr geht ins Hotel. Aber er darf auf keinen Fall während der Vorstellung in der Oper herumlaufen, versprecht ihr mir das?«

Sie schauen ihn beide still an.

»Oder wir sperren ihn in den Schrank?«, fragt sie ihre Kinder.

»Nein, Mama!«, sagt Daphne. »Dann sind alle sauer auf dich. Die Polizei ist dann sauer und der Gott auch.«

Auf einmal steht Prassnik im Raum, sichtlich angestrengt, nicht auf die Knie fallen zu dürfen. Er mustert Guido und die Kinder, dann stammelt er leise: »Oh meine Gebieterin!«

»Soll ich dich in den Schrank sperren?«, fragt sie Prassnik.

»Ja!«, schreien die Kinder, auf der Chaiselongue turnend.

Sie rennt zur Bühne, zerrt in der Gasse ihre Maske über das Gesicht. Der Latex klebt fest, irgendwas klemmt immer. Ihr gegenüber steht der Tenor und nickt. Sie schließt die Augen. Die Zuschauerstimmen verebben, die Stille ist eigentlich schön, findet sie. Im Black beginnen die Streicher, das Licht wird aufgedimmt, sie riecht die Scheinwerfer, als sie die Bühne betritt. Sie fängt ruhig zu singen an, alles in ihr ist weich. Bis Normas Wut sie am Nacken packt.

Das Feuer, dem Norma sich opfern soll, malt sich als Video die Wände der Oper hoch, greift auf die Zuschauer über, die Met in Flammen. Diese Opfergabe würde der Mutter gefallen, denkt sie, sie würde sich im Badeanzug auf den Scheiterhaufen stellen und sagen: »Meinst du, mir macht das Spaß? Things have to be done.« Und vor allem Herbert, das wäre endlich echte Liebe, der Beweis, dass sie für ihn stirbt, ohne Pathos versteht er die Liebe nicht oder kann sie nicht messen, die größte Sonne, und noch eine, vielleicht die zweitgrößte Sonne, wie soll er sich da zurechtfinden, da braucht er schon Zeichen und Opfer. Dann würde er die Vigräne im Joint rauchen und sich wieder mit seiner Frau vereinen, auf der anderen Seite und hier. Seine kleine Schnullita.

Ihre Stimme rast höher. Bevor sie zu sich ins Innere darf, muss sie sich erinnern, sagt etwas in ihr. Nein, findet etwas anderes, sie will nicht, warum denn, lass mich nur rennen. Dann kommst du aber nie an und musst immer rennen, sagt das Erste in ihr, los, jetzt mach schon, du Hund, und packt sie am Nacken.

Gut. Sie schlägt die Tür hinter Herbert zu.

Sie liegt in ihrer Wohnung, Herberts harte Schritte sind der Takt, endlich ist er weg, das Orchester pulsiert, drängt, der Dirigent fordert. Ihre Stimme fliegt über ihr aus dem Haus, beleidigt Greg in seiner Bar, bis er ihr beängstigend Selbstgemachtes gibt, sie überholt die Zeit auf dem Weg in die Kita. Sie kommt zu spät, alle Eltern ziehen Mäntel und Schuhe aus, es ist eng, Mütter und Väter besprechen ihre Probleme, sich und die Kinder, man schaut sie an, ihre Angst, dass gleich jeder ihren Zustand sieht, pocht an ihre Stirn, Kinder sind erschöpft, übermüdet und quengeln, alle zerren an ihren Nerven, sie ist verloren, möchte weg, irgendwohin, wo es sicher ist, aber ihr fällt auf, dass sie dieses Gefühl nicht mal kennt, da drückt ihr ein schwäbelnder Vater Eimer und Lappen in die Hand, sie zuckt zurück, wie hatte sie den jährlichen Putztag vergessen können, warum regt sie alles so auf? Sie erstarrt mit dem Eimer vor der Scheibe, bis der Vater sie am Arm berührt. Diese Berührung reicht aus, dass sie den Eimer fallen lässt und anfängt, zu heulen. Sie wird von Schluchzern geschüttelt, kann die Tränen nicht aufhalten. Er will helfen, sie nimmt seine Berührungen durchaus wahr, aber sie kann ihn und sein Gequatsche nicht aushalten, kann es nicht an sich ranlassen, sie putzt, sie schrubbt die riesigen Scheiben vorm Bewegungsraum, wischt unermüdlich mit Papier, bis sie glänzen, das Plappern des Vaters rinnt an ihr hinunter. Als sie ihre Kinder aus der Kita schleppt, flattert die Stimme behutsam über ihnen, leicht wie eine Feder, sie stolpert über die Eisenbahnbrücke, da braucht sie etwas, will die Kinder festhalten und vor allem sich an ihnen, sie wirbelt die beiden durch die Luft, nur ist jede ihrer Bewegungen Bluff, Schwindel, so viel Licht, sie legt sich sofort auf der Straße ab, kurz ausruhen, aber die Kinder ziehen sie wieder hoch, stützen sie auf dem Weg zum Spielplatz, führen sie, die kaum gehen kann, bis zum kleinen Karussell. Sie schiebt und schiebt, es dreht sich, schnell, sie hört ihre Kinder lachen. Als es dunkel wird, betreten sie das Hotel Hedwig. Da singt sie ihnen ganz ruhig ein Schlaflied. Aber schon beim ersten Schnarcher kratzt sie an der Tür, sie schlafen, sie schlafen doch. Jetzt kann sie nicht mehr liegen, Herberts Messer kriecht ihr durch die Adern, und wer den Abgrund sucht, der findet ihn, hatte Larry mal gesagt, und der kennt diese Orte. Den Red Room zum Beispiel, das Kaufhaus, das über Nacht bankrottgegangen ist, es sieht genauso aus, wie es verlassen wurde,

nur dass jetzt die Musik wütet, wummert und alles rot
sprayt, wiedergeboren als Drogeneinkaufszentrum. Das
Vieh, zu dem sie geworden ist, flieht vor seinen Dämonen,
die Bässe prügeln durch das Rot, sie tanzt, schwitzt, säuft,
versucht weiterzutanzen, sie humpelt, tröpfelt Liquid
Ecstasy, tanzt. Sie kauft Drogen, von allem eins bitte, la-
bert dem rotbärtigen Idioten aus dem Hedwig die Backe
wund, seine Silberkettchen klirren, und die Lederbänder
stinken, als er ihr ins Gesicht fasst, sein offener Mund an
ihrem, sie schreit, beißt ihm in die Zunge, so fest sie kann,
bevor sie wegrennt, keuchend, nicht stehen bleibt. Sie will
sich die Haut vom Leib rupfen, der ekelhafte Dreck von
Herberts harten Schritten treibt sie weiter, sie sucht sein
Haus, den Würfel mit den überdimensionalen Fenstern,
durch die sie ihn mit der Vigräne hat knutschen sehen. Sie
stürmt voran, alles dunkel und unbeweglich, außer ein
paar Lämpchen, die den kalten Raum inszenieren sollen,
sie leben seit tausend Jahren in der gleichen Starre. Sie ist
so wütend, rasend, hilflos in ihrer Wut, und dann spürt
sie die Wut gegen ihre Ohnmacht drücken. Sie huscht
in den Hausflur, als jemand herauskommt, dort stehen
Lastenfahrräder eng an Kinderrädern und Blumentöpfen,
daneben ein Farbeimer, blauer Lack, den sie sich greift,
der Henkel liegt gut in der Hand, sie positioniert sich vor
Herberts Wohnung und lässt das Blau gegen die Scheiben explodieren. Das große blaue Rund, kurz vorm Platzen. Lange Striemen lösen sich aus der Blase und rinnen
hinunter, sie atmet schnell, jetzt kann sie weg, kann ihn
loslassen, er ist ausgelaufen, ganz klar, der Traum, den
sie hatte, von sich und Herkules, geplatzt und weg, es ist
alles passiert, was in dieser Blase steckte, aber es geht weiter, sie ist jetzt ein neues Blau, ein neuer, eigener Traum,
da ist sie sich sicher, wenn sie nur hier wegkommt. Und
sie bewegt sich, im Verschwommenen, läuft immer wei-

ter, einmal durch die Nacht und die Stadt, so fühlt sich das an, bis sie nachmittags die Augen öffnet und vor der Staatsoper steht.

Will sie denn noch gerettet werden? Am Abend ist Premiere, sie findet ein weißes Hotel mit dicken Teppichen, vielleicht baden, denkt sie, gerät an Klamotten, fädelt sich in den Bühneneingang der Oper, kippt vom Notsitz und wird aufgehoben vom Alten mit den drei silbernen Haaren.

Als sein fauliger Atem sie in der Loge anweht, schüttelt sie sich wie ein nasser Hund, aber in ihrer Manteltasche hält sie noch was in ihrer Faust, etwas zum Schlafen, und stapft ins Hotel, dreckige Wunden wäscht man nicht mit Dreck.

Sie spürt ein Brennen im Gesicht, Tränen in der Maske, das tut weh, Ekel, der sie lähmt, und Trauer darüber, dass sie sich noch selbst zerstören musste, beides hielt sie von innen gefesselt, auch ihre grenzenlos loyale Liebe, das alles löst sich jetzt. Endlich. Sie braucht Luft.

Sie schafft es mühsam, sich die Maske vom Kopf zu ziehen und die Korsage zu öffnen, die die Ränder der Hautfetzen schwarz gefärbt hat. Sie lässt die Uniform fallen und steht da. Sie grinst. Sie selbst, ein lächerlicher Leopard.

Sie gibt sich dem Singen hin, vor dem Orchestergraben ergreift sie etwas wie Zügel, hält die galoppierenden Pferde mitten im Sprung, ihre Stimme kribbelt im Hals. Sie schaut ins Publikum, geradeaus, geht noch einen Schritt nach vorn, steht an der Rampe. Sie ist ruhig. Nur der Atem bewegt die im Licht glänzenden Fetzen ihrer Haut. Ihre Augen jagen durch den Zuschauerraum, bleiben in einzelnen Blicken hängen, zweitausend Münder starren sie an.

Sie verweilt, spürt den Moment, er ist richtig, die sind alle wegen Norma da. Auf einmal erhascht sie einen Blick auf sich selbst. Sie erschrickt. Ihr tägliches Stemmen, ihre Welt, in der sie sich verstrickt hat, ihre Liebe zu den Kindern und die Liebe zum Singen und ihre Suche nach einer Liebe sind auch Hüllen, die sie von sich abhalten. Das sind Stoffe, die offensichtlich mit dieser Frau zu tun haben, aber die ist so damit beschäftigt, diese Rollen zu bedienen, wie leicht verpasst sie da den Impuls, hineinzuschauen. Sie weiß doch nichts über diese Person, die sie umtreibt, die in ihr pocht und noch nicht mal in der Lage ist, richtig zu wünschen oder zu träumen. Sie ist diffusen Gefühlen ausgesetzt, die von unten hochkommen. Sie stochert im Leeren. Sie ist also nicht eine bestimmte Vorstellung von sich, die sie irgendwie herstellt, von der sie dachte, dass man sie feiert, sondern genau diese komische Frau.

Sie sucht den Blick des Dirigenten, und er nickt. Sie singt mit seinem, gegen seinen Körper aus fünfzig Instrumenten, sie fassen sich und schieben einander hoch. Ihre Stimme ist ein Teil des Sturms.

Sie sieht den Mann in der Hinterhofbar alleine vor der Bühne tanzen.

You can sing, you can sing,
Having the time of your life,
See that girl, watch that scene,
Diggin' the dancing queen.

Sie fragt sich, wie es ihr geht, und nein, sie will sich nie mehr von jemand anderem sagen lassen, was mit ihr los ist.

Der letzte Ton verklingt.

Die Stille ist ein Garten, auf dessen Boden Laub und alte Äpfel verwesen, aber an den Bäumen sprießen frische Blätter, einige offenbaren Blüten, rosa, noch zusammengerollt, sie atmet diesen Geruch.

Sie steht im Applaus, denkt nichts. Sie will nichts verpassen, saugt auf, so viel sie kann, diese unterschiedlichen Gesichter sehen sie an, ob die mitbekommen haben, was sie erlebt hat, aber vielleicht ist das egal, weil es ist ja was passiert. Sie verbeugt sich, greift Simons Hand, der neben ihr auf die Bühne getreten ist, sie verbeugen sich zusammen.

Die Zuschauer haben den Saal verlassen.

Die Putztruppe wischt die Bühne.

Sie sitzt im zitronengelben Bademantel mit Daphne und Eddie an der Rampe und lutscht Eis. Ihre Beine baumeln. Die Welt von vorher hat sich aufgelöst, sie fühlt sich flirrend hell und schön an diesem Schmelzwasserbach, die Wellen sprudeln an ihre Schläfe, ihre Haare wirbeln im kühlen Wasser. Der Teich ist immer noch nicht gekippt. Ohne die Trauer der letzten Zeit ist es ungewohnt leer in ihr, sie hat wohl vergessen, etwas anderes zu bemerken als Schmerz, Überforderung und Selbstmitleid, aber es scheint sich ein neuer Raum zu öffnen. In ihr. Vielleicht muss sie den jetzt noch nicht bewohnen, kann ihn sich erst einmal ansehen. Sie bildet sich ein, dass ihre Stimme anders geworden ist, dunkler und voller. Langsam fängt sie an zu singen.

»Lilac Tree. Das gefällt mir. Ja. Du weißt gar nicht, wie sehr ich das bewundere, also, wir machen das so, ich organisiere dir eine Jazztournee durch Georgien, und die wird ebenso ein Erfolg wie das hier. Chess hat gesagt, sieben Minuten Applaus gab es seit Jahren nicht mehr. Diese Norma sei ein fulminanter Erfolg, hat er gesagt. Also machen wir erst deine Gastspiele und danach noch eine Tournee mit Lilac Tree.«

Guido torkelt mit einem Tablett Champagner in den Saal.

»Ja, wir reisen nur mit einem Rucksack, und die Kinder kommen mit«, sagt sie und singt weiter.

»Ah, immer denkst du zuerst an die«, ächzt er. »Alle einsperren!«

»Für dich hab ich aber auch noch eins«, murmelt sie. »Wartet bei mir in der Garderobe, im Schrank. Ein echter Sklave, du musst ihn immer quälen.«

»Oh, Göttin der Leoparden und falschen Hunde«, jubelt er. »Ich hab mir schon immer einen eigenen Sklaven gewünscht. Ich werde ihn bestrafen für all meine Fehler.«

Sie gähnt.

BLAU

Nach dem Rückflug hat sie sich am späten Mittag ins Bett gelegt. Sie erwacht, und im selben Moment vergisst sie die Tiefe, aus der sie aufsteigt. Spürt die Luft aus dem offenen Fenster. Sie schwebt in absoluter Stille. Keine Straßenbahn. Keine Vögel. Die Kinder spielen leise. Der frühe Abend ist kalt und sauber. Die letzten Sonnenstrahlen glitzern. Langsam setzt sie einen Schritt vor den anderen. Ihr Körper ist nackt und vom Schlaf ganz warm, wie auseinandergenommen kann sie noch nicht richtig auftreten. Ihre Füße tapsen ungelenk auf den glatten Dielen. Sie will noch nicht aufwachen.

Sie geht auf den Balkon. Die Luft britzelt kalt an ihrer Haut, aber ihr Körper ist warm, sie fühlt sich umarmt. Es ist, als wäre da etwas in ihr erwacht, das sie nie gekannt hat, das sich rekelt und die Arme nach ihr ausstreckt. Sie fühlt sich sicher. Da ist ein Gefühl in ihr, das sie nicht erobern muss, es ist einfach da, wenn sie still ist und es betrachtet, es öffnet sich langsam, wie eine Knospe. Sie will sich nicht bewegen. Sie schaut in den Himmel, verliert sich im sirrenden Blau, lässt los, begegnet vereinzelt Wolken, das Gefühl breitet sich aus.

Sie schreckt hoch von Daphnes und Eddies Anfeuerungsschreien. Sie haben sich angeschlichen und veranstalten auf ihrem Bauch ein Schneckenrennen. Die Schnecken sind kalt und glitschig. Sie liegt in diesem Licht, das sich ausdehnt, unwirklich schön, bevor es in die Nacht kippt.

»Mama! Deine Haut ist neu, die ist ganz frisch! Du

bist weich!« Vier kleine Krabbelhände streicheln ihren Bauch.

Sie schaut sich an. Überall, wo ihre Haut sich in Fetzen abgelöst hat, empfindlich offene Stellen zurückließ, ist zart eine neue Schicht gewachsen.

FSC
www.fsc.org

MIX

Papier aus ver-
antwortungsvollen
Quellen

FSC® C014496

© Frankfurter Verlagsanstalt GmbH,
Frankfurt am Main 2020
Alle Rechte vorbehalten
Lektorat: Frankfurter Verlagsanstalt
Umschlaggestaltung: Laura J Gerlach
Unter Verwendung eines Motivs
von © LukaSvetic/iStockphoto.com
Herstellung: Laura J Gerlach
Satz: psb, Berlin
Druck und Bindung: GGP Media GmbH, Pößneck
Printed in Germany
ISBN 978-3-627-00271-8